내 안에는

쉰 한 살 초보엄마의 육아일기

작은 아이가
산다

내 안에는 작은 아이가 산다
– 쉰한 살 초보엄마의 육아일기

2013년 11월 15일 초판 인쇄
2013년 11월 20일 초판 발행

지은이 | 천경
교정교열 | 정난진
펴낸이 | 이찬규
펴낸곳 | 북코리아
등록번호 | 제03-01240호
주소 | 462-807 경기도 성남시 중원구 상대원동 146-8
       우림2차 A동 1007호
전화 | 02-704-7840
팩스 | 02-704-7848
이메일 | sunhaksa@korea.com
홈페이지 | www.bookorea.co.kr
ISBN | 978-89-6324-339-9 (03810)

값 15,000원

* 이 책의 무단복제를 금하며, 잘못된 책은 구입처에서 바꾸어 드립니다.
* 이 책의 제작비 일부는 수원문화재단에서 지원받았습니다.
* 이 도서의 국립중앙도서관 출판시도서목록(CIP)은 서지정보유통지원시스템 홈페이지(http://seoji.nl.go.kr)와
  국가자료공동목록시스템(http://www.nl.go.kr/kolisnet)에서 이용하실 수 있습니다.
  (CIP제어번호: CIP2013022430)

내 안에는

쉰 한 살 초보엄마의 육아일기

작은 아이가
산다

천경 지음

북코리아

머리말 PREFACE

엄마!

　가만히 입 밖으로 되뇌기만 해도 애달프고 푸근하다. 다가가서 살 부비며 힘겨운 마음을 내려놓고 한 열흘 쉬고 싶다. 정겨워서 눈물이 난다. 우리는 저마다의 '엄마'를 만나고 싶다! 현실의 팍팍함을 잠시만이라도 잊고 싶어서.

　그런데 나는 내내 풀 수 없는 의문을 하나 달고 살아왔다. 정말 엄마는 그렇게 희생적이고 헌신하는 존재일까? 정말 모든 어머니가 자식에게 모든 것을 희생하고 끊임없이 더 주려고 하는 사람일까?

　서른 살 초입까지 나는 맹목적이리만큼 '어머니'라는 이름에 외경심을 느꼈다. '어머니'라는 글자만 보아도 콧날이 시큰해졌다. '어머니=한없는 사랑'이라는 등식에 의문을 제기하는 것은 대단히 경망스럽고 불경스러운 죄를 범하는 것이라고 생각했다. 무조건적으로 어머니에 대한 감사에 열중해야 한다고 믿었다.

　내 속에 있는 어떤 다른 생각들, 다른 빛깔의 느낌들, 칙칙하고 서글픈, 난감하고 해독되지 않는 어떤 기억(감상)들을 이해할 수 없는 상태로 말이다. 그 발칙하고 손가락질 받을만한 치기어린 의문이 행여 밖으로 새어나올까 봐 내 입을, 내 숨결을, 내 가슴을 틀어막고 살아온 날들이었는지도 모른다.

　그 큰 사랑에 의문을 품는 것은 어쩌면 이 사회의 금기를 건드리는

내 안에는 작은 아이가 산다

것은 아닐까? 불우했던 개인의 성장기를 까발리면서 성숙하지 못한 자신의 자화상을 만천하에 공개하는 어리석은 짓은 아닐까?

마흔이 넘어 내 아이를 낳고부터 나는 실은 어머니가 그토록 희생적이고, 자신의 것을 끝도 없이 내주고, 자식의 허물을 온몸으로 감춰주는 사람인가에 대해 의문을 품을 수밖에 없었다. 아이를 키우면서 내 아이보다 내가 더 중요했던 순간들이 많았고, 나의 어떤 것을 포기해야 할 때 느끼는 절망감이 너무나 컸다. 종종 내 아이에 대해 사랑의 감정보다 무거운 짐처럼 느꼈던 기분을 어떻게 해야 할까?

이제야 나는 알게 됐다. 성장기 동안 적절한 사랑을 받지 못하고 살아온 사람이 자식을 사랑으로 양육하는 것이 얼마나 힘든지를. 그래서 나는 세상 모든 어머니와 아버지를 헌신과 희생이라는 신성한 이름 안에 모셔두는 것만이 능사는 아닐 거라고 감히 생각했다. 그렇지 않으면 나의 이 황폐하고 아픈 내면을 어떻게 이해해야 할까? 내면이 불모의 오지처럼 벌거숭이인 채 매순간 피 흘리고 있는 건 어떻게 설명해야 할까? 도대체 어떻게 설명해야 하는 걸까? 나는 손가락질을 받더라도, 어른이 되지 못했다고 핀잔을 받더라도 세상 어머니들에 대해, 세상 부모들에 대해 이렇게 결론을 내린다.

세상 모든 어머니가 다 희생적이고 고귀하고 헌신적인 것은 아니고, 세상 모든 어머니가 다 쉬고 싶은 푸근한 고향이나 기대고 싶은 너른 품은 아니며, 세상 모든 부모가 다 자식에게 주고주고 더 주려고 하는 것은 아니라고. 물론 본능적으로 그럴 수는 있다. 하지만 어떤 경우에는 자식에게 어떤 방식으로 사랑을 주어야 할지 몰라서 상처를 주기도 하고, 어떤 경우는 희생과 헌신과는 거리가 있는 부모도 있고, 어떤 경우는 자식에게 상처를 주고도 개의치 않는 경우도 있다. 오히려 키워주었으니 그에 값할만한 무엇인가를 끊임없이 바라고, 미치지 못하면 성 내고 등 돌리는 어머니도 있다고. 또 자신의 상처 때문에 자식에게 필요한 사랑을 주지 못하는 어머니도 있다고.

노인이 되었으나 여전히 미성숙한 부모도 있고, 자식에게 저지른 과오를 모르는 채 오히려 자식을 탓하며 사는 부모도 있다고. 더러는 솔직히 자기 욕심을 앞세우는 부모도 있다는 것이 나의 생각이다. 그건 어머니 역시 자기 부모와 주변 환경의 영향을 받으면서 성장했고 완전하지 못하기 때문이다.

나는 자기도 모르게 자녀에게 저지른 실수와 잘못을 평생 깨닫지 못하고 끝나는 경우에 대해 말하고 싶었다. 우리는 지금 별 생각 없이 지지고 볶으며 살면서 부지불식중에 자식에게 상처를 주고 있는지도 모른다.

그런 이야기를 하고 싶었다.

인간은 누구나 완전하지 않다. 어머니도 예외일 수는 없다. 나의 양육방식이 훗날 내 아이에게 고통의 기억으로만 남는다면? 내가 하는 사랑의 방식이 너무도 엄격하고 냉혹한 것이어서 어른이 된 아이가 세상에서 버틸 에너지가 없어 매순간 혹독한 대가를 치르며 살고 있다면? 혹은 내가 아이에게 주는 사랑이 너무 과한 것이어서 아이가 독불장군에 오만하고 나약하고 의지가 없는 성품이라면? 내가 하는 사랑의 방법이 지나친 집착이 된다면? 보상받고자 하는 내 욕심이 앞서서 자녀의 목을 시시때때로 조르는 결과가 된다면 어떨까?

어머니의 자리는 참으로 위대하다. 헌신하고 희생하는 자리임에 틀림없다. 하지만 나는 모든 어머니가 그런 것은 아니라고 생각한다. 위대하고 헌신적인 사랑으로 자녀를 양육하기 위해서는 끊임없이 공부하고, 그야말로 도를 닦는 심정으로 자신의 마음 밭을 갈고 닦는 일을 쉬지 말아야 한다고 생각한다.

어머니인 내가 품이 크고 좋은 사람이 되어야 내 아이가 그런 멋진 사람으로 성장한다. 그렇게 좋은 품성으로 행복한 아이를 길러낸 어머니들이야말로 위대하고 아름다운 모성으로 존경받을 수 있다. 그런 사람들이 많아질 때 더 좋은 사회가 될 것이다.

큰 눈과 큰 생각, 큰 가슴으로 멀고 넓게, 그리고 때론 자세히 앞과 뒤와 옆을 두루두루 살피고, 나의 아이와 다른 아이를 함께 생각하고, 이기적인 욕심으로 내 아이에게 부와 명예를 안겨주기 위해 동분서주하는 무수한 시간들을 좀 더 성찰하는 시간으로 채우기를 바라는 것이다.

물론 나는 이제 장성하고 어른이 되어 성공한, 그래서 힘과 권력이 역전된 자녀들이 늙고 힘없는 부모에게 효도를 다해야 한다는 것을 강조하고 싶다. 다만 내가 경계하는 것은 우리 모두는 자식이며 부모라는 관점에서 봤을 때 자녀로서 부모의 잘못된 양육방식으로 상처를 입고 고생스럽게 살고 있다면 냉정하게 원인을 찾아 치유할 수 있다는 것이다. 누구를 탓하자는 것이 아니다. 불완전한 인간인 우리가 후대에게 같은 실수를 반복하지 않기 위해서라도 무조건적으로 부모를 이상화하거나 칭송에만 열중하는 것은 또 다른 과오를 범하는 것이다. 그건 사회 전체적으로도 불행이라고 생각한다.

또 무조건적인 효를 강조하며 무력한 아이였던 어린 날의 고통을 덮어두는 분위기로 몰고 간다고 해서 사람들이 효도를 하는 것도 아니라는 생각이다. 부모가 잘 몰라서 자녀에게 저지른 잘못에 대해 "네가 그렇게 많이 상처를 받고 괴로웠구나. 미안하다. 엄마 아빠는 그 사실을 몰랐단다. 정말 너 많이 슬펐겠구나." 하고 다독여주면 우리 안의 상처는 치유된다. 굳이 부모의 '도움'을 받지 않더라도 자식이 '이 사실'을 알게 되는 순간 이미 치유는 시작된다. 그리고 상처를 딛고 건강한 어른으로서 다음 세대에 건강한 정신과 사랑을 물려줄 수 있다. 그래서 일방통행

식으로 젊은 세대를 꾸짖고 부모를 '절대 선'의 자리에 모셔두는 것은 문제라고 생각한다.

나는 부모와 자녀가 진심으로 악수하고 화해하기를 바란다. 건강한 우리가 되었으면 한다. 그리고 인간은 평생 성장하는 것이라고 생각한다. 다시 말해 평생 배우고 변화하고 점검해야 한다고. 나이 많은 것이 면죄부가 되는 것도 아니고, 더 이상 '성장'을 위한 몸부림과 노력을 멈추어서도 안 된다고. 서른 살, 마흔 살, 쉰 살…… 나이가 들수록 예전에 배운, 혹은 이미 형성된 낡은 것들과 끊임없이 결별하려는 용기를 가지고 삶과 마주해야 한다고. 오래된 것의 미덕은 축적된 경험을 통해 끊임없이 개안하려는 노력에 있다고. 고여 있거나 정체되어 있거나 굳어 있는 것이 아니라 갱신하려는 마음이 있을 때 혜안이 생기는 것이라고. 세 살, 네 살, 10대, 20대 자녀에게 가르치려고 하기보다 지금 내가 주장하는 바에 대해 의심해보자고. 정말 내 생각이 자녀에게 가치 있는 것일까? 다음 세대의 주인이 될 자녀에게 이로운 것일까? 의문을 품어보자고…… 말하고 싶다. 이전 세대는 어쩔 수 없다면 지금 자녀를 키우고 있는 젊은 세대만이라도 변해보자는 것이다.

그렇다. 이 글의 초점은 이제 부모가 된 나와 나중에 부모가 될 우리의 자녀다. 인간은 완벽할 수는 없지만 변할 수 있다고 생각한다. 부모라고 만능이 아니고, 무조건 옳은 것도 아니다. 행복한 사람들을 길러내기 위해 부모인 우리가 변하자!

이 책은 간략하게 말하면 마흔세 살에 딸을 낳아 키우는 초보엄마의 시행착오에 대한 이야기다. 책에서는 자랑하고 내세울 것보다 해서는 안 되는 것들에 대해 많이 말하고 있다. 육아를 계기로 저자인 나의 성장기를 되돌아보면서 아이와 함께 엄마가 성장해가는 과정을 기록하고 있다.

이 책의 내용은 총 3부와 프롤로그, 에필로그로 구성되어 있다.

1부는 서른여덟 살에 결혼해서 두 차례 유산 후 '아기를 포기할까 어떻게 할까?' 하는 망설임에서 시작된다. 이미 두 차례 유산을 했고, 자궁 내에 7~8센티미터가 넘는 근종이 7~8개 이상 소복하게 들어 있을뿐더러 십수 년 전 한쪽 유방을 전부 들어내는 수술을 받는 등 당시 나의 몸 상태는 최악이었다. 게다가 이미 마흔이었다. 고심 끝에 '그래도' 아기를 낳아야겠다고 결심하고 '건강한 몸 만들기 프로젝트'에 돌입한 후 하루 일과에 대해 유연하고 재미있게 기술하고 있다. 그리고 마침내 임신을 했다! 아주 좋은 위치에 단단히 착상된 나의 임신상태에 의사는 기절할 뻔했다고 술회하기도 했다.

2부는 진통을 시작한 지 4시간 만에 자연분만으로 3.9킬로그램의 건강한 아기를 낳은 이야기로 출발한다. 2부는 본격적인 나의 '고난기'다. 갓 백일 지난 아기를 처음 보는 이웃에게 맡기면서 아이에게 탈이 나기 시작했다.

자주 아팠고, 유모차에서 떨어져 수술을 했다. 아기는 눈에 띄게 불안해했으며 사람들을 보면 무서워서 엉금엉금 기어 어디론가 숨어들기 바빴다. 스스로를 자해했고 말이 퇴행했다. 더 이상 몸무게가 늘지 않았으며 겁을 먹고 얼어붙어버렸다. 아기를 맡아줄 마땅한 사람을 찾기 위해 '아기를 키워줄 사람을 찾는다'는 광고를 아파트 단지 내에 수도 없이 붙였다.

그러다가 나는 결심했다. 이대로는 안 되겠다. 내가 아기를 키우자.

일에 대한 열정으로 불타던 나는 마침내 직장을 그만두고 육아에 전념한다. 그러면서 나는 뭔지 모르게 참으로 슬픈 상황들에 직면하게 된다. 2부에서는 아이를 키우면서 내가 몰라서 지나쳐온 것들에 대해, 또 피곤한 하루하루의 경험에 대해 이야기하고 있다.

3부에서는 내 안의 상처가 아기에게 좋은 엄마의 역할을 막고 있다는 사실을 발견하면서 어린 시절의 경험에 대해 솔직히 풀어놓는다.

부끄러운 고백이 되겠지만, 비슷한 성장기를 겪은 사람들에게는 약이 되리라! 어른이 된 나에게도 성장하지 못한 내면의 아이가 존재하고, 내가 나를 잘 보듬고 사랑해서 상처를 치유했을 때 괜찮은 부모의 역할을 할 수 있다는 결론을 얻게 되었다.

흔히 결혼하면 아이를 낳아 키우는 것이 자연스럽고 쉬운 일상이라고 생각할지도 모른다. 하지만 끊임없이 노력해야 좋은 부모가 될 수 있다는 나의 깨우침이 곳곳에 녹아 있다.

에필로그에서는 내 안에서 울고 있는 상처받은 나를 만나는 과정을 담고 있다. 육아가 왜 이리도 힘이 드는지, 사는 것이 왜 이리도 고되고 막막한지, 사소한 일에 왜 이리도 상처를 잘 받는지, 왜 이리도 일벌레처럼 일에 매달리는지, 왜 내 아이가 예쁘기보다 야단치고 화내는 데 급급한지, 왜 칭찬의 말에 인색한지, 혹은 왜 이리도 과도한 칭찬을 달고 사는지…… 왜? 왜? 왜?

그랬다. 내 안의 상처 때문이었다! 내 안에서 아직도 울고 있는 성장하지 못한 아이 때문이었다.

그러니까 이 이야기는 한 인간이 아기를 낳아 기르면서 변화하려고 노력하고, 아픔을 치유해가는 과정을 담고 있다. 그리고 '좋은 부모'가 되려는 지난한 몸부림의 흔적이 녹아 있다. 한 사람의 불완전한 인간이 아이를 낳아 부모가 된 이후 성장하는 과정이 담겨 있다.

이 글은 나 개인의 육아 경험이지만, 각각 독립된 장으로 이루어진 산문 형식이어서 한 부분만 읽어도 그 부분이 담고 있는 메시지를 얻을 수 있다. 또 개인의 이야기에 국한되어 있지 않고 보편적으로 공감을 얻을 수 있기에 '괜찮은' 육아서의 역할을 하리라고 본다. 초보맘들이 알아 두어야 할, 놓치기 쉬운 육아의 일상을 담고 있다.

어쩌면 당신은 가슴이 찡한 여운 때문에 자신의 어린 시절을 돌아보게 될지도 모른다. 살아오면서 경험한 힘겹고 화나고 억울했던 사건들을 떠올릴지도 모른다. 그리고 어쩌면 아물지 않은 상처들과 대면하게 될 수도 있으리라. 상처를 극복하고 한 단계 성장한 삶을 위한 어떤 노력을 시작할 수도 있으리라!

당신은 자녀와 놀아주는 것이 대단히 힘들지는 않은가? 살아 있는 것이, 사람들과 더불어 살아가는 것이 행복한가? 혼자 있기를 좋아하는가? 우울한 성향인가? 당신은 한 인간으로서 성숙한 사람이라고 생각하는가? 가슴 설레는 꿈이 있는가? 육아가 '너무' 힘이 들지는 않는가? 그렇다면 이 책을 읽길 권한다.

북코리아 이찬규 사장님과 편집부에 감사드린다. 염태영 수원시장님과 장보웅 팀장님, 수원문화재단에 진심으로 감사드린다. 나의 남편과 딸에게도 사랑과 감사를 전한다. 그리고 살아 있음을, 지금 여기에 존재함을 감사한다. 하느님에게 감사드린다.

차례 CONTENTS

내 안에는 작은 아이가 산다

프롤로그 PROLOGUE

이 사랑은
이토록 사납고
이토록 연약하고
이토록 부드럽고
이토록 절망한
이 사랑은
대낮같이 아름답고
날씨처럼 나쁜 사랑은
날씨가 나쁠 때
이토록 진실한 이 사랑은
이토록 아름다운 이 사랑은
이토록 행복하고
이토록 즐겁고
이토록 덧없어

– J. 프레베르, 〈이 사랑〉 중

지 민* 아 , 네 살 이 네 !

* 가 명 임

나는 지금 아이의 잠든 얼굴을 가만히 보고 있다.

　사위는 어둡고 멀리 창밖으로 점점이 오렌지색 가로등 불빛이 보석처럼 박혀 있다. 그 보석 같은 빛을 따라 자동차 행렬의 붉은 불빛, 붉은 꽃! 어둠속 불꽃놀이 광경만은 못하지만 여하튼 아름답다. 그리고 어디

내 안에는 작은 아이가 산다

선가 스며 들어오는 아카시아 향!

내가 살아 있구나! 내 아이가 지금 내 옆에서 잠자고 있구나! 쌔근대는 아이의 숨소리가 이렇게 감미롭고 따뜻했던가? 인생에 대해 감사하다고 하기엔 삶이 버거웠던 내가 지금 새삼스레 뭔가 감사하다고 말하고 싶은 것일까? 그렇구나! 아이가 벌써 네 살이구나!

그랬다. 지난해 이맘때만 해도 어둠속의 환한 불빛들도, 아련하고 머리가 어지러운 느낌의 이 향기로운 아카시아 향도, 계절의 변화도, 그 무엇도 감지하지 못하고 하루하루 시간들을 죽여 온 것이다. 언제 봄이 왔는지, 언제 밤이 됐는지, 언제 내가 점심을 먹었는지, 혹 저녁을 먹기나 했는지, 목욕은 언제 했으며 세수는 언제 했는지 알 수 없었다. 그저 오래된 빵 덩어리를 어기적어기적 씹으면서 물을 꿀꺽꿀꺽 마시며 허기를 달랬으므로 한 끼 식사를 해결한 것이 틀림없었고, 아이 옆에 엎어져 깜빡 졸다가 아이가 칭얼거리고 밖이 환해진 걸 보면 잠을 잔 것이 확실한 시간들이었다.

내가 무얼 하고 싶은지, 앞으로 무얼 할 계획인지, 전에 내 곁에 어떤 친구들이 있었는지, 지금 차를 타고 나가면 바깥에는 무슨 일이 일어나고 있는지, 어떤 행복한 아가씨들이 꽃처럼 어여쁘게 치장을 하고 애인을 기다리고 있는지…… 정말이지 외부와는 단절된 세계에서 1년 열두 달을 하루 종일 아이와 씨름하느라 헉헉거리고 살아왔다. 게다가 주말 부부였으므로 육아는 엄마인 나 혼자만의 몫이었다.

그런데 오늘 내 눈앞에 어제와는 다른 세계가 익숙하지 않은 감흥을 불러일으키며 가만히 나를 응시하고 있다. 그렇구나! 내가 여유를 찾은 것이로구나!

그동안 전쟁 같던 육아의 하루하루를 건너와 이제야 휴~, 지친 눈과 마음, 팔다리를 두드리며 느슨해지고 있는 내가 나를 보고 있다. 정확히 아이가 태어나 세 돌(36개월)이 지나 처음으로 가져보는 '틈'을 향한 고적한 휴식이다. 이제 한숨 돌리게 된 것일까?

육아를 위해 직장을 그만두고 경기도 일산의 한 구석 '나 홀로 아파트'의 창살 없는 감옥에서 생활한 지 햇수로 3년! 이젠 아이와 버스를 타고 가까운 마트나 시장에 가는 것이 힘들지 않게 되었다. 아이가 종종 "엄마! 어야 가서 냠냠 사 먹자."고 말하면 신이 나기도 한다. 아이는 이제 스스로 잘 걸어 다니니 전처럼 업고 안고 유모차를 끌고 다니는 수고를 하지 않아도 된다. 스스로 밥을 먹고(아직은 옆에서 참견을 해야 한다) 대소변을 가리고 말귀를 알아들으니 한시름 놓게 된 것이다. 물론 육아전쟁이 완전히 끝난 것은 아니다. 하지만 확실히 '전쟁'의 강도와 규모와 내용이 달라진 것이다.

조용히 지난 3년을 떠올려본다.

힘들었다는 표현만으로는 부족한 어떤 묵직한 아픔 같은 것, 고통스럽던 시간들, 아기에 대한 아무런 상식이나 정보도 없이 시작된 마흔세 살 초보엄마의 육아의 날들!

아파트에는 가깝게 지내는 사람도 없었고, 또래 아이를 키우는 젊은 엄마들과 어울리기도 쉽지 않았다. 내성적인 성향이라 사람들에게 선뜻 다가가기도 쉽지 않았다. 그러다 보니 아기하고 하루 종일 정신없이 전쟁을 치르며 보내면서도 실은 너무 외로웠다. 세상에! 이렇게 정신이 없는데 외롭다니? 그리고 뼛속까지 사무치는 외로움이 두렵다는 생각을 하기 시작했다. 무엇보다 육아나 살림살이는 애당초 잘할 수 없는 유전자를 타고난 것이 아닌가 하는 생각이 들 정도였다.

하지만 이제 아이는 네 살이 되었고 지방에서 근무하는 남편이 집에 오는 날에는 오랫동안 못 만난 친구를 만나러 나갈 엄두도 내기 시작했다. 물론 네 살 아이를 키우는 것도 만만치는 않다. 여전히 힘이 든다. 하지만 어려운 시간을 잘 이겨왔다는 자부심을 느낀다.

마흔한 살, 아이를 갖자

좋은 엄마가 될 수 있을까?

마음을 비운 순간 내게 온 아기

임신 6주 되셨네요

내려놓음

맨발로 걷기, 물 마시기, 족욕과 뜸 하기

내 몸이 알려주는 신호

두 차례의 유산

사랑의 체험은 남의 말을 듣기 위해 필요하고,
고통의 체험은 그 말의 깊이를 느끼기 위해 필요하다.
- 장 클로드 피게

마흔한 살,
아이를 갖자

결혼식은 부산스러웠다.

　오늘의 신랑 신부는 예식장에 일찌감치 도착했다. 겨울의 초입에 우리는 인생의 한 전환기를 맞고 있었다. 눈은 내리지 않았다. 몸으로 스며드는 겨울바람이 상큼하다. 푸르고 맑은 하늘에는 흰 구름이 우리의 믿음처럼 든든하게 입가에 미소를 지으며 내려다보는 것 같다.

　서른여덟 살 신부는 긴장으로 입술이 말랐으나, 신랑은 신부의 변신에 멋쩍은 듯 웃고 있다. 하객들의 덕담을 들으면서도 신부로서 현실감이 느껴지지 않았다.

"우와, 선배 진짜 예쁘다! 결혼식 여러 번 다녀봤어도 선배처럼 청초하고 예쁜 신부는 드물었어. 선배가 이렇게 예쁜 사람이었나?"

보는 사람마다 예쁘다고 칭찬했지만(객관적으로 예뻤다!), 내가 예쁜지 어떤지 감각이 없는 사람처럼 얼떨떨하기만 했다. 일정이 끝난 후 식을 무사히 마친 것에 안도하며 신혼부부를 위해 준비해둔 차에 올랐다. 긴장이 풀리자 피로가 몰려왔다. 그러나 마음만은 푸릇푸릇 싱싱했다.

나로 말하자면 새천년이 열리는 2000년, 서른여덟 나이에 네 살 연하의 남편과 결혼했다! 2000년 새해가 되면서 '올해는 넘기지 말아야지.' 했지만 결혼이라는 것이 어디 마음처럼 되는가? 그런데 그해 5월, 우연히 남편을 만났다. 가슴 설렌다거나 행복하다는 느낌보다는 그저 '찐빵'처럼 두루뭉술하게 생긴 '착한' 사람을 만나고 있구나 싶었다. 몇 번 만나면서 꼭 결혼을 해야겠다는 생각도 없었지만 결혼이라는 것이, 아니 인간의 마음이라는 것이 알다가도 모를 일이었다. 그처럼 오랫동안 꿈쩍 않던 마음이 움직이기 시작했다. 어딘가 마음 한 올이 툭, 풀어진다고 느껴지자 일사천리로 결혼을 논의하게 됐다.

오랫동안 혼자 살아온 당시의 나에게 남편과의 만남이 연둣빛, 혹은 분홍빛의 설레는 그 무엇은 분명히 아니었다. 나의 지금 느낌이 무엇인지, 나의 선택이 옳은 것인지, 미래는 어떤 그림으로 펼쳐질지…… 알 수 없는 시간을 흘려보내는 중이었다. 하지만 한 가지 확실한 것이 있었다. 이 찐빵처럼 둥글둥글하게 생긴 사람을 오늘로서 다시 보지 못한다고 생각하니 끔찍했다. 상실감으로 오래 앓을 듯했다. 그래서 나의 느낌을 믿어보기로 했다.

그런데 결혼을 하고 나니 모든 것이 안정적으로 느껴졌다. 나의 선택에 만족했다. 하지만 결혼을 결정할 무렵에는 한참 심란했다. 결혼장면을 녹화한 비디오를 보니 새삼스럽다. 위에 쓴 시는 우리의 결혼 과정을 담은 비디오 말미에 자막으로 깔린 것이다.

결혼을 하자 모든 것이 쉽게 굴러가는 것 같았다. 결혼한 지 석 달 만에 임신이 되었다. 내가 결혼하던 10년 전만 해도 요즘과는 달라서 신부 나이 서른여덟 살이라면 다들 놀라는 눈치였다. 서른여덟 살에도 결혼을 하네! 한번 갔다 온 사람 아닐까? 아기는 낳을 수 있을까?

그런데 이렇게 임신이 쉽게 되니 신기하고 놀랍기만 했다. 그러나 얼마 후 신기하고 놀랍고 쉬워 보이던 신혼의 일정이 조금 얽히는 느낌이 들기 시작했다. 11주 만에 유산된 것이다. 넉 달 후 다시 임신이 되었으나 두 번째도 유산이었다. 하지만 과중한 업무로 인한 스트레스가 원인이 아닐까 생각하며 담담하게 받아들였다.

결혼 전인 94년 초에 한쪽 유방에 멍울이 만져져 유방 전부를 절제하는 수술을 받은 적이 있다. 국내 굴지의 대학병원에서 받은 수술이었지만, 지금도 뭔가 의아한 느낌만은 지울 수 없다.

의사는 "암은 아니지만 암이 될 수도 있다."며 "한쪽 가슴 전부를 들어내고 대신 식염수 팩을 넣는다."고 통보해왔다. 요즘은 설령 암이라 해도 유방을 모두 잘라내는 수술을 하지는 않지만 당시에는 하느님 같은 의사선생님의 처방을 감사하며 따르는 수밖에 없었다.

수술 후 내 몸 상태는 말이 아니었다. 지금 생각하면 참 불필요한 수술을 했구나 싶기도 하다. 하지만 그때는 의사선생님에게 무엇 하나 제대로 따져 물어볼 엄두가 나지 않았고, 암으로 죽을 수도 있다는 생각에 사로잡혀 구세주의 처분을 머리 조아려 따를 뿐이었다. 감사합니다. 의사선생님 감사합니다!

아무튼 나는 한쪽 유방이 없다. 게다가 나의 자궁에는 7~8센티미터 이상의 물혹이 7~8개나 있다는 걸 결혼 후 산부인과 검진에서 알게 됐다. 게다가 마흔을 바라보는 나이가 적기는 한가? 몸은 비쩍 마르고 쉽게 피로가 찾아왔다. 손발이 차고 몸 전체가 어느 한 군데 성한 곳이 없을 정도로 쑤시고 아팠다. 생리 때는 구토증세가 심했고 참을 수 없을 만큼 심한 편두통으로 고통을 겪기도 했다. 직장생활로 받는 스트레스도 만만찮았다. 그러니 임신이 된다고 해도 그런 몸 상태와 자궁 환경에서는 아기가 자랄 수 없었을 것이다.

두 번 유산을 하고 나서도 포기가 되지 않았다. 그래도 어쩌랴! 직장을 다니며 마음만은 간절히 아기를 기다렸다. 어떤 날은 아기가 없어도 되지 않을까 싶기도 했다. 그러다가 다시 아기를 갖고 싶다고 생각했다.

남편은 아기가 없어도 괜찮다고 말해주었다. 하지만 시어머니는 달랐다. 은근히 아기 갖기를 종용하고 나의 건강치 못한 몸 상태를 에둘러서 꼬집으셨다. 시댁에 가면 아무 말 없이 나를 쓱 쳐다보는 시어머니의 표정은 압권이었다. 대놓고 뭔가를 비난하지 않고 웃는 표정인 듯한데, 우회적으로 슬쩍슬쩍 던지는 노회한 화법의 파괴력을 그때 실감했다.

일상생활에서 경우 없이 막말을 하는 사람들은 차라리 대하기가 편하고 뒤끝도 없다. 하지만 '약을 주는 것 같은 화법'인데 실은 비난이나 비아냥을 담고 있다면 뭐라고 대꾸하는 것이 만만찮다. 순발력이 좋으면 같은 화법으로 '언중유골'을 쓰면 되겠지만 나는 그런 재주가 없었고 그래서도 안 될 것 같았다.

그런데 이건 좀 심상치 않다! 처음에는 툭툭 잽을 날리는 수준이었다면 갈수록 어퍼컷을 날리고 훅을 날리고 원투 스트레이트, 번개 같은 주먹을 날린다. 어느 순간엔 KO 수준의 펀치가 날아왔다. 앗! 우르르 쾅 천둥 번개가 번쩍! 으아아!!!

지금이야 웃으며 말할 수 있지만 그때는 진짜 심란했다. 하지만 여전히 포장은 멀쩡해서 뭐라 대거리할 수도 없었다. 그러니 '아이 못 낳는 며느리'라는 언중유골을 듣지 않기 위해서도 아기는 낳아야 할 것 같았

내 안에는 작은 아이가 산다

다. 게다가 시아버지와 시동생은 대놓고 아이를 요구했다. 그래도 솔직한 말씀이 훨씬 마음이 편했다.

아기에 관한 한 '나의 요구' 혹은 '부부의 요구'보다는 주변의 요구가 훨씬 더 힘이 셌다. 그냥 무작정 노력했다. 배란일에 맞춰 함께 잠을 자는 정도였지만. 어찌된 일인지 이번엔 임신조차 되지 않았다. 결혼한 지 햇수로 3년이 되었는데 말이다. 내 나이는 마흔이 됐고 더 이상 기다리기만 해서는 아기를 영영 얻을 수 없을 거라는 데 생각이 미치자 불안했다. 하지만 무얼 어떻게 해야 하나? 병원에 대한 불신이 컸던 당시로서는 위급한 상황이 아니라면 병원은 정말이지 싫었다. 게다가 면역글로불린 주사니 뭐니 해서 불임 치료에 기천만 원 이상 들었다는 사람도 있었다.

나는 전전긍긍 노심초사했다. 그러다가 결심했다. 시작해보자! 내 힘으로 아기를 갖자! 난 할 수 있다! 나는 사랑스런 아기를 낳고 싶고 아기를 행복하게 해줄 것이라고 믿기 시작했다.

좋은 엄마가
될 수 있을까 ?

프랑수아 비용은 가난뱅이 집 자식으로 태어나
서늘한 높새바람이 그의 요람을 흔들어주었네
눈보라 속에서 보낸 어린 시절에는
머리 위로 텅 빈 하늘만이 아름다웠네……

- 베르톨트 브레히트, 〈프랑수아 비용에 대하여〉 중

막상 '적극적으로' 아기를 낳기로 결심하자 또 다른 망설임이 고개를 디밀었다. 나에게만 있을 듯한 거대한 암초! 내가 좋은 엄마가 될 수 있을까?

"빨리 안 일어나, 이년아?"
아침이 되면 어김없이 들려오는 소리다. 호통 치는 엄마의 목소리를 들으며 어린 나는 잠에서 깬다. 어젯밤 역시 빨리 자라고 다그치는 엄마의 고함소리를 자장가처럼 들으며 잠이 들었다. 아침에 눈을 뜨는 것이 겁나는 일곱 살! 아니 여섯 살!
내가 조금만 굼뜬 행동을 보이면 엄마는 기다렸다는 듯 빗자루몽둥이를 사정없이 휘두르며 신세타령을 쏟아놓을 것이다. 벌떡 일어나 주섬주섬 옷을 입고 방청소를 할라치면 일상에 깔리는 배경음악처럼 엄마의 잔소리가 흐른다.

게을러터져서 꼭 깨우고 소리쳐야 일어난다는 둥, 애비 닮아 저 모양이라는 둥…… 그런데 그날따라 엄마 목소리에는 평소보다 노여움이 짙게 묻어 있다. 몸을 일으키는데 빗자루가 머리와 어깨를 후려친다. 악!!!

잠을 너무 많이 자서 퉁퉁 눈이 부은 것 보라며 힐난하는 화난 엄마 얼굴이 뒤이어 보인다.

"미경엄마, 미경이 얼굴 좀 봐요. 얼굴 전체가 심하게 부었잖아. 미경이 어디 아픈 것 같은데? 미경아, 괜찮니?"

옆집 아줌마가 안쓰럽게 나를 바라본다. 마음에 물기가 말라버린 걸까? 나를 위해 한마디 해준 아줌마 말이 마음으로 스며들어 눈물 콧물이라도 흘릴법한데, 나는 후다닥 뛰어나가 세수를 한다. 위기를 모면한 것이다! (당시 나는 신장염을 앓고 있었다.)

내 나이 서른이 넘은 어느 날, 엄마에게 물어보았다.

"옛날에 나한테 왜 그렇게 심하게 했어?"

"니가 못돼서 그랬지."

친정엄마를 떠올리면 나는 아기를 낳으면 안 될 것 같았다. 고백하자면 나는 성장기의 어느 시기부터인가 무의식적으로 엄마를 닮지 말아야 한다고 생각했던 것 같다. 그래서인지 엄마가 쓰는 말투나 눈살 찌푸려지는 어떤 행동이나 습관이 내게는 거의 없다.

대학시절 문득 여동생이 엄마가 쓰는 말투를 고스란히 사용하고 있는 것을 발견했는데, 그때 '어? 나는 저런 말을 안 쓰네.' 하고 생각했다.

내 유년의 기억들은 고통스러웠다. 어린 시절을 떠올려보면 부드럽고 다정한 엄마의 미소나 칭찬 같은 것은 그야말로 먼 나라의 이야기였다.

한편 아버지는 엄마의 행동에 일체 태클을 걸지 않았다. 아버지에게는 전실 소생의 자식들이 있었는데, 엄마와 아버지는 그 때문에 많이 다투신 것 같다. 어린 시절이지만 오빠들 때문에 싸우던 부모님의 모습이 선명하다. "미경이는 내 새끼니까 내가 죽이든 살리든 놔둬라." 이런 식이었다. 그래서 엄마는 아버지와 싸우고 나서도, 오빠들에게 화가 나도 나를 때렸다. 동생들이 태어나자 동생과 싸운다고 경기를 하도록 매질을 했다.

어머니와 아버지는 19년의 나이 차가 난다. 나이 많은 남편과 나이 많은 전실 자식들에 대한 울화를 어머니 스스로 잘 다스리지 못한 것 같다. 중학생 이후 나는 우리 집 반항아가 되었다.

스무 살까지 그런 환경에서 자랐으니 유년의 기억이라고는 긴장과 두려움이 전부다. 어디 가서든 긴장하며 주눅이 들었고, 엄마를 화나게 하는 문제투성이 인간이란 자책으로 괴로웠다. 그 시절을 버텨올 수 있었던 유일한 낙이라면 '공부하는 것'이었다.

엄마의 기준에서는 천하에 쓸모없는 인간이었지만, 학교에서는 인정받았고 공부도 잘했고 친구들도 많았다. 나를 이쁘게 봐주시는 선생님들도 계셨다. 정말 이상했다! 내가 누군가에게 칭찬을 받다니! 나에 대한 정체성에 혼란이 왔다. 알고 보면 나는 천하에 몹쓸 아이인데 학교에서는 연극을 하고 있다는 죄의식……. 나는 나쁜 아이라는 생각이 골수까지 각인된 것이다.

내가 아이를 낳는다면 친정엄마가 한 방식대로 나도 모르게 이성을 잃을지도 모른다. 나의 미숙함을 감추려고, 혹은 내 성미를 못 이겨 아이에게 화풀이를 하고 아이의 단점을 후벼 파고 까발릴지도 모른다. 아이가 얼마나 나쁜지 이웃이나 친척들에게 알릴 것이다. 얼마나 불행한가?

그러니 나는 아이를 갖지 말자!

새끼를 낳아 기르는 어미의 역할이란 얼마나 치명적인가? 정신적인 상처 때문에 세상살이가 천형처럼 고단한 내가 아이를 낳아 대체 어쩌자는 건가? 아이는 행복할까? 아이는 엄마인 나를 어떻게 생각할까? 게다가 마흔이 넘어 아이를 갖겠다니! 내가 아이를 갖는다고 해도 좋은 부모가 될 수 있을까?

아 이 는 행 복 할 까 ?

풀어야 할 숙제가 많았다. 내가 아이를 진심으로 원하는 걸까? 나와 남편이 아이를 원한다고 해도 내 아이도 태어나길 원할까? 세상에 태어난 내 아이는 행복할까? 힘든 인생살이, 뭐가 좋다고 아이에게 물려줄 것인가? 나의 체면을 위해, 혹은 공동 체 삶의 룰에서 벗어나지 않기 위해 아이를 필요로 하는 건 아닐까? 별의별 생각이 다 들었다.

그런데 그 즈음 나는 참 기이한 경험을 했다.
잠을 자는 내내 너무도 놀라운 꿈을 꿨다. 날마다 행복하고 아름다운, 소위 길몽을 연속적으로 꾸었다. 난생처음으로 인터넷에 들어가 꿈 해몽을 찾아보았다. 대부분 '고귀하고 소중한 자녀를 잉태할' 태몽이었다. 그 태몽이라는 것이 너무도 환하고 밝고 아름다워서 잠을 자고 일어나면 한동안 멍했다. 살아오면서 그런 경험은 처음이었다.
요즘은 거의 그런 꿈은 꾸지 않는다. 간혹 악몽을 꾸거나 의미 없는 단편적인 꿈을 꿀 뿐이다. 아무튼 당시에는 꿈을 꾸고 나서 해몽을 뒤져보는 낙으로 하루를 보낼 정도였다. 어떤 종류의 신도 믿지 않았지만 나의 꿈이 놀랍고 뭔가 의미가 있는 것만은 확실하다고 느꼈다. 나이가 드니까 과학적인 것만 믿는다는 젊은 날의 오기도 서서히 사라졌다.

꿈의 내용을 노트에 적어두기 시작했다. 그렇지만 마음은 공허했다. 더 이상 시간을 허비해서는 영영 내 아이를 갖지 못할 수도 있다는 절박감이 엄습했다. 내 나이 마흔이 넘어 있었다. 에라, 아이를 갖자. 이렇게 꿈이 좋은데 뭐. 세상에 이런 태몽이 또 있을까? 우리가 아이를 행복하게 해주면 되지.

마음을 비운 순간
내게 온 아기

꿈꾸는 자여, 어둠속에서
멀리 반짝이는 별빛을 따라
긴 고행길 멈추지 말라

– 문병란, 〈희망가〉 중

아이를 낳기로 결심하고 나서 직장을 그만두었다. 당시 나는 잡지사 편집장 일을 했는데 노동 강도가 장난이 아니었다. 사람마다 업무 스타일이 다르겠지만 고지식한 나는 허드렛일부터 중요한 일까지 대부분을 내 손으로 해결했다. 자신을 쉬게 하는 방법을 몰랐다. 건강이 좋을 리 없었다. 훌훌 직장을 털고 나왔다.

그런데 대학을 졸업한 후 줄곧 일을 해온 내가 집에서 마냥 쉬는 건 더 힘들었다. 소일 삼아 할 일을 찾다가 글을 쓰기 시작했다. 그렇게 해서 천경 산문집 《키스해도 돼요?》(북코리아 刊)를 출간했다. 그런데 이 책을 한 달 만에 써버리는 바람에 시나리오와 드라마 등을 습작하면서 소일했다.

당장 임신을 원하는데 직장 일을 병행하면서는 순조로운 임신과 출산을 기대할 수 없다는 판단이 섰다면 휴지기(休止期)를 갖는 것도 나쁘지 않다고 본다. 다만 집에서 할 취미 생활을 찾아야 할 것이다. 그것이 십

자수를 놓는 것이든, 꽃꽂이든, 독서든 말이다. 아무튼 할 일 없이 시간을 죽여야 하는 상황은 좋지 않다.

직장을 그만두고 처음에는 잠만 실컷 잤다. 그동안 잠 한번 원 없이 자보는 것이 소원이었기 때문이다. 오전에 남편 회사 나가는 거 잠시 보고 다시 잠자기 시작한다. 계속 잔다. 일어나기가 싫다. 더 이상 누워 있는 것이 힘들 만큼 등뼈가 아파오면 슬슬 일어난다. 물 한잔 마시고 빈둥빈둥 늦은 점심을 먹는다. 그리고 커피를 마신다. 한적한 오후의 흐느적대는 창밖 풍경을 보며 홀로 앉아 커피 한잔 마시는 즐거움! 나에겐 점심식사 후 마시는 커피 한 모금의 향그러움이 인생의 낙일 만큼 좋다. TV를 켜고 창밖을 보며 커피를 마시고 있으면 "와! 좋다!" 탄성이 절로 나온다.

유리창 밖으로 사람들이 지나 다닌다. 미용실과 쌀집, 슈퍼마켓, 부동산중개소……

이렇게 한가한 혼자만의 시간을 가져본 적이 언제였던가! 꾸물꾸물 게으름을 피우다가 신문을 보고 컴퓨터 앞에 앉는다. 이메일을 점검하고 포털 사이트를 훑어본다. 그러곤 글을 쓰기 시작한다. 글은 속력이 붙어서 마구 써진다. 어떤 날은 영화를 보기도 한다. 영화 속 주인공이 되어 남루한 인생에게 눈을 맞추고, 내 속에 무의식적으로 축적된 슬픔과 조우하기도 한다. 비 오는 날, 창밖으로 비 내리는 풍경을 하염없이 보고 있으면 하루가 어떻게 지나갔는지 모른다. 어느덧 유리창 밖으로 희끄무레한 어둠이 내려앉는다.

남편이 회사에서 돌아왔고 저녁도 먹었으니 이젠 잠을 자야 한다. 하지만 잠이 오지 않는다. 낮에 잠을 너무 많이 잔 것이다. 자고 싶은데, 달콤한 꿈나라로 들어가고 싶은데, 행복한 꿈을 꾸고 싶은데……. 환장할 노릇이다! 새벽 2시, 3시, 4시, 5시…… 점점 잠을 자는 시간이 늦어지더

내 안에는 작은 아이가 산다

니 급기야는 새벽 6시에 잠이 들었다. 밤과 낮을 거꾸로 사니 건강은 더 나빠졌다. 모든 게 엉망진창이었다.

내가 지금 뭘 하는 건가! 이렇게 해서 아이를 낳겠다고? 더구나 직장 생활 할 때보다 몸은 더 안 좋은 신호를 보내왔다. 운동을 하자! 규칙적인 생활을 하자! 잊고 있던 운동을 시작했다. 생활 패턴도 바꾸었다. 하지만 컨디션은 좀처럼 나아지지 않았다.

매 일 산 에 오 르 다

스트레스와 과중한 노동 강도를 '주범'으로 보고, 일을 접고 나름대로 규칙적인 생활과 운동도 했지만, 어찌된 일인지 몸 상태는 더 나빠지는 느낌이었다. 그 신호로 치아와 잇몸에 문제가 생기기 시작했다. 잇몸질환이라는 게 잇몸 자체, 즉 구강 내의 문제일 수도 있겠으나 내 경우는 몸이 안 좋다 싶으면 가장 먼저 치아가 말썽이다. 잇몸이 붓고 피가 나고 치아가 흔들리는 느낌이 든다. 말하자면 내게 가장 취약한 치아는 내 건강상태를 가늠하는 바로미터 같은 것이라고나 할까?

이상하다! 왜 이럴까?

곰곰 생각해보니 '아, 그렇구나!' 무릎이 탁 쳐졌다. 직장을 다니는 동안은 대중교통 수단을 이용한 출퇴근부터 출입처 방문 등 활동량이 무척 많았던 것이다. 하지만 집에서 뒹굴고 있으니 그 많은 활동량을 어디서 보충하겠는가? 스트레스가 없고 몸만 편하다고 바로 임신이 되거나 유산을 막을 수 있는 게 아니었다. 직장생활 할 때의 활동량을 유지해야 한다!

집 근처에 왕복 2시간 거리의 약수터가 있다. 작은 물통을 들고 오후엔 산에 오르기 시작했다. 하루 이틀 산에 오르자 욕심이 났다. 산에서는 신발을 벗고 걷기 시작했다. 불과 며칠이 지나자 거짓말처럼 잇몸과 치아가 좋아졌다. 그렇게 한 달인가 지나자 몸무게가 약간 늘기 시작했다.

두 달, 석 달, 여섯 달……

한 해가 지나고 새해가 되고 봄이 왔다. 와! 얼굴에 살이 붙고 피부가 매끄러워지고 밥맛은 어찌 그리 좋은지……. 밥이든 뭐든 잘 먹고, 특히 물을 많이 마셨다. 그리고 하루 2시간 이상 집에서 운동하고 2시간은 산에 다니고 그 밖의 시간은 집에서 느긋하게 지냈다.

얼굴에 윤기가 흘렀다. 실제 나이보다 더 나이 들어 보이는 걸 콤플렉스로 느끼고 있었기에 얼굴과 몸의 피부가 단단해진 느낌은 신나는 경험이었다. 움푹하던 볼이 통통해지고, 몸무게가 약간 늘게 되니 비쩍 말라 물기가 없어 보이던 얼굴에 푸른 수액이 도는 듯 기분이 좋아졌다.

평소 손발이 찼던 난 내친 김에 하루 20분가량 따뜻한 물에 발을 담그고 족욕을 시작했다. 그러다가 더 욕심이 나서 손에 뜸을 뜨기 시작했다.

그렇게 2004년 4월이 지나고 있었다.

컨디션은 최상인데 어찌된 일인지 임신이 되지 않았다. 안 되는 임신을 어쩌겠는가? 나로선 최선을 다했고 지금 건강상태는 최고다. 그런데도 임신이 되지 않는다. 그렇다면 그건 하늘의 뜻 아니겠는가? 당시 나는 마흔둘이었다. 내 힘으로 어쩔 수 없는 걸 가지려고 하는 것도 욕심이 아닐까? 난 지금 건강하고 행복하다. 그렇다면 지금부터 행복한 노년이나 설계하며 아이 없이 사는 미래를 그려보자!

새 노트를 한 권 사서 남편과 나의 '20년 후 노년의 삶'에 대한 계획

내 안에는 작은 아이가 산다

을 세우기 시작했다. 직장 일을 다시 시작하면 저축을 한 달에 얼마씩 할 것인지 등등……. 그 즈음 일산 쪽에 분양받은 아파트에 2005년 입주 예정이라 노년에 전원생활하며 글을 쓰기에도 적합했다.

다시 일자리를 알아봤다. 곧 신문과 잡지를 발행하는 회사에 자리를 얻었다. 근 1년을 쉬고 나니 간절히 일이 하고 싶었다. 이젠 '한낮의 한가한 휴식'도 더 이상 달콤하지 않았다.

사람이 그리웠다. 수다 떨고 열 받고 함께 뒷담화하며 낄낄거리던 사람들. 원고 마감을 마친 날, 오전 11시가 넘으면 '오늘 점심 뭘 먹을까?' 고민하던 기억이 새삼 그리워졌다. 더구나 나이 마흔이 넘어 집에 오래 있게 되면 재취업은 불가능하다는 절박감도 생겼다. 아무튼 무조건 일이 하고 싶어 몸살이 날 지경이었다. 그런데 당장 일하러 오라는 곳도 생겼다. 감사했다. 1주일 후면 다시 출근하는 것이다.

첫 출근하는 날 입을 옷도 미리 골라두었다. 그런데 이상하다! 생리를 해야 하는데 왜 이번 달은 생리가 없는 거지? 세상에! 임신인가? 오 마이 갓!

임신이 안 되는 걸 편안한 마음으로 받아들이고 이제 '황홀한 노년'을 맞을 채비도 하고 노년의 계획도 세워두고 더구나 전원생활이 가능한 곳에 집도 장만해두지 않았는가?

그런데 임신이라면? 모든 계획이 헝클어지는 것이다! 정말 임신일까? 그럼 출근은? 노년 계획은? 전원주택은? 자가 임신진단 시약을 사와서 테스트를 했다.

임신이었다. 분홍색 두 줄이 선명한…….

임신 6주
되셨네요

탁자 위에 오렌지 한 개
양탄자 위에 너의 옷
내 침대 속에 너
지금의 부드러운 현재
밤의 신선함
내 삶의 따뜻함

-J. 프레베르, 〈알리칸테〉

임신 여부를 확실히 알아보기 위해 남편과 함께 모 여성클리닉(불임 · 유산 전문 클리닉)을 찾아갔다. 의사는 놀라는 눈치였다.

"임신 되셨는데요? 아주 좋은 위치에 단단하게 착상이 되었습니다. 아주 좋은데요? 6주 되셨네요."

이 클리닉은 예전에 한 번 찾은 적이 있었다. 당시 이곳 의사는 자궁에 물혹이 7~8개나 있는데 크기가 어른 주먹만 한 것들을 비롯해 크고 작은 덩어리들이 자궁 안에 가득 들어 있으니 매우 어렵겠지만, 한번 노력해보자고 말했던 것이다.

그전에는 국내 유명 여성 전문병원에 다녔는데, 기백만 원의 비용을 들여 수십 가지 검사를 하고 난 후 물혹을 제거하자며 다짜고짜 수술 날짜를 잡았다. 나는 단호하게 거부하고 병원을 나왔다. 그리고 찾은 병원이 이곳인데, 이 병원 의사선생님은 괜찮은 분이었다. 수술 같은 건 권하지 않았고 한번 같이 노력해보자고 했다.

하지만 나는 솔직히 의사선생님과 함께 '한번 노력해보고' 싶지 않았다. 그래서 그 후 일절 병원을 찾지 않았다. 그리고 근 1년여 만에 뭘 어찌했는지는 모르지만, 아주 좋은 위치에 단단하게 아이가 착상된 상태로 나타난 것이다.

나중에 아이를 낳은 후 의사 말이 "임신해서 나타났을 때 정말 깜짝 놀랐다. 기절하는 줄 알았다."고 술회했다. 그만큼 당시 나의 자궁 상태는 안 좋았고 게다가 나이가 몇인가?

처음에는 1주일에 한 번, 그 후에는 2~3주에 한 번, 나중엔 한 달에 한 번 병원에 나오라고 했다. 나의 경우 임신도 중요하지만 습관성 유산이 문제가 되기 때문에 향후 유산을 막기 위해 면역글로불린 주사 같은 걸 권유했다. 그 외에 또 다른 것도 권했는데 기억이 나지 않는다. 그런데 그 비용이 만만치가 않았다. 면역글로불린의 경우 1회 주사 비용이 60만 원 정도였는데 월 2회 투여하면 한 달에 1백만 원 이상 들어간다. 비용도 비용이지만 인위적인 건 일체 하지 않기로 했다. 그냥 자신이 있었다.

나에겐 믿는 것이 있지 않은가? 내가 믿는 건 산! 그거면 될 것 같았다. 내가 원치 않는다고 하자 의사는 더 이상 권하지 않았다. 1년 전 도무지 불가능할 것 같은 몸 상태였는데 그 사이 무엇을 어찌했는지 임신이 되었고, 그것도 좋은 위치에 단단히 착상된 상태로 나타났으므로 의사는 나의 모든 결정을 전적으로 믿어주는 듯했다. 나는 의사선생님의 그런 태도가 감사했다. 부득불 각종 고가의 치료를 강권했다면 난감했을 텐데 말이다.

나의 백수생활은 계속되었다. 임신인 걸 알고부터 더욱 열심히 산에 다녔다. 주변 사람들은 습관성 유산이라는 이유를 들어 움직이지 말고 집에 가만히 있으라고 조언했지만 나에게는 확신이 있었다. 계속 산에 가야 한다는……. 그러면 반드시 아이를 낳을 수 있을 거라는 걸…….

다음날부터 다시 맨발로 2시간가량 걸리는 약수터에 갔다. 물론 조심조심 천천히. 풀냄새, 흙냄새를 맡으며, 새소리를 들으며, 행복한 마음으로 느릿느릿 걸었다.

고요한 산길은 한여름에도 바람이 불어 시원했고 사람들이 자주 다니는 곳이라 음습하지 않았다. 어찌나 산에 가는 것이 좋던지 비 오는 날에도 산에 갔고, 천둥 치고 태풍이 오는데도 모처럼 쉬는 날 자고 싶어 하는 남편을 강제로 끌다시피 해서 산에 올라갔다.

매일 산에 가는 것이 얼마나 좋은지 몸소 체험한 때문이리라. 임신을 유지하고 습관성 유산을 막기 위해서라도 하루도 산에 가지 않으면 안 될 것 같았다. 중독 같았다. 그리고 어떤 날, 막 비가 그친 오후에 향기로운 풀냄새와 산허리까지 가득 안개가 낀 산길을 올라가다 보면 가슴이 턱 막혔다. 세상이 너무도 아름답고 내 마음이 알 수 없는 감흥으로 가득했다. 문득 어느 아득한 꿈의 나라로 이사를 해온 것 같은 착각이 들 정도였다.

당시 우리 부부는 경기도 광명에 살았는데 내가 다니는 약수터가 있는 산 이름이 도덕산이었다. 우리 아이는 도덕산의 정기를 받고 태어날 아이라고 남편에게 자랑하기도 했다.

지금도 그곳을 떠올리면 아련한 그리움이 피어오른다. 혼자 한발 한발 산을 오를 때면 세상의 모든 시름이 사라지고 머리가 맑아진다.

그렇게 하루하루 산을 오르다 보니 어느덧 배가 천천히 불러왔다,

내 안에는 작은 아이가 산다

유산 위험기인 5개월을 넘기고 나자 컨디션은 더 좋아졌다. 하지만 초로의 늙수그레한 여자가 창백한 얼굴과 '뚱뚱한' 몸으로 힘들게 매일 산길을 오르니 종종 오해를 받았다.

어떤 착하게 생긴 남자분이 나에게 다가오더니 "마음을 강건히 하고 열심히 운동하시면 어떤 병도 물리칠 수 있습니다. 희망을 잃지 마세요." 한다. 그분은 시내버스를 운전하는데 건강이 안 좋아서 이틀에 한 번 쉬는 날에는 산을 찾는다고 했다. 그는 뒤틀리고 배배 꼬인 인생을 술로 탕진하며 시간을 보내다가 수술(병이 기억나지 않는다)을 한 후 부인도 집을 나가는 등 무척 힘든 시기가 있었다고 했다. 마음을 고쳐먹고 일자리를 찾은 후에는 건강이 완전히 망가진 상태였단다. 그래서 돈 안 들이고 건강해지는 방법을 찾던 중 산에 오르게 됐는데 한 달 만에 큰 변화를 겪었다며 지금은 자신의 만성질환이 모두 나았다고 자랑했다. 공손하고 예의 바른 사람이라는 생각이 들었다. 슬쩍 쳐다보니 그분의 표정이 정말 웃겼다. 내가 참 안됐다는 표정이 역력했고 나에게 용기를 주는 데 필요한 말을 열심히 찾는 듯했다. 그러고는 반드시 좋은 날이 있을 것이고, 자기처럼 '옛날이야기' 할 때가 있을 거라며 산의 '신비한 효험'을 계속 설명하는 것이었다. 임신 사실을 밝히기도 그렇고 해서 나는 그저 웃으며 고개를 끄덕여주었다.

가을이 되면서 내 배는 자꾸 부풀어 올랐고 나는 숨을 몰아쉬면서 힘겨워했는데, 그분은 나를 만날 때마다 걱정스런 얼굴로 말했다.

"좋아질 겁니다."

열심히 산에 오는데도 눈에 띄게 '나의 상태'가 호전되지 않는 것이 믿기지 않는 듯 걱정되는 눈치였다. 어느 날 또 우연히 그분을 만났는데 조심스럽게 "운동량을 늘려보세요." 한다. 그분은 하루 종일 산에서 살았지만 나는 산을 한 바퀴 돌고는 곧장 내려가니까 아쉬운 모양이었다.

나도 갈수록 어색해져서 고개만 끄덕였다.

겨울이 되면서 내 배는 남산만큼 부풀어 올랐는데 이 아저씨, 그제야 감을 잡은 모양이었다. 어느 날 산에서 나를 보고는 슬슬 피하더니 얼른 다른 길로 가버렸다. 너무 미안했다. 진작 "저 사실은 임신했거든요." 했어야 했는데…….

나는 임신 9개월이 될 때까지 한겨울에도 계속 산에 다녔다. 야트막한 동네 산이니 넘어지는 것만 조심하면 문제없어 보였다. 발이 시릴 정도가 되면서부터는 신발을 신고 다녔다.

임신 초기 어느 날은 산에 갔을 때 교회에 다니는 아주머니가 끈질기게 따라붙었다. 교회에 나오면 건강해질 수 있다고 했다. 내 얼굴이 설마 임신할 새댁으로는 보이지 않는 모양이었다.

확실히 내가 임신일 거라는 눈치를 채지 못하는 사람들이 많았다. 하지만 일일이 사실을 말하고 싶지 않아서 잠자코 있었던 것이 그만 아저씨를 난처하게 만든 듯했다. 참 좋은 분이었는데 말이다.

10개월째 접어들면서는 이젠 언제 아이가 나올지 모르니 산은 무리라는 생각이 들어서 그 후부터 아이 낳을 때까지는 광명시청 운동장을 하루 다섯 바퀴 정도 걸었다.

내 안에는 작은 아이가 산다

내려놓음

하나의 꿈이 깨어지면 또 하나의 또 다른 꿈이 피어난다.
물은 어느 그릇에나 담겨질 수 있듯이 우리 삶도 그런 것,
다만 순간을 놓치지 않고 사랑하며 살고 싶다.

— 홍신자, 〈자유를 위한 변명〉 중

결혼 후 아이가 생기지 않아 길게는 10년, 짧게는 5년 이상 병원이란 병원은 모두 순례하면서 돈은 돈대로 들고 기력도 탈진해서 '더 이상은 못하겠다'고 '항복'한 이후에 거짓말 처럼 임신을 한 사람들을 종종 보게된다.

아는 사람 가운데 유명한 병원뿐 아니라 온갖 비방(秘方)을 두루 섭렵하는 등 할 수 있는 모든 방법을 시도해보았지만 7년째 임신이 되지 않자 아기를 포기한 이가 있다. 30대 중반인 그녀는 대신 '자유롭고 편하게' 하고 싶은 거 하고 즐기면서 살기로 했다. 남편과 여행도 다니고 그럭저럭 아이에 대해 잊고 있었는데 1년 만에 덜컥 임신이 되었다고 했다. 나는 그녀와는 좀 달랐지만 '안 되는 걸 어쩌겠어. 지금 이대로도 좋아. 운동하니까 몸이 날아갈 듯하네. 이걸로 충분해'라고 생각하다 보니 임신이 되었다.

부부 모두 별다른 문제가 없는데 백방으로 노력해도 안 되는 경우에는 '아이가 없으면 어때?' 하는 배짱으로 편하게 마음먹는 것이 오히려 임신에 도움이 되는 듯하다. 즉 '마음을 비우는 여유'가 필요한 것 같다.

그런데 아기를 눈이 빠지게 기다리면서 임신에 유효하다면 별의별 짓을 다하는 부부에게 포기가 쉽겠는가? 주위 시선도 있고 일가친척들의 성화도 그렇고 무엇보다 결혼한 부부에게 아이가 없는 것을 아직은 비정상적으로 보는 것이 어면한 현실 아닌가? 요즘은 아이 없이 사는 부부가 늘고 있다고는 하지만 일부를 제외하면 결혼하면 자손을 생산하는 것이 동서고금의 순리 아닌가? 그러니 아기를 포기하는 것이 힘들긴 할 것이다. 하지만 아무리 해도 안 된다고 느꼈을 때 이제 그만하자, 하며 마음을 바꾸게 된다.

그런데 이렇게 마음을 고쳐먹고 나면 아이를 갖게 되는 경우가 왕왕 있다. 아이에 대한 미련을 떨쳐버리고 나니 아이를 갖게 되는 것은 역설적이지만 무언가에 연연하고 스트레스 받고 긴장하며 살아가는 것 자체가 임신에 악영향을 미친다는 것이다.

세상만사 인생살이가 다 내 뜻대로 된다면 좋겠지만 그게 쉬운 일인가? 인력으로 어쩔 수 없는 것은 포기하는 것도 용기라는 생각이 든다. 포기하고 나면 더 큰 것이 종종 돌아온다. 마음의 평정, 겸손함, 뒤돌아보는 여유, 너그러움 그리고 내 주변과 이웃을 둘러보는 마음, 등등. 그래 자식이 없으면 어때? 별거 아닌 인생, 왜 꼭 자식이 있어야 하지?, 하고 생각해 보자.

요즘은 처음부터 아이를 원하지 않는 젊은 부부도 있지 않은가? 그들을 옹호하는 것은 아니지만 고달픈 인생살이를 왜 굳이 자식에게까지 물려주려 하는가?

누군가에겐 인생이 만만하고 즐겁고, 세상이 살 만한 곳이긴 하지만 또 다른 이들에게 인생이란 참 고달프지 않은가?

내 안에는 작은 아이가 산다

굳이 내 핏줄을 가지려고 연연하지 않고도 또 다른 의미 있는 삶이 있지 않을까? 자녀를 간절히 원하지만 아무리 해도 안 된다면 그냥 두 사람이 행복하게 잘사는 길을 모색하시길 바란다. 자식은 애물단지라고 하지 않는가? 이 말은 내가 아이를 낳아 길러보니 정말이지 절감하는 경구가 되었다.

별별 짓을 다 해도 안 되는 건 안 되더라는 것이 지금까지 내가 살아온 길지 않은 삶에서 얻은 교훈이다. 누가 아는가? 자유롭게 내적으로 충실한 삶을 살다 보면 진심으로 원하는 것을 얻을 수도 있을지 말이다.

그렇다고 "포기하면 아이가 생길 거야." 하는 헛된 소망은 품지 마시길 바란다. 그저 인생에서 단념할 부분은 단념하고 취할 부분은 취하면서 지혜롭게 사는 것, 그리고 공동체 구성원으로서의 자신에게 관심과 애정을 품고 좋아하는 것을 경험하며 열심히 살아가는 것도 좋지 않은가? 소중하고 가치 있는 어떤 배풂이나 나눔이나 봉사나 그 무엇이든 실은 자기만족과 자기애의 한 방편일 것이다.

정말로 아이를 키우고 싶다면 입양 같은 고귀한 결정도 할 수 있으리라. 나는 입양은 인간정신의 숭고함의 절정이 아닐까 감히 생각한다.

원하는 것을 향해 미친듯이 내달리는 것도 나름의 가치가 있겠지만 때로 앞만 보고 너무 정신없이 달려가다가 낭패를 겪기도 한다. 그래서 오히려 중요한 것을 잃는 수도 있다. 무언가를 얻기 위해 물불 안 가리고 달려가는 것은 20대 청춘의 한 시절의 무모한 열정만으로 족하지 않을까?

서른이 되고 마흔이 되면 잠깐씩이라도 안으로 침잠해서 고요해지는 시간이 필요한 것 같다. 자신에게 손 내밀어보는 마음 말이다.

지금 세상이 너무 마구 달려가고 있어 좀 어지럽지 않은가? 갈수록 세상이 너무나 피도 눈물도 없이 내달리고 있어서 참으로 걱정스럽다.

1930년 대공황에 비견되는 미국 발 세계적인 경제위기도 그렇고 삶이 너무도 비상식적으로 빙판길을 내달리고 있어서 우리 모두, 인류가 다 함께 어떤 나락으로 곤두박질치는 것이 아닐까 걱정하게 된다.

잠시라도 조용히 관조하면서 마음을 쉬게 하는 삶이 소중하다는 생각이 든다. 때론 포기도 하고 손해도 보고 바보같지만 우리 모두 다 같이 그렇게 한 템포 늦추어서 사는 소박한 삶이 그립다.

안 되는 건 그만두자! 성공한 사람들은 '절대 포기하지 말라'고 하는데 나는 포기할 건 포기하는 것이 진정 용기있는 삶의 태도라고 생각한다.

인구 감소를 걱정하는 사람도 많지만 낳을 수 있는 사람들이 많이 낳도록 정책적으로 뒷받침해주면 되지 않을까?

내 안에는 작은 아이가 산다

맨발로 걷기,
물 마시기,
족욕과 뜸 하기

흐르는 물에 상추를 씻는다
꼬깃꼬깃 접혀 있던 몸 활짝 기지개를 켠 듯
상춧잎 울퉁불퉁한 잎면에
내 마음의 물기가 주르르 흐른다

– 이나명, 〈상추에 관한 명상〉 중

몇 년 전만 해도 맨발로 산길을 걷다 보면 의아해하는 사람들이 있었다.

"발 아프지 않아요? 가시에 찔리면 어쩔려구."

나의 표정을 유심히 살피면서 내 상태를 슬쩍 점검해보는 점잖은 분들을 자주 만났다.

"이렇게 맨발로 걸으면 혈액순환도 잘되고 건강이 아주 좋아져요."

나는 씩 웃어 보인다.

당시 나는 맨발로 산길을 걷는 것이 구체적으로 신체에 어떤 효과가 있고 어떤 영향을 미치는지에 대해서는 잘 몰랐다. 다만 그 향그러운 황토색 흙을 맨발로 걷고 싶다는 충동을 누를 수 없었다.

그런데 이상한 일이 벌어졌다. 온몸에서 '와~ 좋아' '좋아' 아우성치는 느낌, 그리고 무수히 많은 행복한 느낌표들! 세포 하나하나가 저마다

꿈틀꿈틀 깨어 일어나고, 삶에 생기를 불어 넣어주는 묘한 경험을 한 것이다. 몸이 개운해지고 뭔지 모를 열정 같은 것이 솟구쳐 올랐다. 그 느낌을 어떻게 표현해야 할까? 지금도 적당한 단어가 떠오르지 않는다. 항상 찌뿌둥하고 나른하던 날들의 온갖 먼지와 허물을 벗어버린, 좀 과장하면 하늘을 날 듯한 상쾌함이라고 할까? 하지만 맨발로 걷고부터 이 같은 정신의 상승작용 외에도 확실히 건강이 좋아졌다. 몸이 가벼워지면서 피로를 느낄 수 없게 된 것이다. 푸석했던 얼굴에 살이 오르기 시작했다.

다이어트를 원하는 사람들이라면 몸무게가 느는 걸 손사래 치며 마다할 수도 있으리라! 그러나 나는 너무 마른 탓인지 항상 내 나이보다 다섯 살은 많게 본다. 정말 속상하고 억울하다. 지금이나 그때나 나의 소망은 '체중 증가'다.

아무튼 건강해지고 싶다는 바람으로 매일 왕복 2시간가량 산에 올라갔다. 그리고 그 여름의 푸르른 녹음, 가을 산의 흐드러진 열정, 옷을 벗은 나무들이 쓸쓸하던 겨울, 봄의 수줍고 어여쁜 바람에게, 연한 새싹의 속살거림에게 더 가까이 교감하고 싶었다. 그런데 자연의 품안에 나를 들여놓고 지친 마음과 몸의 찌꺼기와 땟국을 내려놓자 놀라운 일이 벌어졌다.

요즘은 맨발로 걷기에 대한 효능이나 효과가 널리 알려져 있다. 지은 지 5년 이내의 웬만한 아파트라면 단지 내부에 지압용 자갈길이 있을 정도니 말이다. 그뿐인가? 인터넷을 비롯해 각종 서적에서 맨발로 걷기의 효능에 대해 전문가 집단이 적극적으로 인정하고 있다.

여름부터 시작된 맨발 걷기는 늦가을까지 계속됐다. 겨울이 되면서 어쩔 수 없이 신발을 신었다. 하지만 이듬해 봄이 왔을 때 나는 가장 먼저 신발을 벗어던졌다. 진달래와 개나리가 피고 이름 모를 풀과 꽃들의 향연 안으로 한발 한발 걷다 보면 그 산길 위의 모든 것들에게 절로 감사하는 마음이 생긴다. 살아 있음이, 이렇게 아름답고 평화로운 곳에 나의 영혼을 데려와서 조용히 바라볼 수 있음이 감사하고 죄스러워서……. 어쩐지 이름 없는 풀들과 새들과 물소리, 그 환한 세상에 때 묻은 육신이 침입자 같아 보여서, 인간이라는 사실만으로 공연한 슬픔 같은 것이 뭉클뭉클 피어올랐다. 맑고 투명한 자연의 신비 앞에 인간의 한없는 나약함과 슬픔을 보태는 것 같아서 나도 모르게 자꾸자꾸 중얼거렸다.

미안해. 정말 미안해.

허약한 육신을 데리고 너희의 세상에 슬쩍 무임승차하려고 해서 미안해. 하지만 나, 지금까지 욕심 없이 살았어. 다른 사람들 아프게 하지 않으려 애쓰면서 내 속으로 화를 잔뜩 모아놓고 혼자 앓으면서 살았어. 그래서 몸이 많이 안 좋은가 봐.

짐짝 같은 몸뚱이를 눈부신 봄의 햇살과 겨울을 막 견뎌낸 푸르름 앞에 내려놓고, 울퉁불퉁 못생긴 맨발을 보면 어느새 뜨거운 눈물이 흘렀다. 그렇게 다시 찾아온 봄과 함께 나의 맨발로 걷기도 다시 시작되었다.

그 즈음 나는 임신에 대한 미련은 버린 상태였다. 맨발로 걸으면서 얻는 환희와 행복감만으로도 충분했으니까. 더 이상 무엇인가를 욕심내는 것이 불필요하게 느껴지던 날들이었다. 그리고 이제 가뿐해진 몸으로 다시 직장을 나가려 했다. 아! 그런데 그 봄에, 마흔두 살에 임신을 한 것이다.

물론 임신이 된 것으로 만사가 해결된 것은 아니었다. 임신의 유지가 더 어려운 과제였다. 하지만 어쩐 일인지 이번엔 걱정되지 않았다 유산에 대한 두려움이 전혀 들지 않았다.

　요즘은 맨발걷기를 못하고 있다. 이사를 했고 내가 사는 동네에도 야트막한 산은 있지만 아무도 산에 오르는 사람이 없다보니 혼자서 인적이 없는 산에 가기가 쉽지 않아서다.

　그 때문인지 몸의 여러 기관과 장기 여기저기서 이상 신호를 보내온다. 곧 이사를 가리라.

　아무튼 당시 나는 매일매일 흥분된 마음으로 산길을 걸었다. 그 길에서 나처럼 산을 찾는 이들을 만났고 눈인사를 나누기도 했다. 숲에 사는 새들의 지저귐이 얼마나 명증한지 그때 알았다.

물 을 많 이   마 시 다

맨발로 걷기와 함께 여러 가지를 시도했다.

　그중 하나가 물 마시기다. 식사 후 1시간이 지나서부터 다음 식사하기 약 10~15분 전까지 조금씩 물을 마시기 시작했다. 물을 많이 마시기 시작하자 우선 소변이 자주 나왔고 그 느낌이 좋았다. 쑥스러운 이야기지만 수시로 소변을 세차게 콸콸 누고 나면 그렇게 개운할 수 없었다. 몸속 노폐물들이 몸 밖으로 배출되는 것 같아 기분이 좋았다. 통쾌한 배설의 기쁨!

　당시 나는 쉰 목소리가 나는 등 목이 자주 아팠고 약한 아토피 증상으로 몸이 가려웠는데, 물을 많이 마시기 시작하자 이 증상들이 사라졌다. 역시 물이 좋구나! 하지만 의식적으로 하루 종일 물을 마신다는 것은 여간 번거로운 일이 아니었다. 밥 먹고 1시간이 지난 후부터 조금씩 마셔야 하고 그사이 음식물을 먹지 않아야 하니 쉽지 않았다. 만약 음식물을 먹은 후에는 다시 1시간 정도 지난 후 물을 조금씩 마셔야 한다. 커피나 음료수는 많이 마셔도 당기지만 물은 목이 마르지 않은데 자꾸 먹는다는 게 고역에 가깝기도 하다. 하루 2리터 이상의 물을 먹어야 하니 쓰디쓴 한약을 먹는 기분이 들기도 했다.

점심 식사 시간을 기준으로 오전에 1리터, 오후에 1리터를 먹어야겠다는 강박관념에 사로잡혀 1리터를 급하게 마시고 나면 어떤 때는 구역질이 나기도 했다. 아무튼 방심하고 있던 물 먹기를 철저히 하면서 우선 기분이 아주 좋아졌다. 그런데 나중에 안 사실이지만 물은 한 모금씩 천천히 마셔야 하고 음미하듯 편안한 마음으로 마셔야 한다는 것이다. 무조건 하루 2리터 이상을 마시려고 한꺼번에 다량의 물을 마시면 녹내장 등 부작용을 경험할 수도 있다.

그렇게 의식적으로 물을 마시기 시작한 후 얼마 지나지 않아 좀 더 수월하게 물 마시기를 즐길 수 있게 됐다. 비단 임신을 위해서라기보다 일상생활에서 물을 열심히 마시면 차츰 물 마시는 재미를 느끼게 되고 건강에도 좋은 영향을 미친다. 피부에도 좋다!

족욕과 뜸을 하다

물 마시기와 함께 잊지 않고 실천한 것은 족욕과 뜸이다.

그 즈음 온몸의 혈액순환이 원활치 못한 것이 유산의 원인이라고 혼자서 결론을 내렸다. 이렇게 손발이 차고 배가 찬데 어떻게 임신이 되며, 설령 임신이 된다고 해도 출산까지 유지될 것인가? 건강 관련 서적을 사서 탐독하다가 생각해낸 것이 족욕이었다.

족욕을 하고 나서 양 손바닥에 뜸까지 뜨고 잠자리에 들었다. 그러다 보니 새벽 2시에 잠이 들기도 했다. 하지만 어디서 그런 독기가 났는지 낮에 산에 갔다 온 후에는 저녁 식사 후 2시간 이상 운동을 하고 족욕과 뜸까지 뜬 것이다.

그리고 날마다 '아, 날아갈 듯하구나.' 하고 느꼈다.

지금도 족욕과 뜸을 뜬 후의 나른함과 약간 탈진한 느낌이 어렴풋이 떠오른다. 임신 후에도 입덧이 잠잠하고, 컨디션이 괜찮다 싶으면 족욕과 뜸을 했다. 그러다 점차 몸이 무거워지면서 중단했다.

내 몸이
알려주는 신호

병은 스승이다. 병은 우선 낫고자 하는 의지가 무엇보다 중요하다.
저 길에게 약속한다. 소나무에게 전봇대에게 약속한다.
모시고 살 것이라고, 극진히 대접할 것이라고,
저 썩을대로 썩은 강물에게 맹세한다.
저 콩꽃에게, 참께에게, 고추에게, 생강에게, 개망초에게, 쑥부쟁이에게,

— 유용주, 〈그러나 나는 살아가리라〉 중

임신을 확인하고부터 더 열심히 산에 다녔다.

산에서는 잠자고 있던 감관이 열리고 흥분된 교감신경이 고요해진다. 내 속 깊은 곳에 굳어 있는 응어리가 서서히 풀어지는 듯하다. 닫혀 있던 마음의 빗장이 하나하나 열린다. 손발이 따뜻해지고 눈과 마음, 귀가 순해진다.

지금 혹시 주변에 아픈 사람이 있다면 맨발로 산에 가라고 권해보시라! 지금 당신의 건강이 안 좋다면, 임신이 잘 안 된다면, 혹 자꾸 유산이 된다면 맨발로 매일 산에 오르시라! 아주 위급한 전염성 질환이거나 불의의 사고가 아니라면 통상 질병이라는 건 몸에 전체적으로 문제가 생겼다는 신호로 보면 된다. 그런데 질병이란 그 사람의 신체 중 가장 취약한 부분을 공격하는 것이다. 어떤 특정한 부분이 아파서 약을 먹거나 수술을 하더라도 결국 그 사람의 몸 전체가 건강하지 않으면 그 부위는 다시 말썽을 일으킬 것이다. 그렇지 않으면 신체의 다른 부분, 다른 장기에 또 문제가 생길 것이다. 그러므로 몸 전체를 건강하게 관리하면 질병은 얼씬하지 못한다. 그래서 운동이 중요하다! 여러 가지 운동이 나름대로 효과가 있고 유익하겠지만 맑은 공기를 마시며 몸을 움직이는 산행, 게다가 맨발로 걷는 산행만큼 효과적인 것이 있을까? 하지만 주 1회 정도는 효과적이지 못한 것 같다. 한두 시간이라도 매일 가야 효과를 경험할 수 있다. 암 등 난치병의 경우는 아예 산 속에 움막을 짓고 기거하는 것도 방법이 아닐까 생각한다. 특히 산행은 좋은 공기를 마시니 두통도 신기하게 사라진다. 게다가 소화기 계통이 좋아지기 때문인지 피부가 맑고 투명해진다. 사이비 약장수가 되려고 이러나? 하지만 산에 가시라! 정말 좋다. 혹 우울증을 앓고 있다면 역시 산에 가시라! 하지만 산에 가시거들랑 비닐봉지, 물병, 휴지 등을 버리지 마시길 부탁드린다. 산마저 오염되어버리면 인간에게 더 이상의 안식처가 사라지는 것이니까. 고마운 마음으로 다가가서 겸손하게 산의 목소리를 만나시길 권한다.

유산이 잘되거나 불임인 경우도 특정한 문제가 원인일 수는 있지만 몸이 건강해지면 그 특정한 부위도 좋아진다. 분명한 건 몸이 건강치 못해서 생기는 일체의 질병은 몸 전체를 건강하게 관리하고 유지하면 낫는다. 신체 특정 부위를 수술하고 약을 먹는다고 건강이 좋아지지 않는다. 고혈압이나 당뇨 같은 성인병이 특히 그렇다.

의사가 아닌 내가 경험만으로 말하는 것이니 전문가가 뭐라고 반론하면 할 말은 없다. 하지만 전문가인 의사들도 실은 자기 분야 외에는 잘 모른다. 나는 오랫동안 의사들을 만나는 분야에서 일했다. 하지만 이들이 인간의 몸 전체에 대해, 건강에 대해 총체적으로 조망하고 질병과 건강에 대해 접근하는 걸 그다지 많이 목격하지 못했다. 물론 요즘은 의사들도 달라지고 있다. 대체의학이나 동양의학, 민간요법 등에 관심을 가지는 사람들이 많아졌다. 하지만 여전히 동양의학이나 대체의학 같은 것은 터부시하거나 무시하고 세분화된 자기 분야에 갇혀 공격적인 처방을 하는 경우가 많다.

그러니 너무 전문의에게 매달려 눈과 귀를 쫑긋하지 않는 것이 좋다. 어떤 병이든지 몸 전체의 균형이 유지되고 몸에 문제가 없다면 질병이 공격하지 못한다는 생각으로 꾸준히 관리하는 것이 필요하다. 나이 들수록 여기저기가 아픈 것은 신체의 균형이 깨지고 신체의 이곳저곳이 고장 난다는 의미가 아닐까? 그러니 노년기에는 젊은 시절보다 질병에 더 잘 걸리는 것이다. 나이 들수록 꾸준한 운동이 필요한 이유다. 유산이 잦거나 임신이 잘 안 되는 경우도 많은 부분은 몸이 전체적으로 건강치 못한 때문이라고 생각한다. 몇천만 원을 들여 시술을 받고, 온갖 약과 주사를 써도 안 되는 경우가 있다. 돈 버리고 마음은 상처받고 몸만 더 고단해진다.

임신을 원하지만 마음대로 안 되는 사람들, 특히 별다른 문제가 없는 경우라면 몸이 건강해지고 마음이 편안해지는 것이 중요하다. 누차 강조하지만 당신의 건강을 전문의에게 맡기지 말라고 말하고 싶다. 건강은 스스로 알아서 관리하는 것이지 누군가가 지켜주는 것이 아니다. 아무튼 나는 임신이 된 후에 더욱 열심히 산에 다니면서 또 다른 세상을 만났다.

특히 습관성 유산인 경우 임신 초기에는 몸을 움직이지 말라는 것이 정설처럼 알려져 있지만 나는 개의치 않았다. 나에겐 무작정 몸을 싸매고 드러누워 있는 건 임신의 유지에 도움이 되지 않는다는 확신이 있었다. 그것은 몸이 내게 알려주는 신호로 알 수 있었다. 느린 걸음으로 평화로운 마음으로 산책 후 집에 돌아오면 몸은 가볍고 입덧도 한층 가라앉았다. 임신 초기의 이런 운동이 오히려 임신상태를 더욱 단단히 자리 잡게(착상) 한 것이 아닐까 싶다.

주위의 조언이나 병원의 말을 잘 따르는 것도 중요하지만 내 몸이 내게 알려주는 신호보다 정확한 것이 있을까? 몸이 한결 편안해지고 마음이 충만해진 느낌, 배 속의 아이가 행복해하는 느낌, 아기집이 더욱 단단해진 느낌. 그건 몸이 전해주는 놀라운 신호가 아닐까?

임신 전 집에서 하던 운동은 중단했다. 몸을 무리하게 흔들거나 거꾸로 다리를 쳐드는 동작이 임신의 유지에 문제가 될 것 같았다. 대신 앉아서 하는 맨손체조 같은 걸 '개발'해서 가벼운 운동을 했다. 임산부 체조도 임신 초기에 하기에는 벅찬 동작들이 종종 있어 보였다.

두 차례의 유산

…… 춥지만, 우리
이제
절망을 희망으로 색칠하기
한참을 돌아오는 길에는
채소 파는 아줌마에게
이렇게 물어보기

희망 한 단에 얼마예요?
– 김강태, 〈돌아오는 길〉

결혼 전에는 결혼을 하면 부부관계를 하는 것이고 자연스럽게 아기가 생길 것이라 생각했다.

서른여덟 살이라는 적지 않은 나이임에도 임신을 위해 무엇인가를 따로 준비해야 한다는 생각은 하지 못했다. 그저 '이 나이에도 아기를 낳을 수 있을까?' 하는 호기심이 드는 정도였다. 남편과 함께 잠을 자면서도 별 생각이 없었다. 임신이 되면 아기를 낳을 것이고 안 되면? 사실 '안 되면'은 생각해보지 않았다.

늦은 결혼생활은 모든 것이 변한 만큼 조금은 불편했고 많은 부분이 감사했다. 퇴근을 하면 함께하는 사람이 있다는 것, 함께 밥을 먹고 차를 마시고 TV를 보며 세상이야기를 나누고 함께 미래에 대해 이야기한다는 것……. 이전의 외롭고 쓸쓸하던 시간들을 생각하면 그냥 마음이 따뜻해지는 일상이었다. 바깥 날씨가 몹시 추운 날은 따뜻한 우리의 거처가 있고 살 부비며 마주할 사람이 있다는 것이 참 좋았으니까.

그러니 임신에 대한 걱정도 없었고 아기를 갖기 위해 무얼 해야 할지도 실은 몰랐다. 더욱이 나나 남편이나 나이가 많으니 '빨리 아이를 낳자'는 강박관념은 없었다. 사는 대로 사는 것이고 하루하루가 고마운 날들이었다. 그러다 결혼 3개월 후 임신이 되었다. 당시의 느낌은 뭘까? 두렵기도 했고 신기하기도 했다. 그러다가 조금씩 엄마가 된다는 것에 적응하기 시작했다. 그런데 11주 만에 유산이 되어버렸다.

유산이 되었는데도 별다른 느낌이 없었다. 유산되는 과정이 무척 고통스러웠다는 것 정도. 병원에 도착해 수술을 하고 안정을 취한 후 집에 돌아왔지만 바로 일상으로 돌아갔다. 뾰족구두를 신고 출근해서 늘 하던 일을 하고 남편의 일까지 도와주고 퇴근 후에는 저녁밥을 짓고 집안일을 했다.

TV 드라마에서 유산한 여자들이 대성통곡하며 "아기야 미안해."를 반복하던 것이 떠오르기도 했다. 자신에게 왔다가 머물지 못하고 가버린 '아기'에 대한 슬픔과 죄책감으로 가슴을 찢는 듯한 고통을 호소하던 여인들. 하지만 당시 내 느낌은 허무함 정도. 유산 후 집에 돌아왔을 때 창밖의 어스름을 보며 애잔한 느낌이 들 뿐이었다.

한 번도 본 적 없는 어린 생명이기에 현실감이 없던 탓일까? '그렇게 시간이 가고 그렇게 다시 일을 하고 그렇게 사는 것이 인생이지. 가면 가는 대로 오면 오는 대로 그렇게 사는 거지. 지금도 나쁘지 않아.'라고 중얼거렸을 것이다. 그러고는 다시 일에 매달렸다.

아무래도 너무 늦은 결혼 탓이리라. 스무 살에 상경해서 대학 졸업

내 안에는 작은 아이가 산다

후 서른여덟 살이 되도록 혼자 살았으니 결혼은 큰 축복이었다. 마흔을 바라보는 나이에도 내가 열정을 다할 소중한 일터가 있고 동반자가 있다는 것만으로도 충분하다고 느꼈다.

세상살이가 연연하고 매달린다고 얻어지는 건 아니란 사실을 알아버린 탓일까? 지금 가지고 있는 것들이 더없이 소중하다고 생각한 때문일까? 늦게 일을 마치고 남편과 시내에서 만나 맥주 한잔 하거나 커피 한잔 마시고 집으로 돌아오는 여름 밤, 후덥지근한 거리의 익숙한 풍경들이 참 좋았다.

그러다가 가을이 왔을 때 다시 임신한 사실을 알게 됐다. 생각지도 못한 임신이라 당혹스러웠다. 금기 기간인 3개월은 지났지만 나름대로 조심했는데 어찌된 영문인지 알 수 없었다. 더욱 걱정스러운 건 그사이 맥주도, 커피도 많이 마시고 몸 관리를 제대로 하지 않았다는 대목 때문이었다. 다만 '나 아직 임신할 수 있네' 하는 흥분과 이번엔 잘될 것 같은 막연한 기대와 알 수 없는 불안이 슬며시 고개를 들었다.

그런데 이번에는 10주도 채 못 돼 다시 유산이었다. 두 번째 유산은 훨씬 충격이 컸다. 습관성 유산은 첫 번째 유산되면 두 번째 유산될 확률이 더 높아지고, 두 번째 유산되면 세 번째 유산될 확률은 훨씬 더 높아진다는 사실을 알고 있었기 때문이다.

첫 유산 이후 2회, 3회로 갈수록 유산될 확률이 높아진다는 건 정말이지 심각한 일이었다. 무엇보다 내가 임신을 유지할 수 없는 몸이라는 사실이 슬펐고 이제 곧 마흔이 된다는 것도 우울했다.

심한 자책을 했다. 임신을 하려고 하면서 어쩌면 이리도 무사태평하기만 했을까? 나이가 적기나 한가? 임신을 계획하고 있다면 최소한 건강상태를 체크해야 하고 몸에 문제가 있다면 관련 정보라도 찾아봐야 하지 않겠는가?

아무 준비 없이 임신이 되고 나면 감기약 먹은 것부터 소화제며 술, 커피 모든 것이 문제가 될 수 있는데 말이다. 내 경험상 임신을 원하는 부부라면 반드시 부부 모두 사전에 건강상태를 체크하고 현재의 몸 상태가 아기를 낳는 데 최적인지 판단해야 한다고 본다. 서른이 넘은 여성이라면 더욱더 몸 관리를 제대로 한 다음에 임신 계획을 세워야 한다는 생각이다.

특히 요즘은 환경오염과 몸에 해악을 끼치는 각종 먹거리며 술, 담배 같은 기호식품, 스트레스, 늦은 결혼 등 옛날에 비해 임신 자체가 대단한 모험인 시대에 살고 있지 않은가? 그런데도 아무 생각 없이 임신해서 아무 문제없이 건강한 아기를 낳았다면 그거야말로 행운이라고 할 수 있다. 왜냐하면 요즘은 누구라고 할 것 없이 조금씩은 기형아, 아토피는 물론 불임, 유산 등의 위험에 노출되어 있기 때문이다(2011년 2월 MBC 뉴스에 따르면 현재 기혼부부 7쌍 중 1쌍이 불임이라고 한다). 그래서 결혼한 여성이라면 임신 전에 반드시 몸을 건강하게 만들고 식생활습관을 점검해보는 것이 이후 닥칠지 모를 어려운 상황을 피해가는 방법이라고 본다.

특히 나처럼 습관성 유산이라면 몸에 문제가 있다는 신호 아닌가? 그런 몸으로 임신을 '방치'한 것부터가 잘못이라는 생각이 들었다. 통상 자연유산 후에는 적어도 3개월이 지난 후에 임신하라고 권하고 있지만, 두 번의 유산을 겪은 후 나는 약 1년가량 피임을 했다.

그리고 '건강한 몸 만들기'를 위한 '나만의 프로젝트'에 돌입했다.

혹시 임신을 원하는데 잘 안 되는 여성들이 이 글을 본다면 우선 건강한 몸을 만들고 나서 임신을 시도하기를 권유한다. 어디 건강한 몸뿐이랴!

내 안에는 작은 아이가 산다

이제 와서 말이지만 아기 낳은 후가 더욱 큰 문제이니 말이다. 직장 여성이라면 아기 맡길 곳은 있는지도 반드시 알아두어야 할 문제다. 이 부분은 뒤에서 상세히 기술하겠지만 어쨌든 마땅치 않다면 직장을 그만두고 아기에게 매달릴 각오도 해야 한다. 그 외에도 많다. 혹 출산 전후에 이사 계획은 없는가? 젊은 세대라면 진정으로 아기를 원하는가? 경제적인 여건은 어떤가? 등을 잘 따져보는 것이 필요하다.

감사합니다, 감사합니다

애처로운 핏덩이야

이사를 하다

나쁜 엄마

아기 돌보아주실 분을 찾습니·다

전업주부가 되다

신선한 공기가 필요해!

자해행위가 없어지다

아기 발달 체크 꼭 하세요

화

자아존중감

아토피, 어찌 하오리까?

어린이집, 언제 보낼까?

엄마가 행복해야 저도 행복해요!

외동아이 키우기

너 왜 이모한테 인사 안 하니?

"하지마, 안 돼"

칭찬 과잉

우렁차게 우는 아이가 부러운 이유

엄한 부모 밑에 효자 난다고?

열 손가락 깨물어 안 .아픈 손가락 없도록

2

서로의 기쁨을 위해,
다른 사람과 무엇인가를 나누는 마음이 바로 너그러움이다.
이런 마음은 누군가 자신의 바람을 알아주고
존중해주었을 때 비로소 생겨난다.
- 에다 르샨

감 사 합 니 다 ,
감 사 합 니 다

아가야
소용돌이치는 물결
격랑을 헤쳐
푸른 새벽처럼
왔구나
불현듯 네가 왔구나

ㅡ 필자

아기 울음소리가 들린다. 물소리 같다. 몸이 풍덩, 따뜻한 물속에 잠긴 듯하다. 격랑의 터널을 방금 미끄러져 나와 따뜻한 욕조에 몸을 담그고 있는 것처럼 고요하다.

　살아온 날들이 아득하게 멀어져간다. 의식이 명료해지면서 아기 울음소리가 또렷하다. 미망 속에서 몸부림쳤던가? 어두운 터널 안에서 울부짖었는가? 터널을 벗어났다. 누워 있는 몸 위로 빛이 쏟아진다. 긴 겨울을 견뎌온 푸른 것들이 눈앞에 펼쳐진다. 아니다. 자세히 보니 붉은 꽃잎들이 포근하게 나를 덮고 있다. 아니다. 반짝반짝 보석 같은 새벽공기다.

　새벽 4시 13분.

　"감사합니다."

'감사합니다'가 폭포수처럼 내 안에서 몸 밖으로 흘러넘치고 있다.
내가 쏟아내고 있는 '감사합니다'라는 말에 얼핏 슬픔이 일렁인다.

"감사합니다."

눈물이 흘렀다. 밤새 아비규환 속에서 인턴, 레지던트 등 의료진의
미숙함을, 담당교수의 부재를 두려워하고 있었다. 극심한 공포심이 일
순간 잦아들자 안도와 무엇인지 알 수 없는 것들에 대한 감사와 쓸쓸함
이 찾아왔다.

"아기가 참 예뻐요."

교 수 님 , 어 디 계 세 요 ?

임신 예정일이 다가오자 서울대학병원으로 옮겼다. 내가 다니던 불임
클리닉은 약 28~30주까지만 상태를 점검해주고 이후에는 산모들을 큰
병원으로 이관한다.

서울대학병원에서의 검사 결과 모든 것이 양호하다고 했다. 다만 아
기가 너무 커서 걱정이었다. 태중 아기의 몸무게는 4킬로그램을 넘은 상
태였다. "4킬로그램이 넘는 아기를 마흔세 살의 임산부가 자연분만 하
는 것이 어렵지 않겠냐?"고 걱정이 되어 물었더니 의사는 내부 골밀도
가 아주 좋고 모든 것이 양호해서 자연분만 할 수 있다고 했다. 얼마나
운동과 관리를 잘했으면 뼈 조직이 이렇게 단단할까? 나는 슬쩍 웃었다.

그런데 예정일이 코앞인데도 아기는 나올 기미를 보이지 않았다. 병
원에서는 아기의 체중이 자꾸 늘어가니 입원하라고 했다.

"아가야, 험한 세상에 빨리 나오는 게 싫구나? 하지만 미리 겁먹을

내 안에는 작은 아이가 산다

필요는 없어."

웃으며 말을 하는데, 나도 모르게 찡하다. 그러고 보니 나 많이 컸구나, 싶었다. 나는 내가 아주 작은 아이였던 날들을 선명히 기억한다. 그 선연한 기억 속에 오롯이 서 있는 나를 본다. 작은 아이는 어느 날 초등학교에 갔고 친구들과 뛰어놀다가 저물녘 집으로 돌아왔다. 감상에 젖으며 소녀가 되었고, 어느덧 스무 살 성인이 되었다. 그리고 이제 불혹을 훌쩍 넘긴 중년이 되어 배 속에 생명을 품고 있다.

아직도 난 다 자란 것 같지 않은데, 아직도 길을 걷다가 자꾸만 넘어져 무릎이 까지는데, 아직도 혼자 서서 세상을 걷는 일이 미숙하기만 한데, 여전히 허기진 갈망들과 늪 같은 슬픔 속에서 허우적거릴 뿐인데, 어설프기만 한 내가 작은 아이의 어미가 되는구나. 마흔이 넘었는데도 나는 '먼데 산을 바라보고 있는' 열여덟 소녀였고, 고뇌하는 스무 살 청춘이었고, 삶이 팍팍하기만 해서 매일이 힘겨운 이십대 직장인이었고, 여전히 결혼 못한 서른 후반의 노처녀였다. 덜 여문, 유치한 감상과 치기어린 젊음에 대한 기억이 내 속에서 삭지 않고 그대로인데 말이다. 나 그동안 많이 컸구나, 많이 자랐구나, 아주 오랫동안 살았구나.

내가 지금 내 세포와 유전자 형질을 닮은 아이를 잉태하고 있다니, 불가사의한 느낌에 잠시 어질했다. 텅 빈 내 안의 허방을 내려다보니 미세한 슬픔이 스멀스멀 피어난다. 한동안 잠자고 있던 그것들이 부유물처럼 부옇게 피어올라 소용돌이친다. 켜켜이 쌓여 있던 오래된 슬픔들 속에서 나는 그렇게 서 있었다. 나는 입원 준비를 서둘렀다.

입원 후 간호사가 준 유도분만 약을 한 알 먹자 진통이 시작됐다. 4시간의 진통 끝에 새벽 4시경 3.89킬로그램의 건강한 딸아이를 순산했다. 컴퓨터상으로는 4.2킬로그램가량 됐는데 막상 낳고 보니 몸무게는 좀 줄어 있었다.

출산의 고통이 너무 커서 진통하는 내내 제왕절개를 해주지 않은 의사를 마음속으로 원망했다. 다음날 나타난 의사는 "천미경 씨, 아이 하나 더 낳아도 되겠어요. 천미경 씨는 아이 낳는 게 특기잖아요. 빨리 계획해보세요." 한다. "어제는 제왕절개 안 해줘서 선생님 원망 많이 했어요."라고 대꾸했다.

출산까지 나의 몸 상태는 최상이었다. 그러나 서울대병원의 시스템은 실망스러웠다. 한밤중에 출산을 하는데 담당교수는커녕 야간 당직 교수조차 볼 수 없었고 레지던트와 인턴만이 안절부절 수선스럽게 왔다 갔다 할 뿐이었다. 나는 이대로 죽어버리고 싶다는 생각만 간절했다. 사지가 바스러지고 으깨진다는 것이 이런 느낌일까?

진통이 시작되었는데도 젊은 인턴인지 레지던트인지 주치의는 아직 시작도 안했는데 웬 엄살이냐고 면박을 주고는 그냥 '방치'했다. 그러더니 급하게 아기가 나오려 하자 관장도 안한 상태라며 당황한 기색이 역력했다. 주치의는 진통이 시작되기 전에 관장을 할 계획이라고 했으나, 진통이 아니라고 판단하고는 관장은커녕 호통만 친 것이다.

그런데 급기야 대변이 나오자 이들은 몹시 당황했다. 고통으로 일그러진 나의 두려움은 극도에 달했다. 나는 거의 정신이 없는 상태에서 분만실로 옮겨져 아기를 낳았는데 숙련되지 않은 이들이 아기를 바닥에 떨어뜨릴까 봐 걱정이 될 정도였다. 그 단말마의 고통 중에도 말이다. 분만실에 남편이 들어오니까 나가라고 해서 남편은 아기를 낳을 때까지 밖에서 기다려야 했다. 진통이 심해 주사제를 놓았는데 고통을 경감하는 약제라고 했다.

아기가 너무 크고, 여러 가지 문제가 생길 수 있는 노산이라 당장 응급상황이 오면 대처해야 하기 때문에 클리닉에서는 믿을만한 서울대학

병원을 추천해주었지만 실상 내부의 시스템은 허술하기 짝이 없었다. 차라리 경험이 많은 의사가 있는 중소형 산부인과에서 아기를 낳는 편이 훨씬 낫겠다는 생각이 들었다. 그날 산고 속에서 나는 인턴이나 레지던트가 아닌, 그동안 나를 진료해온 교수를 애타게 찾았으나 끝내 그의 얼굴은 볼 수 없었다.

아기를 낳자 발 도장을 찍고, 손목에 이름표를 붙이는 등 몇 가지 절차를 진행한 후 "아기가 예뻐요. 외관상 모든 게 정상이고요." 한다.

그러더니 약 2초 정도 아기를 내 얼굴에 가져다댄 후 어디론가 데려가 버렸다. 아마도 새벽시간이라 간호사나 의사들(인턴, 레지던트)도 빨리 뒤처리를 하고 쉬고 싶은 탓이었으리라. 하지만 아기를 좀 더 가슴에 안고 싶다는 내색은 하지 못했다.

아기를 무사히 순산한 것만도 다행이었기 때문일까? 요구해도 더 이상은 들어주지 않을 것 같은 분위기 때문이었을까? 그런데 엉뚱하게도 내 입에서는 연신 "감사합니다, 감사합니다."라는 말만 흘러나왔다. 눈에서는 눈물이 홍건히 흐르고, 나는 자꾸 누군가에게 "감사합니다, 감사합니다."라고 말하고 있었다. 공포였던 진통, 미덥지 못한 신출내기 의사들, 하늘이 노랗던 방금 전의 긴 터널을 무사히 지나온 자의 안도감 때문이었을까?

"감사합니다, 감사합니다."

아기를 다시 만난 건 그날 점심 무렵이었다. 간호사가 아기를 데려와서는 얼굴에 뽀뽀하라고 하고는 다시 데려갔다. 그러더니 그날 오후부터는 아기가 조금이라도 울기만 하면 연신 호출을 해댔다. 특히 밤 시간에 시도 때도 없이 아기를 데려가라고 하니 밤새 잠 한숨 못 자고 신생아실과 병실을 들락거려야 했다.

명분은 모유 수유를 하라는 것인데 아기가 조금만 울면 데려가라고 하니 거의 탈진한 상태의 나는 출산만큼이나 아기에게 모유 수유하라는 간호사들의 요구가 무서웠다.

젖이 부족한 것 같아요!

"모유 수유라는 거, 사람 죽이는 거네. 산모가 밤새 잠 한숨 잘 수 없다니! 고문도 이런 지독한 고문이 있을까?"

산후우울증 수준이 아니라 이건 아주 딱 죽을 지경이었다. 모유 수유도 좋지만 모자동실이 아닌 상태에서 밤낮 없이 인터폰을 눌러대고, 어렵사리 아기를 잠재우면 그땐 다시 아기를 간호사가 안고 가는 시스템은 이해할 수 없었다. 엄마 품에서 잠을 계속 재우면 좋으련만.

젖양이 적어 아기에게 젖을 물리면 아기는 한동안 빨다가 울기만 했다. 찢어진 아랫도리에서는 출혈이 계속됐다. 고통을 호소하면 간호사들은 '지노베타딘'이라는 약으로 씻으라고만 했다.

요즘은 어떤지 모르지만 당시 서울대병원 신생아실은 절반 이상 텅 빈 상태였던 걸로 기억한다. 아이를 많이 낳지 않는 추세여서도 그랬겠지만 이처럼 공급자 우선의 고전적인 방식을 취하고 있으니 산모들이 그 병원에서 아기를 안 낳는 게 아닐까 생각했다.

당시만 해도 수중분만을 비롯해서 웬만한 산부인과병원에서는 아빠가 아이 낳는 과정을 지켜보게 하는 것은 물론이고, 갓 낳은 아기를 엄마 품에 오랫동안 안고 있게 하는 등 산모와 아기, 가족을 배려한 '고객 서비스 마인드'를 실천하는 병원이 상당수였는데 말이다.

그렇게 사흘 정도 지나자 아기에게 황달이 왔다. 아무래도 모유가 부족하기 때문인 것 같았다. 한쪽 유방에서만 젖이 나오는데다 빈혈증세가 있었던 나는 간호사들에게 젖양이 부족해서가 아니냐고 물어보았지만 묵묵부답이었다.

이후 집에 돌아와서는 젖을 물리고 난 후 모자라는 양은 분유를 타서 주자 아기는 거짓말처럼 오랫동안 잠을 잤다. 병원에서 겪은 출산과정과 출산 후의 기억은 지금 생각해도 오싹하다.

애처로운
핏덩이야

막상 집으로 아기를 데려온 첫 느낌은 서글픔이랄까? 그야말로 핏덩이
인 아기가 한없이 애처롭기만 했다. 나이 마흔이 넘어서 이 작은 아기를
낳았으니 언제 이 아이를 키우고 교육시키고 장성하게 할까 생각하자
밑도 끝도 없이 공허해진다.

늙는다는 것, 나이 든다는 것이 여전히 두려웠던 내게 이제 남은 건
이 아기를 빨리 키워서 걸음마도 하고 말도 하고 제 힘으로 삶의 난관을
극복하는 성숙한 어른이 되게 하는 것. 그것만이 중요한 과제로 다가왔
다. 빨리 아기가 커줬으면 하는 마음 한켠엔 그것이 내가 빨리 노인이 되
기를 바라는 것과 같은 의미라는 생각에 잠시 실소를 터뜨렸다.

'늦어도 너무 늦게 아기를 낳았어.

아가야, 미안해. 널 너무 늦게 낳아서.'

우리 아기가 초등학교에 가게 되면 나는 오십 줄에 들어서는구나. 우

리 아기가 늙은 엄마 아빠를 어떻게 생각할지도 걱정이 됐다. 어린 시절 나이 많은 아버지가 그토록 부끄러웠는데, 같은 상처를 내 딸에게 대물림하는 건 아닌지…….

여하튼 이런저런 상념들로 마음은 착잡했고, 다시 일하고 싶은 욕구도 너무 강렬했다. 착한 줄만 알았던 남편과도 시시콜콜 다툼을 벌였고 산후조리는커녕 남편과 다투고 아기에게 지치는 날들이었다.

하지만 아기는 너무도 순하고 고왔다. 3.89킬로그램이라는 과체중으로 태어난 때문인지 아기는 우윳빛 하얀 피부에 반듯한 이마와 단정한 입술, 큰 눈을 가진, 또래 신생아들과는 비교가 안 될 만큼 예뻤다. 주변 산모들이 모두 부러워하며 한마디씩 할 정도였으니 말이다. 문득 '이 아기, 내가 낳은 아기가 맞나?' 싶으리만큼 보기에도 황송할 정도였다.

통상 갓 태어난 아기들이란 불그죽죽하고, 앙상하고, 악악 울기만 해서 예쁘다는 느낌이 들기가 어렵지 않은가? 백일은 돼야 아기의 생김새나 윤곽이 드러나는 법인데, 우리 아기는 유난히 얼굴선이 반듯하고 단정한데다 피부가 눈처럼 고왔다. 게다가 순해서 방실방실 잘도 웃는다.

옆집 사람들도 한마디씩 한다.

"아니 이 집, 아기 낳은 거 맞아? 너무 순하네. 울지도 않아?"

하지만 아무리 순하다고 해도 아기는 아기다. 나이만 많을 뿐 초보엄마인 나는 아기가 왜 칭얼거리는지, 왜 젖을 먹었는데도 우는 건지, 왜 자꾸 화들짝 놀라는 건지, 왜 끽끽끽 이상한 소리를 내는 건지 도무지 알 수 없어서 답답하기만 했다.

나중에 안 일이지만 아기는 젖이 모자라 배가 고파서 울었는데 그걸 모르고 나오지 않는 젖을 아기에게 물리고 있었던 것이다. 젖을 물린 후 또래 아기들이 먹는 양의 절반 정도 되는 분유를 타서 먹였더니 벌컥벌컥 어찌나 잘 먹던지.

또 유방 수술을 한 오른쪽 팔이 힘을 못 써서 아이를 자주 안아주지 못했는데, 그 때문일까? 우리 딸 지민이는 엄마에게 잘 안기지 않는다. 안아주지 못하는 대신 많이 업어주긴 했는데 지민이는 지금도 다른 아이들이 엄마에게 안기는 것처럼 내 등에 매달린다.

　방긋방긋 잘도 웃고 무럭무럭 잘 자라는 아기가 신기했지만 정말이지 아기를 낳아 키우는 일은 보통 일이 아니라는 것, 내가 너무도 큰일을 저질렀다는 생각 등등이 뒤늦게 밀려왔다.

이사를 하다

나 모처럼 행복한 이 겨울밤 이삿짐 챙기네
지금 이사를 하네
중세의 언어가 서성이는 곳이나 지구를 몇 바퀴 돌아
캄캄하게 낯선 마을
사이버스페이스의 먼 미래거나
진흙 뻘 속 황소개구리 사는 동네였으면
울퉁불퉁 자갈길 푸른색 도마뱀 춤추는 나라
내 심장이 불안한 얼굴로 그만 가자 그만 가자
옆구리 쿡쿡 찌를 때
당신에게 편지를 쓰네
……
낯선 시간에게로 이사를 가네

— 필자, 〈이사를 한다〉 중

이삿짐을 챙긴다. 나는 그날을 생생하게 기억한다. 현재 진행형처럼.

지금 생각해도 기막히고 시쳇말로 열이 뻗친다. 하지만 지난 일이다.
기억을 꺼내 와서 열 받는 일은 어리석다. 그래서 나는 편하게 내 기억을
바꾸어보려고 한다. 내 시의 한 구절처럼.

75

나 모처럼 행복한 이 겨울밤 이삿짐 챙기네

낯선 시간에게로 이사를 가네

울퉁불퉁 자갈길 푸른색 도마뱀 춤추는 나라

진흙 뻘 속에 황소개구리가 사는 동네였으면……

그 낯선 세상으로 가서 옷의 단추를 풀고 누워 한동안 게으름을 피우며 공상에 잠겨도 좋으리라. 바로 지금.

아기 낳은 지 한 달여 만에 이사를 해야 했다. 분양받은 아파트 입주 시기는 예정대로라면 2005년 6월이었다. 그런데 2005년 4월로 입주가 앞당겨졌다는 안내문을 받은 것이다.

서둘러 집주인에게 입주가 앞당겨졌다고 알렸다. 여러 군데 부동산 중개소에 집을 내놓았다. 내내 전세집이 빨리 빠지지 않으면 어쩌나 노심초사하며 시간을 보냈다.

2005년 2월 28일에 아기를 낳고 4월에 전세가 빠져서 이사를 하던 일을 생각하면 지금도 씁쓸하다. 갓 아기를 낳은 산모가 추운 날 동분서주했던 순간들이 파노라마처럼 스치고 지나간다.

결혼하면 부부가 함께 잠을 자고 자연스럽게 아기가 생기고 출산하는 과정을 겪는다. 그러나 임신을 계획하고 있다면 '자연스럽게'가 아니라 철저히 사전에 준비하는 것이 안전하다는 생각을 한다.

혹 출산 즈음에 이사 계획이 있다면 산모에게는 여간 힘 드는 일이 아니다. 양가부모나 친인척의 도움을 받을 수 없는 상황이라면 더욱 그렇다. 산모의 몸으로 처리해야 하는 사소한 일들이 많기 때문이다.

몸을 푼 산모라 갓난아기와 함께 바깥출입하기가 쉽지 않아 '발로 뛰는 대신' 전화를 이용할 수밖에 없었다. 입주 아파트의 베란다 확장공사를 전화로 계약했던 일도 그중 하나다. 그런데 이사한 후 다른 집보다 비싸게 했다는 사실을 알게 됐다. 여러 업체를 찾아다니며 견적을 받고, 완성된 모델현장도 눈으로 확인하면서 꼼꼼히 비교 분석하지 않은 것이 문제였다.

그러나 이미 계약을 했고 공사가 완료됐으니 어쩔 수 없이 약속한 금액을 지불해야 했다. 몇십만 원 정도가 아니라 한방에 수백만 원의 손해를 보았으니 평소 반찬값, 옷값 등 사소한 지출도 아끼던 걸 생각하면 말문이 막힐 뿐이다. 그야말로 옴팍 바가지를 쓴 꼴이다. 그뿐이랴!

살고 있던 집의 전세가 4월에 빠진 것은 다행이었지만 막상 확장공사를 하고 이사해 들어가려면 1주일 정도 기다려야 했다. 아기 낳은 지 겨우 한 달 남짓한 산모에게 4월의 바람은 어찌나 차고 매섭던지…….
이삿짐센터의 컨테이너박스에 1주일간 짐을 맡긴 것부터 시작된 이사. 그나마 포장이사이라 다행이다 싶었다. 그러나 막상 아파트에 들어온 가구들을 보고 아연실색할 수밖에 없었다.

장롱 문짝과 장식장 유리가 깨지고 자동응답기 어댑터는 박살나 있었다. 세탁기의 로고가 떨어져 나갔으며 당장 필요한 사소한 살림살이가 없어졌으니 업체와 실랑이를 벌여야 했다. 그러나 이 정도는 시작에 불과했다. 아파트의 갖가지 하자 문제로 시공업체 직원과도 크고 작은 의견차가 있었다.

다른 집보다 비싸게 한 베란다 확장공사는 서재 쪽 방에 설치한 대형 유리문이 비스듬히 넘어지는 부실시공이었다. 나중에 보니 그 육중한 무게의 전면 대형 유리문을 나무토막 몇 개가 아래에서 받치고 있었다. 전화를 하면 겉면 널빤지를 뗀 후 텅 빈 공간에 나무토막 두 개를 더 넣고 가고, 문의 기울기가 아무래도 위태로워 다시 연락하면 또 나무토막 하나를 슬쩍 더 넣어주고는 "다른 업체도 이렇게 하고 있다. 문은 절대 안 넘어진다."며 가버리는 것 아닌가? 시공업체의 기술자가 문이 넘어올 수 있다고 A/S를 해주겠다고 하고 간 지가 언젠데. 직접 작업을 한 목수는 매번 지지대(나무토막)만 눈가림용으로 슬쩍 넣고는 겉에 널빤지를 덮고 가는 것이었다. 이 업체를 믿었던 건 국내 굴지의 발코니창 전용 기업의 협력 업체였기 때문이었으나 결과적으로 믿는 도끼에 발등 찍힌 격이었다.

그뿐이랴. 은행에 제출할 서류는 어찌나 많은지. 입주 절차도 그렇고 입주 후 사소하게는 버티컬 다는 것부터 산적한 일들이 쌓여갔다. 이곳저곳 전화할 곳은 많은데 노산의 몸으로 감당하기가 벅찼다. 남편이 도와주었지만 지방에서 직장을 다니는 사람이고, 남편의 스타일이 다른 사람과 대거리하기보다 손해 보자는 쪽이라 모든 것이 나의 몫이었다.

새로 이사를 했으니 소파며 식탁이며 기본 가구는 들여놓아야 구색이 맞지 않겠는가? 추운 바람을 맞으며 남편과 일산의 가구공단을 갓난아기와 함께 돌아다녔던 기억. 지금 같았으면 홈쇼핑에서 구입했을 텐데 당시만 해도 홈쇼핑이 활성화되지 않았고 그쪽 방면에 대해 몰랐던 것이다.

주말부부이다 보니 남편은 주말에나 집에 잠시 왔다가 가버리는 손님 같았다. 이사만 아니었더라도 그렇게 몸이 많이 축나지는 않았을 텐데. 결국 하혈이 쏟아져 병원신세를 지기도 했다.

무엇보다 이사한 직후 크고 작은 문젯거리 외에 하루 24시간 아기와 씨름하는 것도 보통 일이 아니었다. 순한 아기였지만 어떤 땐 밤새 잠 한숨 못자고 아기에게 매달려야 했다.

아기가 왜 숨을 거칠게 쉬는지, 왜 이상한 소리를 내는지, 왜 자꾸 우는지, 왜 콧물이 나오는지 도대체 알 수 없어서 불안하기만 했다.

젊은 산모도 아기 낳은 후 첫 한두 달간의 육아는 체력적으로나 정신적으로나 힘겨운데 말이다. 노산에다가 아기 낳은 지 한 달여 만에 이사를 하고 온갖 뒤처리까지 했으니 지금 생각해도 끔찍하다. 잔뜩 예민한 상태에서 주말에 남편이 오면 자주 다투기까지 했으니 입주 당시를 생각하면 현기증이 난다.

예정대로 6월에 이사를 했더라면 무엇보다 날씨가 따뜻하고 아무리 노산이라도 아기 낳은 지 3~4개월이 지난 시점이니 4월 입주보다는 몸이 더 회복되었을 것이다. 그리고 육아에도 좀 더 여유를 가질 수 있는 시기였을 것이다. 그랬다면 하혈을 해서 병원에 실려 가고 초죽음 상태가 될 정도로 힘들진 않았을 텐데 말이다. 건설사에 전화해서 "나는 지금 아기를 낳은 지 얼마 되지 않은 산모다. 예정대로 6월에 입주할 수밖에 없는 형편이다."라는 말을 왜 못했을까?

평소 새로 구입한 가전제품의 A/S는 당당히 잘도 요구하면서 억 단위를 넘어서는 집을 사는 거래에서 어찌 이리도 어리석은가? 때로 순박하다는 건 어리석다는 말의 이면이 아닐까 생각했다.

힘든 과정을 거쳤지만 그래도 제 날짜에 입주한 것에 안도했다. 그런데 막상 새 아파트에는 10여 가구 정도만 입주를 한 상태였다. 편의시설이라고는 전무한 나 홀로 아파트에 갓난아기와 단둘이 지내면서 뭔가 속은 느낌이 들기 시작했다. 다른 사람들은 자신들의 처지에 맞게 5월이나 6월에 입주를 하는 것 아닌가?

새 아파트 단지에는 사람이 거의 살지 않으니 저녁 7시만 넘으면 밖에 나가기도 무서웠다. 갑자기 아기가 아파 병원에라도 가려고 하면 보통일이 아니었다. 운전면허도 없고 교통편도 없으니 콜택시를 부르려면 어디에 문의를 해야 하는지도 몰랐던 것이다.

그뿐이랴! 이사 오는 시점이 분산되다 보니 하루도 아파트가 조용할 날이 없었다. 여기저기서 드릴로 드르륵 벽을 뚫는 소리, 망치질 소리, 확장공사로 베란다 벽을 부수는 소리 등등. 하루 종일 바로 위 천장에서,

옆집에서, 앞집에서 나는 온갖 소음에 갓난아기는 깜짝깜짝 놀랐다. 어렵사리 잠이 들었다가도 이내 깨어 운다. 또 아파트에는 온갖 대형·소형 박스와 이사 집기, 목공자재들이 널브러져서 창문을 열어두면 먼지가 한 움큼씩 들어왔다. 급기야 깨끗하던 아기 피부에 얼굴부터 아토피가 올라왔다. 생지옥이 따로 없었다.

그제야 새 아파트에는 남들보다 먼저 입주하는 게 아니구나 싶었다. 더군다나 갓난아기와 함께라면 말이다. 지금도 비록 내가 사는 곳이기는 하지만 이 건설업체의 로고만 봐도 진저리가 쳐진다. 입주가 앞당겨졌으니 4월에 입주해도 되고 사정이 있는 분은 예정대로 6월에 입주해도 된다는 안내 정도는 해주는 것이 건설사의 최소한의 의무 아닐까?

나처럼 순진한 사람들이 있긴 있나 보다. 4월에 입주하라 하면 꼭 그래야 하나 보다 하면서 서둘러 그들이 원하는 대로 하는 사람들이 있으니 그런 식으로 일처리를 한 것 아니겠는가? 하기는 미분양사태가 발생할 정도로 입지조건도 안 좋고, 불과 서너 달 전에 준공한 같은 아파트 내 1~2단지보다 3단지가 분양가도 비싼데 이 3단지 아파트를 분양받은 것부터가 세상물정 어두운 우리 부부의 허물이긴 하다. 어쩌겠는가? 정신적으로나 육체적으로 큰 피해를 입었지만 어디다 보상을 요구하겠는가?

이야기가 장황해졌지만 요는 임신을 하려고 한다면 출산 예정일을 잘 계산해보고 이사 계획 같은 건 미루는 것이 현명하다는 말을 하려는 것이다. 아무리 젊은 산모라도, 입주 정도는 아니고 간단한 이사여서 포장이사업체가 알아서 해준다 해도 이사를 하면 처리해야 할 번거로운 일들이 있는 법이다. 갓난아기 돌보는 것만도 파김치가 되는 시점에 이런 일까지 겹치면 그야말로 설상가상, 산 너머 산, 인생 고해라는 생각과 더불어 아기에게까지 화가 난다. 계획 임신이 무엇보다 중요하다!

내 안에는 작은 아이가 산다

나쁜 엄마

지금 내 속에 끓어 넘치는 이것은
연민인가, 덧없는 한 시절을 다시 맞는
다짐인가, 사랑을 완성하기 위해
나는 또 얼마나 견뎌야 하는가.

- 정종목, 〈북어, 북어국〉 중

가만히 아기를 보고 있으면 모든 것이 안개 속 같다. 앞으로 아이와 살아
갈 일들이 현실감이 없게만 느껴졌다. 무엇보다 어서 나의 일을 하고 싶
다는 생각만이 간절했다.

더 나이 들기 전에 돈을 벌어야 우리 아기를 잘 키울 수 있을 거라는
명분이었지만, 지금도 '정말 그것뿐이었을까?' 하고 나에게 물어본다.
남편의 벌이가 빠듯했고 나이 마흔이 훌쩍 넘은 아줌마라 한 해 두 해 뭉
개고 있으면 정말이지 끝장이라는 위기의식이 작용했을 것이다. 하지만
어쩌면 그 무엇보다 '그냥 일하고 싶다는 욕구'가 무작정 밀려온 듯도
하다.

세상에서 내 몫을 하고 싶고, 내 능력을 사장시키고 싶지 않고, 사람
들 속에서 '의미 있는' 무언가를 하고 싶었던 것 같기도 하다.

또 아무리 애처롭고 순한 아기이고 나의 분신이지만, 이런저런 상념

에 젖기도 한다. 하루 종일 아기와 씨름하면서 밥 먹을 시간도 화장실 갈 시간도 내기 어려울 때, 외부와 단절된 공간에서 하루하루가 전쟁 같다고 느낄 때, 나는 문득 생각했다. 그래, 인간은 아무리 덧칠을 해도 개별적인 존재이고 다분히 이기적인 존재다.

아기가 아파서 내가 너무 힘이 들면 불안하고 속이 상한다. 내 배가 고프지만 온통 아기에게 매달려 안간힘을 쏟고 있는데도 아기가 울기만 하면 짜증이 난다. 문득 내 몰골을 보면 화가 난다.

하지만 다른 한편 방실방실 잘도 웃고 순한 아기, 행여 부서질까, 깨질까 노심초사한다. 쌔근쌔근 잠자는 아기 얼굴을 보면 신기해서 가슴이 얼얼해진다. 좋은 부모, 성숙한 엄마가 되어야겠다고 다짐도 한다.

약 백 일간 키운 후 아기를 다른 사람에게 맡기고 일을 시작했다. 참 이상한 일이다. 다른 사람들은 아기가 눈에 밟히고 보고 싶어서 일이 잘 안 된다는데 나는 일을 하는 동안은 아기가 생각나지 않는다. 일에 열중할 뿐 그 외에는 어떤 생각도 떠오르지 않는다. 의무감 비슷하게 아이 봐주는 분에게 하루 한 번 전화한다. 아기가 잘 지내냐고 묻고는 그만이다.

일을 하는 동안 나는 일만 생각하는 것 같았고 퇴근 후 아기를 찾아서 집에 오면 그때부턴 다시 아기에게 전력투구한다. 저녁 시간은 최선을 다해 아기만을 위해 보내지만 이른 새벽 아기를 맡기면 다시 나는 직장인이 된다. 오늘 할 일들의 목록이 죽 머릿속에 떠오르고 그 일들이 싫지 않다. 어떤 날은 늦게까지 일을 하는데도 아기가 눈에 밟히지 않는다. 난 참 나쁜 엄마다!

의문이었다. 내가 모성이 부족한 건지, 아니면 일을 너무 좋아하는 건지, 것도 아니면 직장에서는 일 열심히 하고 집에서는 아기와 잘 지내는 매우 정상적인 엄마인지 말이다. 그 시절 나는 계속 '왜 다른 엄마들처럼 아기가 눈에 밟혀서 일이 손에 안 잡히지 않을까?' 하고 고민했다.

내 안에는 작은 아이가 산다

'아무리 부모의 사랑은 끝이 없는 것이라고 해도 좀 더 깊게 자신의 내면을 들여다보면 사람들은 '나'의 본능에 더 귀 기울이는 것은 아닐까?' 하는 의문을 품게 되었다. 가령 밤새 아기 때문에 잠을 못 자고 아기를 안고 업고 어르다가 간신히 아기가 잠들어서 눈 좀 붙이려고 하는데 다시 아기가 앙~ 울며 칭얼대면 아기가 이쁠까?

물론 자식을 위해서라면 목숨도 버릴 수 있는 것이 부모이지만 어떻게 보면 그냥 부모의 역할을 할 뿐 '나'의 욕구 앞에 모든 인간은 다 그렇고 그런 존재가 아닐까 생각했다.

나의 경우 오랫동안 직장생활을 해왔으므로 아기를 낳은 후 다시 시작한 일은 낯설지 않았지만 마흔이 넘어서 얻은 아기 키우기는 잘 맞지 않는 옷을 입은 듯 어정쩡했다. 또 체력적으로도 힘들어서 소중한 아기에 대한 최소한의 의무감만을 지닌 채 그런 자신을 '방치'한 것 같기도 하다.

결론적으로 말하자면 늦게 얻은 나의 딸이 천금같이 소중하지만 항상 부모는 자식에게 희생적인 것은 아닐 수도 있겠다는 생각이 들었다는 것이다.

흔히 부모의 한량없는 사랑에 대한 보답으로 효를 강요하지만 사실 부모 중에는 문제성 부모도 많고, 무엇보다 자신이 하는 모든 행위를 자식을 위한 것이라도 강변하는 몰염치한 부모도 있다는 생각을 하곤 했다. '자식의 훌륭한 앞날을 보장해주기 위해서'라고는 하지만 말이다. 본인의 욕심이나 대리만족, 혹은 어떤 한풀이 같은 것을 자식에게 강요하면서 그것을 사랑이라고 믿는 것은 아닐까? 어떤 아집이나 고정관념에 갇혀 웃지 못할 '사랑'을 퍼붓는 건 아닐까 생각하곤 한다.

남에게 아기를 맡기고 직장생활을 하는 동안 나에게 부모로서 아기에 대한 애정과 다른 한편으로 나 자신의 성취욕구가 공존하고 있으며, 어떤 경우에는 아기보다 나를 먼저 챙겼던 순간들도 종종 있었음을 고백한다.

가령 아기 핑계를 대고 빠져나올 수도 있는 회식에 굳이 참석한다거나 퇴근 후 오랫동안 못 만난 친구를 잠시 만나고 좀 늦게 아기를 데리러 가기도 했다. 간혹 잡지 마감 때문에 야근작업을 하기도 했는데, 아기가 기다리고 있다는 것을 알면서도 완벽을 추구하는 업무스타일을 고수하며 일에 매달리기도 했다.

어쨌거나 신새벽 아기를 남에게 맡긴 후 직장 일을 하고 녹초가 되어 늦은 저녁 혹은 밤에 아기를 찾아 업고 집으로 오면 가슴이 따뜻해졌다. 무엇보다 내 아기가 지금 내 품에 있다는 사실에 안도하고 하루를 무탈하게 잘 보내준 것이 고마웠다.

불과 1~2년 전이지만 그 시절을 떠올리면 슬픔과 아쉬움이 교차한다. 하지만 아기가 아닌 나 개인적으로만 본다면 행복한 시절이었다. 일을 한다는 것, 일에서 작지만 성취감을 맛보며 나의 '잠재된 능력'을 희미하게나마 인지하는 건 인간이 느끼는 몇 안 되는 즐거움 중 하나이리라.

그런데 이 성취감이나 행복감이 아기로 인해 생기는 행복감과 좀 다른 질량과 의미가 있다는 생각을 하게 됐다. 남편과 아이가 있다는 것, 그리고 능력을 발휘할 수 있는 일이 있다는 것은 얼마나 감사한 일인가 싶었다.

하지만 그 잠시의 행복은 이후 내게 닥칠 암울한 어둠을 예비해둔 것이었을까? 당시에도 그날들이 그처럼 소중하고 행복하게 느껴졌던 걸 보면 말이다.

내가 엄마라는 사실, 그것도 당당히 내 일을 가진 엄마라는 사실, 그래서 이제 나는 모든 것을 얻은 것만 같았고 무엇이든 할 수 있을 것만

같았던 느낌. 더 이상 겁날 것도 두려울 것도 없고 내가 열심히만 살면
뭐든 잘되리라 믿었던 날들이었으니까.

아기 돌보아주실 분을 찾습니다

수건 한 장을 덮고 아이가 잔다
수건 한 장으로 덮을 수 있는 몸이 참으로 작다
수건 한 장 속에서 아이는 참 따뜻하게도 잔다

– 문성해, 〈수건 한 장〉 중

아기를 맡기고 출근하는 아침, 나는 행복했다. 그 겨울의 바람, 어둡던 하늘, 웅크린 채 걸음을 재촉하던 사람들, 이들 속에 내가 있다. 눈이 오려나? 하늘을 본다. 이상하다. 지난날의 하늘과는 다르다. 뿌듯하고 벅차고 감사한 마음이 내 안에서 물처럼 출렁인다. 그런데 지금 우리 아기도 행복할까? 잘 모르겠다.

아가야, 너는 지금 어떠니?

아기는 짧은 기간 동안 여러 사람의 손을 거쳐 가며 키워졌다. 종종 뭔지 우울한 아기를 보면 잠시 마음이 아팠다. 그러나 어쩌겠는가? 그렇게 봄 여름 가을을 보냈다.

어느덧 겨울의 문 앞에 서서 나는 옷을 두껍게 입었다. 추운 겨울, 세상에게 새삼 '악수를 청하고' 싶다. 몸속을 파고드는 찬바람을 따뜻이 안아주고 싶다. 감사한 마음을 품으니 눈앞에 펼쳐지는 시답잖은 것들도 다 고맙다. 감사할 거리가 넘친다. 그런데 가슴 한 귀퉁이 어딘가가 불편하다.

'이건 아닌 것 같아.'

내 속에서 누군가 그렇게 말한다.

'아기도 지금 너처럼 행복할까?'

자신할 수 없었다. 나는 인간을 믿고 인간의 선의를 믿는다. 그래서 굳이 엄마가 아니면 어떠랴! 아기는 낳아놓으면 스스로 크기 마련이다. 나로 말하자면 엄마로선 초보자 아닌가? 그런 나보다 경험 많고 연륜 있는, 그래서 지혜와 혜안을 두루 갖춘 나이든 어른들이 키우는 것이 실수 투성이 엄마보다 나을 거다. 게다가 난 지금 마흔도 넘었는데 아기 잘 키우려면 돈을 벌어야지. 그리고 내가 잘할 수 있는 걸 하는 것이 낫다고 생각해. 아기 때문에 일을 포기하는 건 어리석은 짓이야! 빨리 돈 모아 우리 아기 나중에 공부도 시켜야 하고 말이야. 그러니 지금 마음이 아프더라도 참아야 해.

그런데 이상하다.

3.9킬로그램 우량아로 태어나 또래보다 크고, 순하디 순해서 늘 방긋방긋 웃던 아기. 먹성이 좋아서 분유를 타주면 금세 먹어치우던, 웃자란 푸성귀처럼 쑥쑥 크던 아기가 몸무게는 제자리걸음이고, 돌보아주는 분은 잘 먹지 않는다고 불평한다. 아기가 몹시 우울해하고 자해를 한다. 유모차에서 떨어져 얼굴 살이 푹 파여 13개월에 수술을 받았고, 수시로 응급실에 들락거리고, 시도 때도 없이 아프고 입원을 한다.

이런저런 이유로 아기 돌보아주는 사람을 바꾸다 보니 불과 1년 사이에 네 번, 그사이 시댁과 친정에서 잠깐씩 봐준 것까지 합치면 아기 돌봐주는 사람이 7~8차례나 바뀐 셈이다.

12개월이 되면서 급기야 아기는 퇴행을 시작했다. 8~9개월에 엄마, 아빠, 땍!, 어부바, 엄다(없다) 등의 말을 해서 키우는 사람들마다 '천재'라고 했던 아기였다. 말할 수 없이 영특하다고 칭찬을 듣던 아기였는데 이제는 아빠라는 말도 못했고 몸은 비쩍 말라서 또래보다 작아졌다. 어느날 비척비척 걸어오는 아기를 보니 곧 쓰러질까 봐 와락 두려움이 몰려왔다. 그즈음 아기는 모세기관지염과 폐렴 증세, 40도가 넘는 고열로 입원을 했고 나는 1주일간 일을 못하고 아기를 돌보았다.

이건 아니야!

매번 '이건 아니야!'라고 느끼면 '아기 돌보아주실 분'을 찾아 헤매었는데 '아기 돌보아주실 분을 찾아 헤맨 나의 어리석음이란!' 번쩍 정신이 들었다. 이건 아니잖아! 내 자식은 내가 키워야지 어쩌자고 이 사람 저 사람에게 아기를 맡기고 희희낙락했을까?

그동안 나는 젊은 엄마들이 좋은 직장에서 일 잘하다가 아기 낳으면 이런저런 이유로 집에 들어가는 것을 보면서 많이 아쉬워했던 것 같다. 그래서 아기는 낳으면 어쨌거나 크게 마련이니까 좀 힘들더라도 악착같이 의지를 다져서 아기 때문에 집으로 들어가는 안타까운 일이 없었으면 했다. 그런데 핏덩이 내 자식을 주변 사람에게 맡기고 하루 종일 직장에 붙박여 일한다는 것이 아기에게 이렇게 큰 고통을 주는 것인지 몰랐다.

이제 몹시 작아진 아기는 애, 어른 할 것 없이 사람들을 보면 무서워서 구석으로 기어가 숨었다. 그사이 경험과 경륜을 갖춘 이웃 할머니에게도 맡겨봤고, 월 육아비 등에 대한 문의도, 별다른 조건도 없이 아기를 키우게만 해달라는 듯한 인상을 풍기던 20대 후반의 아낙에게도 맡겨봤다. (이 아낙은 일곱 살 난 외동딸의 외로움을 덜어주기 위해 아기 키우기를 그토록 애타게 원했던 걸 나중에야 알게 됐다.) 또 자녀들을 타지의 대학에 보내고 집에는 남편과 둘만 사는 50대 아주머니에게도, 인상이 좋고 예쁜데다가 표정이 풍부해서 아기가 좋아할 것 같은 30대 후반 여자분에게도 맡겨봤다.

이분들의 도덕성이나 인품이 평균적인 대한민국 여성들보다 못하다고 생각할 수는 없다. 하지만 분명한 건 아기를 키우다 보니 엄마인 나 자신도 종종 이성을 잃을 정도로 힘이 드는 경우가 있는데, '피 한 방울 섞이지 않은 남인데' 하는 의문이 고개를 들기 시작했다.

이렇게 말하는 것이 어떤지 모르지만 평소 일면식도 없던 이웃에게 얼굴 한 번 보고 잠시 대화를 나눈 후 아기를 덜컥 맡기는 것은 위험한 일이라는 생각을 하게 됐다.

특히나 어떤 계기로 아기 돌보아주는 분에 대한 믿음이 사라지고 나면 그때부턴 정말이지 너무도 난감한 상황이 닥친다. 아기를 키워주는 사람을 불신하는 상태에선 더 이상 그분에게 아이를 맡길 수 없게 되고, 그러면 엄마가 직장을 그만두지 않는 한 새 사람을 찾을 수밖에 없는 것이다.

그런데 이게 보통 일이 아니다. 특히 우리 지민이처럼 기질적으로 소심하고 내성적인 경우는 더욱 그렇다. 말 못하는 아기지만 말 대신 아기는 몸으로 말한다. 몸무게가 늘지 않고, 잘 먹지 않고, 스스로를 자해하고, 사람을 두려워하고, 우울해하는 등등.

아기 돌보아주는 사람을 자주 바꾸다 보니 에피소드가 많았다. 한번은 인상이 좋아 보이는 서른아홉 살 아줌마에게 10개월 된 지민이를 맡긴 적이 있다.

유치원 선생님처럼 표정이 풍부하고 잘 웃고 활달해 보이는 이분은 늦은 결혼 후 아기가 없었다. 아기를 낳으려고 백방으로 노력해도 잘 안 되던 차에 아파트에 아기 돌보아줄 분을 찾는다는 광고를 보고 연락을 해왔다.

실은 전날 약속한 아주머니가 있었지만 사교적이면서 붙임성 있는 이분이 마음에 들었다. 그런데 아기를 맡긴 지 한 달쯤 된 어느 날 아침, 이분은 나에게 자랑을 늘어놓았다.

"지민이 집에서는 우유 흘리고 먹지요? 그리고 이런 거 다 끄집어내고 그러지요?"

무슨 말인가 해서 고개를 돌려보았더니 아기 옷이 우리 집 거실 바닥에 흩어져 있는 것을 가리켰다.

"우리 집에서는 이러지 않는데……. 지민이 우리 집에선 거실 화분들도 절대 만지지 않아요. 소파 위의 방석도 만지지 않고 우유도 흘리지 않고 먹어요."

이 여자분은 아기가 우유를 흘리거나 거실 화분을 만지거나 소파의 방석을 만지면 벽으로 데려가서 팔을 들고 있게 한다고 자랑했다. 그러면 처음에는 좀 울지만 곧 아기는 그런 행동을 하지 않는다는 것이다. 무엇보다 벌을 세워도 잠시 후에는 다시 헤헤 웃으며 자기에게 안긴다며 아이들 교육은 어려서부터 확실하게 해야 한다고 나에게 훈수를 두었다.

순간 무슨 말을 해야 할지 판단이 서지 않았다. 이제 막 11개월 들어선 아기가 우유를 흘린다고, 혹은 화분을 만진다고 구석으로 데려가 손을 들고 벌을 서게 한다는 것이 아무리 생각해도 선뜻 공감이 가지 않았다. 또 그렇게 벌을 세우자 아기가 더 이상 우유도 흘리지 않고 화분도 만지지 않고 자기에게 안긴다는 것도 납득되지 않았다. 이 방면으로 무지하긴 하지만 도대체 11개월 접어든 아기에게 벌을 세우는 부모가 있을까?

이제 와서 생각해보면 영아라도 잘 모르는 이웃보다는 그래도 어린이집에 맡기는 것이 낮지 않을까 싶다. 아무래도 어린이집은 오픈된 장소이고 여러 보육교사가 있으니 내부에서 일어나는 일들이 그래도 두세 명의 교사들의 눈에 열려 있다. 물론 여전히 일부 문제성 교사들이 있는 것을 부인할 수 없는 현실이긴 하지만 말이다.

그런데 당시에는 어린이집 교사 한두 명이 여러 명의 아이를 돌보는 것보다 아주머니 한 명이 우리 아기만 보는 것이 더 정성스럽게 잘 볼 거라는 원론적인 생각만 했다. 그래서 어린이집 보육료의 몇 배나 되는 돈을 주고 이웃분들에게 맡긴 것이다. 지금 내게 똑같은 상황이 주어진다면 나는 당장 직장을 포기할 것이다. 직장을 포기하는 것이 불가능하다면 어린이집이 낫지 않을까 조심스레 생각해본다.

아기가 15개월이 되면서 직장을 그만두고 내가 아기를 키워 보니 그분들의 고충이 어떠했을지 절감하게 됐다.

엄마 손에서 자라면서 아기는 먹는 것에 조금씩 익숙해졌고 간식을 만들어주면 행복하게 활짝 웃곤 했다. 그렇게 몇 개월이 지나자 여타 심리적인 부분은 여전했으나 몸무게는 쑥쑥 늘었다. 6개월이 지나고부터는 자해 행동도 없어졌다.

우울하던 표정은 사라지고 잘 웃고 잘 먹던 예전의 모습을 되찾았다. 시도 때도 없이 드나들던 병원 가는 횟수도 줄었다. 다만 여전히 사람들을 무서워하고(어른들 중에 할머니, 아주머니를 가장 무서워했다), 여전히 말문이 트이지 않아 24개월이 돼서야 불과 8~9개월에 하던 '아빠'라는 말을 하기 시작했다.

가장 중요한 시기라는 생후 1년간을 몹시 불안정하게 보낸 탓일까? 네 살이 된 지금도 딸아이는 어른들을 보면 얼어붙는다. 놀이터든, 마트든, 어린이집이든 그곳에 선생님이나 또래친구의 엄마나 할머니 같은 어른이 있으면 얼굴이 두려움으로 가득하다. 친구들이 때리고 밀쳐도,

얼굴을 할퀴어도 가만히 있다. 소리 내어 울지도 못한다. 두려운 표정으로 얼어붙은 채 서서 엄마를 바라볼 뿐이다. 그래서 "아까 친구가 때찌 했는데 왜 가만히 있었어?" 하고 물어보면 "친구엄마가 있어서."라고 말한다.

길을 가다가 심하게 넘어져 울다가도 옆에 어른이 지나가면 즉시 울음을 뚝 그치고 그 사람 눈치를 본다. 속 모르는 사람들은 "아이고 착하네. 넘어져도 울지도 않네." 하고 지나가지만 아이는 어른들 앞에서 자신의 욕구를 조금도 표현할 줄 모르는 성품으로 성장한 듯했다. 울음조차 어른들이 옆에 있으면 쑥 들어가 버리는 것이다.

물론 생후 1년 남짓 엄마가 키우지 않고 남의 손에 자란 모든 아이들이 우리 딸처럼 어른 공포증이 있는 것은 아닐 것이다. 특히나 우리 아이는 단기간에 7~8차례 돌봐주는 사람이 바뀌었고, 게다가 천성적으로 심약한 성품이라 엄마가 키웠다 하더라도 누구를 때리기보다 얻어맞는 편이었겠지만 말이다.

남이 키우더라도 믿을 만한 사람에게 1~2년 지속적으로 키워지고, 또 기질적으로 활달하고 기가 센 아이라면 크게 상처받지 않을 수도 있다. 그러니 현재 남에게 아이를 맡기는 직장맘이라면 그분이 믿을 만하고 아이의 발육에 문제가 없고 잘 웃고 명랑하다면 크게 과민할 필요는 없다.

아무튼 여러 명의 주변 이웃에게 아이를 맡겨 키우면서 직장맘으로서 자부심과 뿌듯함을 느끼던 날들도 잠시였다.

전업주부가
되 다

5월! 세상이 온통 연푸른 녹음과 아름다운 꽃들로 어지럽던 날, 직장에 사직서를 냈다. 짐을 챙겨 나오는데 이제 아기와 하루 종일 함께할 수 있다는 안도감 외에는 아무런 감흥도 없었다. 한시라도 빨리 아주머니에게 가서 아픈 아기를 찾아와야겠다는 생각만이 머릿속에 가득했다.

경험과 지혜, 혜안을 두루 갖춘 듯한 이웃 할머니도, 일곱 살 아이가 있는 젊은 엄마도, 불임인 서른아홉 살 여자분도, 자녀를 이미 다 키운 50대 아주머니도 내 아기를 맡기는 데는 조금씩 구멍이 있어 보였다. 앞서도 말했지만 이분들에게 특별히 심각한 문제가 있어서가 아니다.

나는 이분들에게 무조건적인 사랑을 기대한 것 같다. 하지만 부모도 힘든 것을 다른 이들에게 기대하는 것부터가 모순이 아니었을까?

힘들고 갑갑한 육아의 날들이 시작됐다. 아기를 키우면서 느낀 점은 노동 강도가 엄청나다는 것이다. 정신적으로, 육체적으로 에너지가 너무 많이 소진되고 무엇보다 이제 막 걸음마를 시작한 아기랑은 가까운 곳도 외출하기가 버거웠다. 아기는 뒤뚱뒤뚱 한두 걸음 걷고는 이내 넘어진다. 외출하려면 업거나 안고 버스를 타야 하는데 힘쓰는 일이라면 젬병인 나로서는 보통 일이 아니었다. 아파트 단지 내에 슈퍼마켓이 두 군데 있을 뿐 편의시설이 갖추어져 있지 않아 은행이나 주민센터를 가려면 버스를 타야 했다.

근처에 친하게 지내는 사람도 없었다. 집안에서 아기랑 씨름하면서 하루해가 뜨고 하루해가 저무는 날들이었다. 남편은 지방에 있었고 휑 뎅그렁한 아파트 안에 갇혀서 하루 종일 아기의 온갖 욕구에 반응하며 간식을 챙기고 밥을 먹이고 우유를 먹이고 기저귀를 갈고 빨래를 하고 설거지, 젖병 소독을 하고…… 이게 사람 사는 것인가 하는 생각이 들 정도로 정신없었다. 그때 문득 생각했다. 아기를 봐주는 사람에게는 내가 직장에서 받던 급여 전부를 주어도 많지 않구나. 물론 경험이 있고 체력이 좋은 사람이라면 요령 있게 아기를 돌볼 수도 있을 것이다. 갑갑하면 아기를 업고 바깥바람도 쐬고, 이웃과도 교류하면서 말이다.

초보엄마로서 아기에 대한 사랑 외에는 이 방면의 지혜나 지식, 정보도 없는데다 특히나 체력이 달리니 시간이 지날수록 우울해졌다.

어느 날 저녁, 잔뜩 쌓인 설거지와 젖병 소독을 하는데 아기가 계속 심하게 울었다. 우는 아기를 들쳐 업고 젖병을 행구면서 지금 나의 행복지수가 얼마나 될까, 스스로 자문해보았다. 그런데 60~70점 된다는 생각이 드는 것이다. 그다지 나쁘지 않은데 왜 이렇게 심신이 피곤할까?

하루하루는 그야말로 창살 없는 감옥이었고, 밥 먹을 시간도, 세수하고 용변 볼 시간도 없이 정신과 육체의 모든 에너지가 빠져나가 버리는 날들이었지만 그래도 아기와 함께 있다는 것, 내가 돈을 벌지 않아도 적은 돈이나마 남편이 월급을 가져다주는 것, 그리고 안전한 공간에서 아기가 조금씩 좋아지고 있다는 느낌이 나를 지탱해주는 듯했다. 무엇보다 아기의 몸무게가 쑥쑥 늘어나는 게 가장 신기했다.

그래서 비록 개인적으로는 만족스럽지 않았지만 '창살 없는 감옥'이 아주 나쁘지만은 않다고 생각했던 것 같다. 그런데 직장을 그만둔 지 얼마 안 된 어느 날 저녁, 아기가 심하게 울었다.

떼가 거의 없고 순하기만 해서 '순둥이'라 불리던 아기가 그렇게 심하게 우니 많이 당황스러웠다. 유모차에 앉혀도 울고 업어줘도 울고 우유를 먹여도 울고 계속 울기만 하는데 어디가 아픈 것 같진 않았다.

1시간 남짓 울던 아기의 울음소리가 서서히 잦아들었다. 유모차에서 내려 안방에 앉혔더니 한동안 앉아 있다가 내 눈치를 보았다. 잠시 후 분유를 주니 조금씩 먹었다. 그제야 안도한 나는 탈진하여 안방에 길게 누워버렸다. 잠시 후 내게로 기어온 아기는 내 눈치를 슬쩍 보고는 볼에 뽀뽀를 해주었다. 불과 15개월짜리 아기가 말이다.

전업주부가 되어 아기를 키우기 시작한 지 한두 달 사이에 아기는 그렇게 두 번 울었다. 지금에야 그 이유를 알 듯하지만, 당시에는 아기가 간식 잘 먹고 엄마랑 있는 것을 행복해하다가 저녁 시간에 왜 그렇게 심하게 울었는지 알 수 없었다.

그동안 이른 아침부터 저녁까지는 아주머니가 돌보았고 밤에만 나와 함께 있던 아기가 이제 하루 종일 엄마랑 같이 있으니 아기로서는 또 한 번 환경이 바뀐 셈이었다. 나로서는 아기의 요구를 대부분 들어주었고 나름대로 많은 것을 수용하는 태도를 취했고 입에 맞는 따뜻한 이유식을 해주고 되도록 아기와 많이 웃고 행복한 시간을 보내려고 했다.

아기는 처음에는 이런 엄마의 방식이 좋았지만 실은 바뀐 환경이 많이 낯설었던 것 같다. 또 거의 외출을 하지 않은 채 하루 종일 엄마랑 있으니 많이도 답답했으리라. 그때나 지금이나 우리는 주말부부니 아빠 얼굴은 1주일에 한 번 볼 뿐이었다.

아기를 돌봐주던 아주머니의 성향이 어떠했는지 잘 모르겠지만 아기는 어쨌거나 그동안 자기를 맡아 키워준 아주머니와 떨어진 채 밤에만 잠시 보던 엄마와 하루 종일 함께하려니 힘들었으리라.

바깥바람도 쐬어주고 사람도 만나게 해주고 북적이는 마트나 시장도 데리고 다니고 뭔가 새롭고 신기한 자극이 필요했는데 내 몸이 힘든 나머지 그런 건 엄두도 못 냈던 것이다.

그저 아기가 왜 그렇게 우는지 알 수 없어서 그렇잖아도 근근이 유지하던 어떤 기운이 한꺼번에 훌러덩 빠져나간 듯 몸이 축 늘어지고 모든 게 암담하기만 했다. 하지만 아기에게는 생존 본능 같은 것이 있는 듯했다. 자기가 전적으로 의탁하는 사람을 힘들게 했으니 다시 그 사람의 비위를 맞추어야겠기에 볼에 뽀뽀를 해주며 심하게 울었던 걸 사죄하는 듯했다.

그동안 사람들에게 아기를 맡기면 그때마다 돌보미 아주머니들이 하는 말은 아기가 자기에게 착 달라붙어 뽀뽀를 해주고 눈치를 한번 본 후 방긋이 웃는다는 것이었다.

돌봐주는 아주머니를 바꾼 첫날부터 아기가 이런 행동을 한다며 신기하고 영특하다고 한마디씩 했다. 그리고 좀 더 시간이 지나면 그 집 아저씨나 삼촌에게 가서 살며시 눈치를 본 후 또 뽀뽀세례를 한다는 것이었다.

우리 아기는 내성적이고 소심해서 그 말이 잘 믿기지 않았는데 아기는 새로운 환경에 적응하기 위해 자신이 생존하는 방법을 이미 깨우친 듯했다.

지금 생각하면 가슴이 아픈데 그때는 별 생각 없이 지나쳐버렸다. 다섯 살인 지민이는 가까운 이웃은 물론 아빠 엄마와도 뽀뽀를 잘하지 않고 잘 안기지도 않는다. 전문가들에게 문의했더니 유아기에 불안전한 애착 관계를 형성한 아동의 경우 피부 접촉을 꺼린다고 했다.

아기 때는 안아주지 않아도 본인 스스로 돌보미들에게 다가와 뽀뽀를 하고 예쁜 짓을 하며 사랑받으려 노력했던 아기가 말이다.

신선한 공기가
필요해!

얼른 재우고
딴 짓 하고 싶은 마음에
안고 업고 자장가 불러
겨우 아기를 눕힌다
드디어 자는구나 싶어
조심조심 일어나 나가려는데
호랑이 눈처럼 떠지는 아기 눈
포효하는 울음소리

– 김기택, 〈아기 재우기〉 중

전업주부가 된 후에는 모든 욕구를 의식적으로 포기하고 살았다. 전업
주부가 된 이상 '나를 위해 뭔가를 해서는 안 된다'고 생각했던 것이 분
명하다. 그것이 휴식이든, 여가활동이든, 심지어 시간과 계절에 대한 어
떠한 감흥이나 감상에 젖어도 안 된다고 다짐한 사람처럼 말이다.

'지금까지의 나를 포기해야 해. 나는 우리 아기 지민이의 엄마일 뿐
이니까.'

하루 24시간 모든 것을 아기에게만 집중하는 날들이었다. 어둑어둑
해질녘의 황홀한 노을도, 축축이 비 내리는 창밖 풍경도, 단지 내에 어
지럽게 만개한 벚꽃의 자태도 모든 것이 나의 관심 밖의 일이라고 생각

내 안에는 작은 아이가 산다

했다.

그해 5월 어느 날, 같은 동에 거주하는 유치원 선생님이 퇴근하면서 눈인사를 했다. 아파트 현관 앞 간이 놀이터에서 아기에게 놀이기구를 태우고 놀던 참이었다.

토요일이었다. 햇빛이 어찌나 환하던지 꽃잎이 여기저기 흩날리는 아름다운 계절이었건만 고개 들어 꽃을 볼 여유조차 없었다. 잠시만 한눈팔면 아기는 넘어지거나 어딘가에 부딪히기 때문에 눈을 뗄 수 없는 형편이었다.

직장을 다니던 지난겨울, 출근길에 만나면 인사를 하고 지내던 유치원 선생님은 봄이 오자 몰라보게 어여쁘게 몸치장을 하고 내 앞에 서 있었다. 아이들 세 명이 초등학교에 다니고 있고 시어머니와 함께 사는 이분은 나와 비슷한 연배였는데, 겨울에 입던 무거운 옷을 벗고 긴 청치마와 화사한 블라우스에 파마머리를 뒤로 가지런히 묶은 채 웃고 있었다. 봄의 기운을 충만히 받아서 좀 들뜬 듯한, 어찌 보면 오후의 따사로운 대기와 완전히 하나가 된 듯한 모습이었다.

나도 웃으면서 아는 체했지만 순간적으로 그녀가 부러웠다. 아침에 세수도 변변히 못한데다가 추레한 트레이닝복 바지에 박스 티셔츠를 걸치고 부스스한 몰골로 아기와 놀고 있는 나를 보고 그녀는 밝게 웃었다.

"일 그만두셨나 봐요?"

"그렇게 됐어요."

출근길에 간혹 아기에 대해 문의하고 어려움을 호소하던 터라 내 차림새를 보자 내가 일을 그만둔 것을 확신한 모양이었다. 아이들을 다 키우고 자유롭게 자기 일을 하며 몸치장도 하고 계절의 변화에 고개를 디밀고 마주 할 수 있는 그녀의 자유가 얼마나 부럽던지 아직도 그날의 화사한 배경과 눈이 시리던 태양이 선명하게 떠오른다. 그녀와 좀 더 친해지고 싶었는데, 얼마 후 그녀가 사는 2층에 갔더니 이사를 한 후였다.

시를 쓰며 감상에 젖고 비 내리는 풍경을 유난히 좋아하는, 미숙하고 어설픈 중년의 아줌마인 나는 모든 것을 아기에게 올인한다는 생각뿐이었다.아기와 관련이 없는 것은 모두 사치스러운 낭비로만 보였던 것이다.

마음에 조금의 여유도 없이 아기와 엎치락뒤치락 하루를 보내면 하루만큼 내가 성장했다고 느끼기도 했다. 아기가 20개월만 되면 어린이집에 맡기고 다시 일을 하리라 마음먹었다. 이제 약 4~5개월만 참으면 된다! 4~5개월 후 아기를 어린이집에 맡기고 다시 일을 시작한 나의 모습을 상상하면 가슴이 설레었다. 그러면서 이를 악물었다. 아기에게 '올인'한다면서도 아기를 데리고 어디 외출한다거나 아기에게 뭔가 자극을 주어야 한다는 생각은 하지 못했다.

당시 나의 '화두'는 오로지 남에게 맡길 때의 잦은 사고와 병치레에서 아기를 안전하게 보호하고 잘 먹이는 것이었다. 시도 때도 없이 아기에게 먹을 것을 내밀었고 아기가 다칠까 봐 노심초사하며 옆에 떡 하니 붙어 앉아 있었다.

아기에게 바깥바람도 쐬게 하고 사람도 만나게 해주고 또래 아기나 언니 오빠도 보여주는 등 세상 구경을 시켜주는 것도 필요했을 텐데 그런 생각을 하지 못했다.

하루 1시간가량 아파트 놀이터에 가서 놀다가 들어오는 것이 전부였다. 놀이터에는 또래 아기를 키우는 젊은 엄마들이 있었지만 사귀기가 어려웠다. 성격 특성도, 나이도 한몫 했으리라.

무엇보다 흔한 놀이공원이나 실내 놀이터조차 데려가지 않았다는 것이 내내 자책이 되었다. 그저 아빠가 오는 주말에 아기와 함께 대형 마트에 가서 1주일간 필요한 물건들을 사오는 것과 외식하는 것이 전부였다.

그해 따뜻한 봄날, 그리고 여름과 가을, 겨울을 그렇게 보내고 24개월이 지난 후에야 아기에게 적극적으로 세상구경을 시켜주었으니 말이다. 24개월이 되어서도 아기의 말문이 트이지 않았고, 여전히 사람들을 보면 무서워서 엄마 아빠의 등 뒤로 숨는 버릇이 사라지지 않았음을 알고부터 말이다.

아기에게 여러 연령층의 사람을 조금씩이라도 접하게 해주면서 사람에 대한 호기심과 긍정적인 관심을 유발하도록 하는 것이 필요했는데 말이다. 그즈음 방송에 출연한 전문가의 "아기에게 집보다 더 좋은 공간은 없고 집도 충분히 아기의 호기심을 유발하고 자극을 줄 만한 신기한 것으로 가득 차 있다."는 말을 언뜻 듣고 시쳇말로 그 말에 꽂힌 것이다. 인간은 자신이 듣고 싶은 말에만 팍팍 귀가 열리는 모양이다!

집이 돌 지난 아기들에게 아주 훌륭한 놀잇감이고 호기심을 자극하는 진기한 것으로 가득한 공간이라 해도 집에서만 하루 종일 지내는 것은 그다지 추천할 일이 못 된다는 걸 뒤늦게 깨달았다.

24개월 이후부터는 아빠의 휴무에 맞춰 여러 곳에 데리고 다녔다. 생후 24개월까지 거의 집에서 단둘이 지냈으니 아기도 나도 정신건강이 좋을 리 없었다. 명분은 아기를 위한다는 것이었지만 아기를 위해 하루 종일 집에서 아기와 지지고 볶는 것이 아기에게도 엄마에게도 좋은 영향을 주지 않는 것인데도 갑갑함을 아기를 위해 참아야 한다는 일념으로 버텼다.

지금 생각해보면 아기를 업고 안고, 유모차를 태우고 가까운 공원이나 놀이터, 놀이공원에도 가고, 이웃과 커피도 마시고 수다도 떨며 지내지 못한 것이 아쉽다.

자 해 행 위 가
없 어 지 다

당신이 이 꽃을 보지 않을 때,
꽃은 당신처럼 외로워진다.
당신이 이 꽃을 바라보는 순간,
꽃의 빛깔은 선명해지고,
꽃은 당신의 마음속으로 들어온다.

– 룽잉타이, 〈눈으로 하는 작별〉 중

아기의 자해행위도 워킹맘이었던 내겐 큰 걱정거리였다. 순하기 이를 데 없어 돌보미 분들이 지어준 별명이 '순이'와 '순둥이'이었다. 분유만 배불리 주면 방긋방긋 웃고 종일 잠만 자는 아기였다.

임신 기간 중 낮과 밤이 뒤바뀐 생활을 한 때문인지 아기는 돌이 지나서도 낮에 잠을 많이 자고 밤에는 늦게 잠이 들곤 했다. 하지만 밤에도 한번 잠이 들면 아침에 깨울 때까지 잤다.

갓 태어났을 때에도 아프지 않는 한, 아기가 밤에 자다가 깨서 잠을 설쳐본 적은 거의 없을 정도였다. 그런데 언제부터인지 아기가 스스로를 때리고 머리를 벽에 박는 자해행위를 하는 것이었다. '아니, 우리 순둥이가 어째서 자해행위를 하는 거지?' 걱정이 되었다. 키워주는 분들에게 '자해행위'를 한다고 하면 "글쎄 말이야." 하고 별일 아니라는 듯이 지나친다.

전업주부가 된 후에도 자해행위가 가장 걱정이 됐다. 먹는 걸 제때 정성 들여 잘 먹이니 아기의 몸무게는 하루가 다르게 늘었다. 몹시 우울해 보이던 아기였지만 웃는 빈도도 늘어났다. 하지만 18개월이 됐는데도 자해행위는 사라지지 않았다. 그런데 언제부터인가 자해행위가 거짓말처럼 사라진 것이다. 아마 20개월 이후였을 것이다. 엄마가 키운 지 6개월 정도 되는 시점이었다.

체력과 정보력, 육아지식 등 여러 면에서 부족한 엄마로서 아기와 24시간 붙어 지내면서 때로 힘이 들어 혼자 눈물짓기도 했고, 가슴을 치기도 했다. '내가 과연 아기를 잘 키우고 있는 건가? 제대로 하지도 못하면서 일 접고 집안에 들어앉아 오히려 아기를 힘들게 하는 건 아닌가? 그래도 엄마니 다른 사람에게 맡기는 것보다야 낫겠지.' 그렇게 위무하면서 지내온 시간들이었다.

무엇보다 일에 대한 욕구, 사회적 활동을 하고 싶은 욕심, 직장 사람들과 회식을 하고 술을 마시며 시답잖은 신변잡담을 주거니 받거니 나누던 지난날들이 너무도 그리워졌다. 그럴 때면 더욱더 엄마로서 2% 부족하다는 자괴감이 몰려왔다. 그러고는 '조금만 기다리자.' 하며 버텨왔다. 전업주부 초기에는 더욱 심했다.

이렇게도 서툴고, 힘이 달려 안아주지도 못하고 키운 아기인데 그래도 엄마 품이어서인지 자해행위가 말끔히 사라진 것이었다. 아이는 이제 우울한 표정도 없어졌고 또래보다 우량아라 되레 걱정이 되었다.

열심히 한다고 했지만 지나고 보면 후회만 남았고 지금도 잘 몰라서 아기에게 못해준 것에 대한 때늦은 아쉬움들이 넘실거린다. 하지만 아기에게는 엄마의 따뜻한 사랑과 관심만 한 명약은 없는 것 같다. 자해행위를 잘 들여다보니, 아기가 뭔가 부족하다고 엄마에게 보내는 욕구불만의 신호인 것 같았다.

"나 좀 더 많이 사랑해주세요. 난 엄마 아빠의 사랑이 필요해요. 안아주세요. 웃어주세요."

엄마와 많이 웃고 엄마가 해준 따뜻한 음식을 먹고 안전하게 보듬어주고 입혀주고 닦아주고 신체 접촉을 많이 해주니까 자연스럽게 사라지는 걸 말이다. 이유를 몰랐으니 아기의 자해행위를 대할 때마다 당혹스럽기만 했던 것이다.

혹 당신의 아기가 자해행위를 한다면 더 많이 욕구를 수용해주고 더 많이 안아주고 더 많이 눈을 맞추고 웃어주면 된다. 엄마의 사랑이 아기에게 전해지면 아기는 자신이 사랑받는 존재라는 확신이 생기면서 자해행위를 멈출 것이다. 자해행위를 할 때 계속해서 "하지 마, 하지 마." 하고 소리치거나 드물게는 버릇을 고치겠다고 때리는 경우도 있는데, 그냥 무관심하게 넘기는 것이 가장 좋다. 자해행위는 아기가 부모로부터 사랑과 관심을 받고 싶다는 신호이며, 사랑과 관심이 부족하기에 관심을 끌려는 방법일 수도 있다. 자해행위를 할 때마다 하지 말라고 소리치면 부정적이긴 하지만 그것 역시 엄마의 관심을 끄는 것이기에 아기는 반대로 자꾸 자해행위를 할 것이다. 못 본 척 무관심하게 넘기거나 관심을 다른 곳으로 돌리게 하고, 대신 상처 입은 아기의 마음을 보듬어주면 된다.

나도 처음에는 "하지 마!" 하고 말했는데 그러거나 말거나 아기는 더했다. 그래서 더 크게 하지 말라고 제지하다가 화가 나서 아기의 손을 꼭 움켜잡기도 했지만 효과가 없었다. 이렇게 해서는 안 될 듯해서 방법을 바꾸었다.

대신 힘들어도 많이 놀아주고 아기의 관심을 다른 곳으로 돌리도록 했다. 자해행위를 할 때는 아기의 관심을 다른 곳으로 유도해보자! 마른 화초에 물을 주듯 애정이라는 이름의 물을 듬뿍 부어주자! 그러면 어느 순간 거짓말처럼 아기는 자해행위를 하지 않는다.

내 안에는 작은 아이가 산다

아기 발달 체크
꼭 하세요

"코로 어떻게 냄새를 맡지요?"
"요렇게 작은 눈으로 어떻게 저런 큰 집이나 경치를 볼 수 있나요?"
어린 나의 질문에 어머니는 대답이 궁했다.
그러나 "모르겠다."고 하거나 "그런 건 몰라도 돼."라고
화를 내지는 않으셨다.
"글쎄 왜 그럴까?"
어머니는 함께 생각해주시면서 이렇게 말하셨다.
"이담에 커서 공부하면 모두 알 수 있을 거야."

- 히로나카 헤이스케, 《학문의 즐거움》 중

요즘 엄마들은 임신을 확인하는 순간 임신이나 태교 관련 상품에 자의 반 타의 반 노출되는 것을 시작으로, 아기가 태어나고 성장하면서 너무 많은 정보와 상품들의 세례를 받는다. 그리고 기꺼이 그 '세례'의 행렬에 동참한다. 나는 이런 세태를 냉소적으로 보았다. 극성스럽고 옹졸한 가족이기주의와 황금만능의 상업성이 칡넝쿨처럼 얽히고설켜 이루어지는 진풍경이라고. 이런 생각에는 지금도 변함이 없고 우리 모두 좀 더 이성적이고 냉정해져야 한다고 생각한다.

그런데 다른 건 몰라도 육아와 관련한 책 한 권쯤은 사서 읽어 볼걸 하는 아쉬움은 남는다.

나는 임신 후에도 태교에 대해 인위적으로 신경 쓰지 않았다. 매일 편한 마음으로 산에 다녔고 행복하게 몰두할 취미거리가 있으니 됐다고 생각했다. 아기를 낳았지만 대단한 아이로 키워야겠다는 생각이 없었다. 아이의 그릇대로 커가겠지. 묵묵히 지켜봐주고 길 안내 정도 해주면 되겠지. 아기는 어차피 스스로의 길을 찾아 성장할 거야.

그래서 맞벌이를 했고 누가 아기를 키우든 뭐가 그리 문제가 되겠는가 싶었다. 그런데 아기에게 문제가 생기기 시작했다. 고심 끝에 '집으로' 돌아왔다.

이제 나의 관심사는 아기가 다치지 않고 안전하게 하루를 보내는 것, 또래보다 작아진 아기에게 충분한 영양을 공급하는 것, 병원 신세를 지지 않는 것, 아기를 행복하게 해주는 것 정도였다. 남에게 아기를 맡기면서 절실했던 문제였기 때문이다.

그 즈음 육아와 관련해 EBS의 〈60분 부모〉라는 프로그램을 우연히 시청하게 되었는데, 그 프로그램 하나면 충분하다고 생각했다. 육아에서 사랑과 관심 외에 무엇이 더 필요하랴 싶었다.

내가 EBS를 시청하기 시작한 2006년 6~7월에는 지금도 가장 기억나는 것이 떼 부리고 말 안 듣는 아이를 어떻게 길들이나 하는 것이었다.

그런데 우리 아기가 24개월이 지난 2007년 초반부터 '아기발달'과 관련한 내용이 방송되기 시작했다. 김수연 선생이 게스트로 나왔다. 이분의 '아기발달' 관련 방송을 보면서 '내가 놓친 것이 많구나!' 하는 생각에 한 대 얻어맞은 듯 멍해졌다.

나는 갓 태어난 아기에게는 사랑만 필요하다고 생각했을 뿐 아기의 '지능'이나 아기의 발달에 큰 관심이 없었다. 겉보기에 문제없으면 되는 것이고, 특히나 갓난아기 때부터 똑똑하고 지능이 높은 아이로 키워야겠다고 야단법석 떠는 행태를 못마땅하게 생각했다.

아기가 말이 늦긴 해도 알아듣는 건 문제없으니 좀 늦되는 거겠지 생각했다. 말문이 조금 늦게 트이는 아이들도 많지 않은가? 숟가락질을 잘 못하는데 엄마가 다 먹여주니까 늦는 거지, 하고 대수롭지 않게 넘겼다. 그런데 아기의 소근육 사용이 또래보다 늦다는 걸 24개월이 훨씬 지나고서야 알았으니 그 낭패감과 무력감이란…….

몸놀림이나 손놀림 등 발달 체크를 해보면서 월령에 맞게 아기의 발달이 제대로 이루어지고 있는지 검토해보지 않은 것이다. 27개월이 지나서야 아이의 소근육 운동성과 계단 오르기 등 전체적인 운동신경이 또래에 비해 떨어진다는 걸 알게 됐다. 걷기를 11개월에 했고, 8~9개월에 말을 했고, 돌보미분들이 한결같이 아기가 아주 영특하다고만 해서 걱정하지 않은 것이다. 12개월 이후 말이 퇴행했으나 그것은 양육자를 여러 번 바꾼 탓이라 생각했을 뿐이다.

좀 더 일찍 이런 사항을 알았더라면 아기가 아무런 노력도 시도도 하지 않도록 방임하지 않았을 텐데 말이다. 갓 백일 된 아기를 남에게 맡겼던 것이 미안해서 무엇이든 내가 다 해주었고 아기의 상처 입은 마음을 따뜻하게 품어주어야겠다는 마음이 앞선 것이다.

그런데 가만히 생각해보니 꼭 아기에 대한 '한없는 사랑' 때문에 모든 걸 다 해준 건 아닌 듯했다. 그것 역시 어미인 나의 이기심도 한 부분을 차지했으리라 생각하게 됐다.

아기의 미숙하고 부족한 부분을 인내심을 가지고 지켜봐주어야 했는데 그리 오래 참고 기다릴 여유가 없었던 것이다. 내가 먹이는 게 편하니까 그렇게 한 것뿐이었다. 아기 스스로 먹도록 하는 것이 좋다는 생각은 은연중에도 했을 텐데 말이다. 온 사방으로 흘리고 쏟으면서 난장판이 되는 것을 보고 있는 것은 얼마나 짜증나는 일인가? 게다가 정작 입 안으로 들어가는 것은 얼마 되지도 않는다.

내가 먹여주면 시간이 절약되고, 청소를 하지 않아도 되고, 아기에게 빨리 배부르게 먹일 수 있으니 얼마나 편한가? 스스로 옷을 입도록 하고, 스스로 컵의 물을 마시도록 격려해주어야 했지만 지켜보는 것이 힘들어서 '사랑'이라는 이름으로 물을 먹여주고 옷을 입혀주고 밥을 먹여주었다. 엄마가 된다는 건 사랑 외에도 정보와 지식이 있어야 한다는 것을 알게 됐다.

엄마로선 자신이 하는 모든 것이 '사랑'이라고 생각하지만 실은 사랑으로 포장된 무지나 편의주의가 앞섰던 건 아닐까? 아기가 먹을거리를 사방에 흘리는 것을 보는 것은 얼마나 피곤한가? 물건을 마구 흩트리고 들쑤셔놓는 것은 얼마나 짜증나는가 말이다.

발달 체크를 통해 소근육 운동성이 떨어지는 줄 알았다면 직접 밥을 수저로 먹게 했을 테고 콩을 줍는 연습이라도 시켰을 것이다. 또 손 조작 능력 향상에 도움이 되는 장난감이나 도구를 구입해서 놀이도 적극적으로 시도했을 텐데 말이다. 잘 몰라서 먹이고 입히는 데만 관심을 두었으니 아픈 대목이다.

다섯 살이 된 지민이는 몇몇 단어의 발음이 약간 부정확하고 소근육 조절력 역시 조금 늦다. 좋아지고 있어서 크게 걱정하지는 않지만 여전히 마음이 무겁다.

화

요즘은 나아졌지만 아기 월령 17~18개월 전후에는 적어도 2~3일에 한번은 큰소리로 화를 낸 것 같다. 아기가 잠든 밤이면 무력감과 슬픔이 몰려왔다. 그 시기에는 다들 그러면서 크는 것인데 말이다. 우리 아기는 여러모로 순한 아이인데도 자질이 부족한 어미는 성마른 짜증을 참지 못하고 와르르 쏟아낸다.

배 속에 든 온갖 지저분한 오물을 줄줄 쏟아내듯 내 안에 꼭꼭 잠재 워두었던 '화'라는 사납고 울퉁불퉁한 덩어리들을 분출한다. 부모노릇 이란 참으로 넘을 수 없는 거대한 산처럼 불가사의한 무엇인 것 같다.

이제 막 걸음마를 배워서 세상에 대한 호기심으로 충만한 때니 아이 입장에서는 눈에 띄는 모든 것이 다 신기하고 놀랍고 재미있는 것들로 가득하리라. 만지고 찢고 싶고 열어보고 싶고 쏟아보고 싶고 뒤뚱거리 며 뛰어다니고 싶고……. 하고 싶은 것이 어디 한둘이랴! 그야말로 세상 무서운 줄 모르고 '찧고 까부는' 때가 이 시기가 아닌가 싶다.

하지만 어른의 입장에서는 기가 막힐 노릇이다. 세상에! 이게 뭐야. 큰마음 먹고 구입한 화장품을 쏟아놓지를 않나, 서랍을 열어 온갖 것들을 끄집어내고……. 하지 말라고 해도 마치 약을 올리듯 같은 행동을 반복하기도 한다.

너무 화가 난 어느 날, 아기에게 화를 내면 안 될 듯해 혼자 안방에 들어가 '악악' 몇 차례 소리를 질렀다. 그런데 이게 웬일인가? 어느 날 저녁밥을 짓고 있는데 아기가 혼자 앉아서 어미가 한 행동을 그대로 모방한다. "악악" 하고.

집안을 어지르는 건 그러려니 하는데 가장 힘든 건 부주의해서 머리를 바닥에 세게 부딪쳐 넘어지거나 소파에서 떨어지거나 하는 경우였다. 아기가 다치는 상황에서는 화가 나서 참을 수 없었다.

우리 아기는 유난히도 잘 넘어지고 잘 다쳐 병원 신세도 여러 번 졌고, 특히 머리를 바닥에 부딪치는 일이 많아서 늘 조마조마하던 터였다. 그런데도 아기는 뛰어가다가 거꾸로 넘어져서 머리를 쾅 부딪치거나 미끄럼틀에서 떨어지고, 잠시만 한눈을 팔면 여지없이 의자나 소파에서 떨어져 머리를 박으니 심장이 멎는 듯하다. 그리고 다음 순간 부주의한 아기에게 화가 나는 것이다.

우선 아이가 다쳤다는 사실에 화가 나고, 아이가 침착하지 못하고 매사가 실수투성이라는 생각에 화가 나고, 하지 말라고 했는데도 똑같은 짓을 한 것이 화가 나고, 시도 때도 없이 머리를 다치니 혹시 큰 문제가 생길까 봐 두려워서 화가 나고, 너무 심하게 머리를 부딪친 날은 당장 병원에 전화를 걸어 뭔가 조치를 취해야 한다는 사실도 화가 나고……. 참 여러 가지로 화가 났다.

아기는 이미 바닥에 떨어져 울고 있는데 "거봐, 의자에 올라가지 말라고 했잖아!" 하고 버럭 소리를 지른다. 그러면 아기는 험악한 표정의 엄마 얼굴과 목소리에 놀라서 겁을 먹고 울음을 그친다.

그런데 어느 날부터 아이는 다치거나 넘어지면 아무리 아파도 엄마의 표정을 먼저 살핀다. 그러고는 "엄마 미안해." 하면서 운다. 퍼뜩 내가 참 부족한 인간이구나, 하는 생각이 스친다. 아프고 놀라서 울고 있는 아기에게 고함을 치고 화를 내는 건 얼마나 어리석은가?

얼른 아기를 안아 진정시키고 필요한 조치를 취한 후 "의자는 위험하니까 올라가면 안 돼." 하고 말해줘도 늦지 않는데 말이다. 그 사실을 깨닫고 나서는 고치려고 노력을 하면서도 조금 다치거나 강도가 세지 않게 머리를 부딪치는 경우는 자제가 되는데 심하게 다친 경우는 화가 머리끝까지 난다. 나중에 찬찬히 아이를 살펴보니 긴장을 많이 하는 성격이라는 점과 내적 에너지는 넘치는데 발산하지 못하고 있다는 느낌이 들었다.

아이를 키우면서 가장 후회되는 건 역시 아이의 사소한 실수나 부주의에 화를 냈다는 것이다.

어느 날인가 아이의 오른쪽 검지가 피가 난 상태로 말라붙은 것을 보았다. "이거 왜 그랬어?" 하고 묻자 아이는 머뭇거리더니 "아까 달력 넘기다가 손을 베었어." 한다. "왜 엄마한테 말 안했어? 엄마한테 말했으면 약 발라주었을 텐데." 했더니 "엄마가 화낼까 봐."라고 말한다. 이건 아닌데…….

아이가 다치는 경우 외에 실수하는 경우에도 화를 냈다. 예컨대 자기가 하겠다고 고집을 피우다가 우유를 엎질렀다거나 유리컵을 깼다거나 밥그릇을 엎지른 경우다. 분명히 실수로 그런 건데도 화가 난다. "조심하라고 했지?" 하고 반사적으로 소리를 지른다.

잘 생각해보니 우리 아이의 경우 실수로 다치거나 물건을 흩트리는 경우를 제외하면 그다지 화나게 하는 행동을 하지 않는다. 심하게 떼를 쓰는 경우도 없고 무엇이든 도가 지나치는 경우가 없었으므로 화낼 일이 없으니 실수에 대해 화를 내는 것은 아닌가?

고의적인 행동이 아닌데 어미가 화를 내니 아이는 작은 실수에도 눈치를 보고 움츠러든다. 그렇잖아도 소심하고 숫기 없는 아이인데 말이다.

언젠가부터 아이에게 화가 나면 얼른 자리를 피한다. 주방에서 물 한 잔 마시거나 안방에 가서 잠시 딴 짓을 하고 나면 '아무것도 아닌 것에 짜증을 낼 뻔했구나.' 하고 생각한다.

남에게 피해를 주는 잘못된 행동이나 버릇없는 태도에는 엄격해야겠지만 좀 부족한 부분 혹은 사소한 실수나 부주의한 경우는 격려해주는 것이 필요하리라.

자아존중감

요즘은 육아 서적이나 TV 등에서 '자아존중감' 혹은 '자존감'이라는 말을 자주 접하게 된다.

전문가들에 따르면 부모가 자존감이 낮으면 자녀도 자존감이 낮다고 한다. 자존감이 낮은 부모가 자녀를 자존감 높은 아이로 키우기는 어렵다는 것이다. 자주 듣는 말이니 그런가 보다 했는데 어느 날인가 이 말이 새삼스레 와 닿는다.

자존감은 인간이 살아가는 데 절대적으로 중요하다는 생각이 든다.

교육심리학자 제르맹 뒤클로는 자아존중감을 "자신의 자질이나 능력, 가치를 인식함으로써 어려움을 극복하고 도전하고 희망으로 미래를 열어가는 에너지"라고 정의한다.

자아존중감이 높은 사람은 실패를 하더라도 스스로의 능력이나 장점을 인식하고 다시 도약할 수 있다고 한다. 자신이 가치 있는 사람이고 괜찮은 사람이며 그런 자신이 참 좋다고 생각한다는 것이다. 이런 사람은 자신감이 있고, 스스로에게 너그럽고, 다른 사람들에게도 너그럽다. 그래서 살면서 겪게 되는 크고 작은 좌절에 쉽게 흔들리지 않는다. 누가 뭐라고 해도 크게 상처받지 않는다. 늘 새롭게 도약하고 다시 일어설 수 있다는 자기 확신을 지니고 있는 것이다.

하지만 스스로 뭔가 부족하다고 생각하고 끊임없이 자기비하에 빠져 있는 사람은 다른 사람의 사소한 지적이나 충고에도 쉽게 자극받고 비탄에 빠진다. 더러는 불같이 흥분하기도 한다. 이렇게 되면 다른 사람과의 관계 맺기가 어렵다. 또한 이런 사람들은 사회에서 성공하기도 쉽지 않다. 어떤 분야든 사람과의 관계 맺기가 기본이기 때문이다. 간혹 성공을 거둔다 하더라도 내적으로는 고통과 열등감 속에서 살아갈 수도 있다. 그래서 부모들이 자녀를 자존감이 높은 사람으로 키우려고 하는 것이다.

몇몇 전문가들은 자녀교육의 목표를 '자존감이 높은 사람'으로 키우는 것으로 보기도 한다. 그런데 자존감이 높은 아이로 성장하게 하려면 어떻게 해야 할까? 알쏭달쏭하고 잘 모르겠다. 하지만 한 가지 분명한 것은 칭찬이든 지적이든 지나친 것은 좋지 않다는 것이다.

사소한 실수에 지나치게 화를 내고 사사건건 지적만 하는 부모 밑에서 자란 자녀가 자존감이 높을 수는 없지 않을까?

성장기 동안 부모가 내뱉은 온갖 긍정적·부정적인 말과 행동, 표정은 아이의 마음 깊이 새겨져 아이는 부모가 쏟아낸 말 그대로의 어른이 되어가는 것이다. 이제 성인이 되었지만 이 사람 속에는 부모가 심어준 '자아상(自我像)'이 자기 모습이 된 것이다. 하지만 이 사실을 의식하지 못하고 살아가기도 한다.

부모가 자신에게 각인시켜준 '자아상'이 객관적으로 타당치 않은 경우도 많다. 그러나 다른 사람은 몰라도 오직 본인은 의식하든 못하든 부모가 만들어준 '자아상'을 진짜로 생각하며 살아간다는 것이다.

내 안에는 작은 아이가 산다

부모가 순간적으로 화가 나서 "이 머저리, 바보 같은 것! 골칫덩어리야, 나가 죽어라." "귀신은 무얼 먹고 사나? 저런 거나 잡아가지."라고 자주 말한다면 아이는 '나는 머저리, 골칫덩어리, 나가 죽어야 할 인간이며, 귀신이 잡아가야 할 인간'이라고 각인된 채 어른이 된다. 이런 말들은 불화살이 되어 어른이 된 이 사람의 내부에서 활개 치며 매순간 피 흘리게 하리라. 자기 안에 날카로운 사금파리를 담고 그 사금파리에 찔리며 살아가는 일보다 더한 형벌이 있을까?

"거봐, 머저리야! 네가 하는 일이 그렇지. 넌 뭘 해도 그 모양이야. 골칫덩어리, 나가 죽어라. 귀신은 뭘 먹고 사나?"

자기 안에서 이런 목소리를 들으며 평생을 살아가는 것은 얼마나 슬픈가? 우울증에 걸려 자살하고 싶을 수도 있으리라!

반대로 부모가 사랑이 담뿍 담긴 눈으로 아이를 바라보는 것이 습관이 된다면 아이는 스스로를 사랑받을 만한 소중한 존재로 느낀다. 마음속 깊은 곳 기억의 창고에 '나는 소중한 사람이고 행복한 사람'이라고 기록될 것이다. 이런 사람은 자신에게도 관대하지만 다른 사람에게도 마음을 열고 다가갈 수 있다. 상대의 아픔을 어루만져줄 수 있는 품이 큰 사람이 될 수 있다. 혹은 친화력이 좋고 사람과의 관계 형성을 잘한다. 물론 기질적인 요소를 아주 배제할 수는 없지만 말이다.

그런데 아이를 키우다 보면 도인이 아니고서는 늘 격려해주고 관심과 애정을 표현하는 것이 어렵기는 하다. 또 격려와 칭찬만 해주는 것이 아이의 자존감을 높여주는 것도 아니라고 본다. 뭐든 지나치면 좋지 않은 법이다. 설령 칭찬만 듣고 자란 아이도 유치원이나 학교에 가면 다른 세계와 만나게 된다. 칭찬에만 익숙한 아이는 더욱 움츠러들고 좌절감을 경험할 수도 있다.

요즘 부모들은 종종 '저건 아닌데' 싶은 것까지 허용하는 경우도 있다. 누가 봐도 아닌데 싶은 것까지 '방치'하거나 모르는 척 은근슬쩍 넘기기도 한다. 아이에게 눈높이를 맞추어 마음을 읽어주는 것은 옳다. 하지만 안 되는 것은 안 된다고 말해야 한다. 서너 살 아이에게도 행동의 어떤 한계와 공동체의 규칙이나 도덕에 대해 가르치고 알려주어야 하는 것은 부모의 몫이다. 다만 방법적으로 감정에 치우치지 않고 해야 하는데, 나는 이 대목이 잘 안 된다.

또 과잉보호도 아이의 자존감을 떨어뜨리는 역할을 한다. 혼자 할 수 있는 일을 전부 해주는 엄마들을 심심찮게 보게 된다. (예전에 나도 그랬다.) 그런 사람들은 그것이 사랑이라고 생각할 수도 있다. 아니면 그렇게 하면 안 된다는 걸 알면서도 성격이 급해서 해주는 수도 있다.

혼자 도전해서 성취감을 맛보는 경험은 서너 살에도 할 수 있다. 우리는 모두 자녀를 자존감이 높은 아이, 자신감 있는 아이로 키우고 싶다. 아이가 세상에서 평화롭고 행복하게 살기를 바란다. 자신의 능력과 한계를 알고 최선을 다하기를 바란다. 그리고 다른 사람들과 잘 소통하며 살기를 바란다. 자존감이 높은 사람은 내적으로 충일하고 행복하다.

이제 어른이 된 아이는 살면서 힘이 들 때마다 기억의 창고 속에 들어 있는 따뜻한 사랑을 꺼내 확인한다. 그 사랑을 이불 삼아 혹은 끼니 삼아 꺼내 먹으며 힘을 얻는다. 그 창고 속에는 무궁무진한 사랑의 손길과 표정과 목소리가 있다.

어른인 우리도 종종 어린 시절 부모님과의 소중한 기억이나 칭찬과 격려의 말들을 꺼내어 그 아련한 사랑 속에 한 사나흘 누워 있고 싶지 않은가? 그리고 심기일전하고 싶은 순간들이 있다. 당신의 기억의 창고가 텅텅 비어 있거나, 남루하고 무거운 기억으로 채워져 있더라도 내 아이에게는 행복한 기억을 만들어주자! 내 아이의 창고가 풍요로워지는 순간, 나의 마음속 깊은 창고에도 작은 기쁨이 싹을 틔울 것이다.

내 안에는 작은 아이가 산다

아토피,
어찌 하오리까?

어미 몸 안에서 눈 코 입 제 모습 다 갖추고 나온
올망졸망한 알갱이들 이리저리 휘어 있어
발 빠지지 않게 헛손질 하지 않게
세 발 나일론 끈 감치고 꼬아서 매달아주니
좋아라 좋아라 밧줄 타는 포도 넝쿨

　　　　　　　　　　- 이섬, 〈나는 항상 오르려 한다〉 중

새 아파트로 이사를 온 후 아기의 얼굴과 몸에 아토피라는 불청객이 나타나기 시작했다. 태어난 지 두 달도 안 된 아기이니 새 아파트에 사용된 각종 화학제품들이 좋을 리 없었을 것이다.

임신 기간 중 된장국이나 나물류, 미숫가루 등 비교적 몸에 좋은 음식을 먹었고 임신 전에도 패스트푸드나 인스턴트 음식을 절제해온 터라 아기의 아토피 걱정은 하지 않았다. 그런데 난데없는 아토피의 출현에 적이 당황스러웠다.

다행스럽게도 아주 심한 상태는 아니었다. 보일러를 틀어 실내를 계속 건조시키고 자주 환기를 시켰다. 공기 정화를 위해 숯과 화분도 가져다놓았다. 그 후 아기가 27개월이 될 때까지 간식으로 고구마, 감자, 호박, 옥수수, 떡 등을 먹였다. 이런 여러 가지 노력과 함께 면역력이 조금씩 좋아진 때문인지 27개월 이후부터 아토피는 많이 완화됐다.

과자나 아이스크림, 사탕, 도넛, 피자, 치킨, 라면, 햄, 소시지, 각종 음료수 등 패스트푸드와 인스턴트 음식을 먹이지 않자 아토피는 거의 사라졌지만 새로운 문제가 발생했다.

아이는 과자가 무엇인지, 피자가 무엇인지, 아이스크림이 무엇인지 몰랐다. 그림책에 나와 있는 피자나 치킨, 솜사탕, 주스를 봐도 별다른 반응이 없다. 책에 있는 피자 그림이나 콜라를 보이며 "이건 피자야. 이건 콜라." 하고 말해줘도 그냥 지나친다.

또래들이 다 아는 것을 아이 혼자 모른다는 건 문제로 보였다. 인지적인 면에서도 좋을 리 없다는 생각이 들었다. 엄마 솜씨가 좋다면 집에서 예쁜 과자라도 만들어주겠지만 음식솜씨는커녕 집안 살림이라면 지레 기가 질리는 나로서는 상상할 수 없는 일이었다.

육아만으로도 쓰러지기 직전인데 예쁜 빵을 굽고 쿠키를 만들고 피자와 도넛을 만들어준다는 건 불가능했다. 항상 푸르죽죽 시커먼 감자나 고구마, 옥수수나 먹이니 아기는 색감도 떨어지는 것 같았다. 책을 무척 좋아해서 책을 끼고 살고 동물 그림이나 꽃, 나무, 과일, 채소 같은 것은 반가워하는데 그림책에 나오는 사탕이나 과자, 아이스크림 등에는 도통 관심이 없었다.

문득 아기 때는 알록달록한 사탕도 먹어보고, 아이스크림도 맛보게 하고, 예쁜 과자나 초콜릿 등 '몸에 해로운 것'들도 먹이는 것이 인지적인 측면에서는 좋겠다 싶었다. 무엇보다 또래 아이들이 숟가락으로 구슬아이스크림을 떠먹는 것을 보면서, 작은 통 속에 든 울긋불긋한 껌을 손가락으로 꾹꾹 눌러서 꺼내 먹는 걸 보면서 '아, 저렇게 하면 소근육 운동에도 도움이 되겠네.' 하고 생각했다. 저런 색깔들을 눈으로 보고, 만지고, 맛보면서 아이는 하루하루 성장하는 게 아닐까?

30개월에 접어들면서부터 슬금슬금 과자나 껌, 아이스크림도 먹이고 도넛, 치킨 등을 먹이기 시작했다. 그림책을 가져와서 "이거 아이스 크림" 하고 알려주면 무척 좋아한다. 어눌한 발음으로 제 손에 든 아이스크림과 그림책의 아이스크림을 가리키며 "똑같네." 한다.

각종 첨가제가 듬뿍 든 자극적인 단맛과 MSG의 맛을 알게 된 아이는 슈퍼마켓이나 마트에 가면 어김없이 사탕, 아이스크림, 음료수를 요구한다. 그때마다 못이기는 척 사주다 보니 32개월 즈음부터 아토피가 전신에 퍼지고 얼굴까지 올라오기 시작했다.

다행스러운 것은 과자나 사탕 등을 끊으면 증상이 호전되는 것이었다. 아주 심한 아토피라면 두렵고 무서웠을 텐데 안 좋은 음식을 제한하면 바로 호전되니 그나마 감사할 일이었다.

아토피 때문에 당분간 과자 같은 거 먹으면 안 된다고 설명해주면 아이는 "응, 그러면 아토피 다 나으면 사탕, 까까, 아스크림 사줄 거지?" 한다. 울며 떼쓰지 않았고 슈퍼마켓을 지나갈 때도 더 이상 사달라고 하지 않았다. 아이의 의지가 대단하다는 생각도 했다. 그런 식이었다. 아토피가 많이 좋아졌다고 생각되면 아이에게 조금씩 과자 따위를 사주고 발진이 생기면 끊었다.

다섯 살인 지금도 양 손등의 아토피로 고생하지만 조금씩 과자도 주고 사탕도 준다. 내가 주지 않더라도 밖에 나가면 주위 어른들이 주는 걸 어쩌겠는가? 사소한 것이지만 아이에게 주는 어른들의 작은 사랑의 마음이니 감사하게 받는다.

아토피는 두렵고 무서운 질병임에 틀림없다. 하지만 심각한 상황만 아니라면 아토피 때문에 세상 모든 '위해(危害)'로부터 아이를 안전하게 방어하려는 노력이 다른 중요한 것을 잃을 수도 있지 않을까 생각한다.

혹 지금 심한 아토피로 고생하는 자녀를 두었다면 섭생을 바꾸고 집안 환경을 점검하시기를 바란다. 공기 좋은 곳으로 이주하는 등의 근본

적인 방법을 고민하는 것도 좋다. 다만 아주 심한 상태만 아니라면 너무 '청교도적인' 엄격한 원칙 속에 아이를 가두어두지 않는 것이 좋다고 본다.

어린이집,
언제 보낼까?

옆집 작은 꽃밭의 채송화를 보세요
저리도 쬐그만 웃음들로 가득 찬
저리도 자유로운 흔들림
맑은 전율들을
— 김상미, 〈질투〉 중

요즘은 전업주부들도 우리 나이로 3~4세만 되면 아이를 어린이집에 보내는 경우가 많다. 친구를 만나고 사회성을 키우는 데 도움이 된다고 믿기 때문이다. 또 어린이집의 프로그램이 아이의 성장과 발달에 도움이 된다고 생각하는 듯하다. 이처럼 주부들이 아이를 일찍이 어린이집에 보내는 데는 TV방송, 신문 등 매스컴의 역할도 크다. 내가 사는 아파트 단지에도 4세 이상 아이를 오전에 놀이터에서 보는 것이 힘들 정도다.

나의 경우는 어서 일을 하고 싶은 마음에 28개월부터 아이를 어린이집에 보냈다가 45개월에 그만두었다. 어쩔 수 없는 선택이었다.

어린이집에 보내면서 아이에게 갖가지 문제가 나타나기 시작했다. 하지만 그 방면으로 어둡고 일 욕심만 앞선 어미는 누구나 겪는 과정이겠거니 하고 무심히 넘겼다. 처음에는 아파트 내 소규모 놀이방에 보냈다가 해가 바뀌어 4세가 되면서 규모가 큰 민간 어린이집에 보냈다.

28개월경 처음 아파트 안에 있는 어린이집에 보냈을 때 아이는 그 어린이집 옆을 지나가는 것도 싫어할 정도로 거부감이 심했다. 어린이집에 다닌 지 한 달쯤 지나고부터 밤에 오줌을 싸기 시작했고 뒤이어 손톱을 물어뜯기 시작했다. 두 달쯤 지나자 오전에는 어린이집에서, 오후에는 집에서 극소량의 오줌을 찔끔찔끔 잠들기 전까지 계속 바지에 쌌다. 그래서 오전, 오후 각각 다섯 차례 이상 바지를 갈아입혀야 했다. 교사에게 물어보면 생글생글 웃으며 "글쎄 지민이가 요즘 자꾸 실수를 하네요. 어머니, 내일 오실 때 바지를 좀 더 넉넉하게 가져오세요." 할 뿐이었다.

대수롭지 않은 교사의 반응으로 보아 그런가 보다 했다. 그만한 이유로 어린이집을 그만두면 당장 또래를 만나기도 힘들고 하루 종일 엄마와 있는 것도 무료할 듯해서 다른 방법을 생각할 수 없었다.

그렇게 해를 넘기고 이듬해 4월부터는 민간 어린이집에 보냈는데 다시 문제가 생기기 시작했다. 어린이집에 다닌 지 1주일 만에 아이는 다시 바지에 오줌을 쌌다. 선생님은 메모장에 "지민이가 교실에서 친구들과 뛰어놀기에 야단을 쳤더니 울면서 오줌을 쌌다."고 했다. 그 후 아이는 완전히 얼어버려서 교사가 묻는 말에 "예, 아니오" 수준의 의사표현도 하지 못했다. 아이는 기질상 또래친구가 때리거나 장난감을 빼앗아도 대응하지 못했다. 이렇게 되니 또래들의 괴롭힘은 더 심해졌다. 아이는 눈에 띄게 우울해하고 자꾸 배가 아프다고 했다. 대학병원을 순례했고, 가슴 엑스레이를 촬영하고 염증 약을 처방받아 먹이기도 했다. 그 즈음 아이는 더욱 심하게 손톱을 물어뜯고 밤에 오줌을 싸고 어린이집에서도 오줌을 싸고 돌아왔다. 20개월에 소변을 가린 후 밤에도 실수하는 경우가 거의 없었던 아이인데 말이다.

목과 얼굴에 할퀸 자국이 나서 오기도 하고 선생님과 친구들이 무섭다고 했다. 친구 이름을 대며 자꾸 때린다고 하소연했다. 선생님께 넌지

내 안에는 작은 아이가 산다

시 물어보면 아이들은 싸우면서 크는 것이라며 지민이는 말을 거의 하지 않아 교사로서 답답하다는 투의 답변만 들을 수 있었다.

어느 날 아침, 아이는 심하게 울며 선생님이 무서워서 어린이집에 가지 않겠다고 했다. 순한 아이여서 아무리 가기 싫어도 엄마가 가야 한다고 하면 따르는 아이인데 말이다. 왜 그러냐고 했더니 밥 먹을 때 "잔 머시다"(잘 먹겠습니다)를 안 해서 선생님한테 야단맞고 울었다고 했다. (아이는 '잘 먹겠습니다'라는 발음을 하지 못하는 상태였다.) 그래도 보냈다.

그 후 2~3일 지난 어느 날 저녁, 밥상머리에서 아이는 혼잣말로 이렇게 중얼거렸다. "이지민, 너 또 '잔 머시다' 안 할 거지? '잔 머시다' 안 하려면 먹지 마." 하는 것 아닌가? 아이들이 한 말이든, 교사가 한 말이든 간에 자주 들었으니 집에 와서 혼자서 그런 말을 하는 것 아니겠는가?

순간 가슴이 철렁했다. 발음이 부정확하고, 선택적 함구증상이 있으며, 숫기가 없고 사람들을 무서워하는 아이의 특성을 원장을 비롯해 담임교사에게 몇 차례 누누이 말했다. 그래서 아이에 대해 충분히 알고 있으리라 생각하고 안심하고 보냈는데 이건 아니라는 생각이 들었다. 특히 주변에서 평가가 괜찮던 어린이집이라 더욱 어리둥절했다.

아이가 어깃장을 부리고 속을 태우려고 일부러 말을 하지 않는 것이 아니라 심리적인 문제 때문에 목소리가 나오지 않는 것이고(선택적 함구), 특히 발음에 문제가 있어서 '잘 먹겠습니다'라는 말을 못하는 상태인데 말이다.

알고 보니 아이는 점심시간마다 '잘 먹겠습니다'라는 말을 하지 않는다고 교사로부터 지적을 받고, 울면서 점심을 먹고 돌아온 것이었다. 그래서 "아이가 '잘 먹겠습니다'라는 발음을 못하는데 그 말을 억지로 하라고 하면 어떻게 하느냐?"고 원장에게 말했더니 교사를 잘 교육시킬 테니 걱정 말고 보내라고 했다.

그 후에 아이는 아침마다 친구 이름을 대면서 친구들이 오지 말라고 했다면서 서럽게 울었다. 오후에 버스에서 내리는 아이는 돌처럼 굳은 채 어둡기만 했다.

하지만 나는 얼른 아이를 적응시켜 종일반에 보내고 일을 할 생각이 앞선 나머지 아이의 모습이 잘 보이지 않았다. 아이를 어린이집에 보내면서 겨우 숨통을 트게 된 시점이기도 했다. 그러니 장기적으로 생각하고 다리품 팔아서 선택한 어린이집을 그만두게 하는 것도 보통일이 아니었다. 위기의 순간인데도 결단하지 못하고 고민만 했다.

그런데 그 즈음 또래들의 괴롭힘이 더 심해져서 원장에게 다시 문의했더니 "지민이가 말이 없다 보니 또래들이 무시하고 밀치기는 하지만 어린이집에 오지 말라고는 하지 않았다."며 교사를 교육하고 있으니 믿고 보내라고 했다. 그러더니 아이들이 괴롭히는 건 누구도 못 말리는 거라고 슬쩍 덧붙인다. 순간 이건 아니라는 생각이 번쩍 들었다. 문제가 발생한 시점에서 한 달이 지나서야 아이에게 어린이집을 그만두게 했다.

그 후 주 2회 놀이치료를 시작했고, 대부분의 시간을 아파트 놀이터에서 보냈다. 곰곰 생각해보면 엄마의 욕심이 앞서서 아직 준비되지 않은 아이를 강제로 어린이집에 밀어 넣었다는 느낌이 강하다.

어린이집에 보내기 전에 아이를 또래친구 한두 명과 충분히 놀게 하고 아이가 여러모로 어린이집에 갈 준비가 되어 있을 때 보내야 했는데 말이다.

어린이집에는 언제 보내야 할까? 나는 어린이집에 보내는 시기는 아이마다 각각 다르다고 말하고 싶다.

기질적으로 강하고 성격이 활달한 아이라면 웬만한 외부의 충격이나 상처도 견딜 수 있을 테니 엄마의 판단에 따라 적정 연령에 보내는 것이 좋다. 통상 전문가들은 36개월 이후부터 어린이집에 보내라고 조언하고 있다. 하지만 요즘 교육방송을 보면 그보다 훨씬 빠른 월령에도 어린이집에 보낼 것을 추천하는 경우가 있다.

몇몇 전문가들이 이처럼 어린이집을 권하는 것은 또래 아이들과 함께 부대끼면서 아이의 인지와 언어, 사회성 발달에 좋은 영향을 끼친다는 이유 때문인 듯하다. 나 역시 그 말에 공감했고, 게다가 내 필요까지 합쳐져서 무턱대고 보낸 것이다.

하지만 아이마다 기질과 특성이 다르기 때문에 어떤 아이에게는 전혀 문제가 되지 않는 상황도 소심하고 내성적이거나 혹은 예민하고 까다롭거나, 심성이 여린 아이들은 견디기 힘들 수도 있다.

특히 아이가 말이 늦는 경우 어린이집에 보내면 빨리 말을 배운다는 의견도 많다. 그래서 서둘러 어린이집에 보내기도 한다. 하지만 아이는 말 잘하는 또래를 보면서 심적인 스트레스를 받고 오히려 의기소침해지는 경우도 있다. 또 말로 의사표현을 적절히 하지 못하는 아이들은 종종 공격적으로 변해 또래를 때리거나 시비가 붙을 수도 있다. 이렇게 되면 교사들이나 친구들이 싫어하니 아이는 결국 상처를 받게 될 것이다.

내 경험상 아이가 겁이 많거나 낯가림이 심하다면, 혹은 말이 늦다면 어린이집에 연연하지 않는 것이 좋다고 본다. 차라리 이웃에 사는 또래친구와 같이 노는 경험을 많이 갖는 것이 좋다. 또 아이에게 많은 것을 보고 느끼게 해주어 아이가 세상과 자신에 대해 자신감을 갖게 될 때 보내도 늦지 않다고 본다.

자녀를 과잉보호하는 것도 문제지만 내 아이의 특성을 고려하지 않고 남들이 하는 대로 무작정 따라하는 것도 위험한 일이다.

엄마가 행복해야
저도 행복해요!

좋든 나쁘든 간에 부모는 자식에게 있어서
어떤 교과서에도 씌어 있지 않은 살아 있는 본보기이며,
자식들은 무의식중에
부모의 인생관에서 영향을 받게 마련이다.

– 히로나카 헤이스케,《학문의 즐거움》중

아이와 지내면서 종종 이게 바로 창살 없는 감옥이구나, 생각했다. 하지만 기꺼이 감내해야 할 감옥이라는 생각에 몸도 마음도 분주하기만 했다. 나로서는 최선을 다했지만 지나고 보니 실수투성이다. 한 번 더 아이를 키운다면 시행착오를 줄일 수 있을 텐데…….

당시에는 세상 돌아가는 것에 관심을 갖는 것조차 아이에게 죄가 되는 것만 같았다. 그렇다고 마음을 터놓고 가까이 지내는 이웃이 있는 것도 아니었으니 참으로 숨 막히는 시간이었으리라.

나의 에너지가 고갈되어 있으니 아이에게 잘하려고 하는데도 잘 안 된 것이다. 잘했다, 그만하면 됐다 싶을 때도 있었다. 하지만 아이가 태어난 후 만 36개월까지 엄마인 나를 위해서는 아무것도 하지 않은 것이 많이 아쉽다.

남편에게 아이를 맡겨두고 친구도 만나고 혼자 쇼핑도 하고 좋아하는 영화도 보고 근처 공원이나 호숫가에라도 가보았으면 좋았을 텐데. 그랬다면 자신을 돌아보고 다시 구두끈을 조이는 여유가 생겼으리라. 간혹 남편과 다투고 집을 나오는 경우는 있었다. 집을 나서서 버스를 타는 순간부터 느끼는 해방감이란!

이런 예외적인 상황 외에는 갓난아기를 아빠에게 맡겨놓고 룰루랄라 혼자 자유를 만끽할 배짱이 생기지 않았다. 지나온 시간을 되새김질해보면 스스로를 갉아먹으며 사투를 벌인 듯하여 안타깝다.

좋은 엄마가 되려면 엄마 스스로 현재의 기분상태를 수시로 점검하는 것이 필요하다고 본다. 엄마가 마지못해 해주는 건 아무리 어린아이라도 알아차린다.

특히 체력적으로 약한 엄마들은 더욱 힘을 내야 한다. 몸이 힘들면 아무리 잘하려 해도 잘 안 된다. 아이가 잠자는 동안 함께 자는 것도 좋은 휴식 방법이지만 집에서 할 수 있는 간단한 운동이라도 하면 몸도 마음도 한결 개운해진다. 나 역시 체력적인 한계를 자주 느꼈다. 어느 날부터 아이가 잠든 시간에는 무조건 운동을 했다. 스트레칭부터 해서 요가의 기본 동작들과 맨손체조 등 임신기간 동안 개발한 운동을 했더니 역시 효과가 있었다. 병이 있는 것이 아니라면 집에서 짬을 내서 하는 가벼운 맨손체조도 기분을 좋게 해주고 신진대사를 촉진한다. 한결 몸이 가벼워지고 정신적으로도 가뿐하다. 그러면 또 의욕이 생기고 아기의 모습이 신기하다.

요즘 산후우울증을 앓는 사람들이 많다고 한다. 그런데 병원을 찾는 경우는 드물다. 정도가 심하지 않고, 공감하며 이야기를 들어줄 친구들이 있다면 문제가 되지 않는다. 하지만 너무 힘들다면 전문가를 만나보는 것도 좋은 방법이다. 전문가에게 나의 이야기를 충분히 하고, 적절한 조언을 듣는 기회를 지속적으로 갖는다는 건 산후우울증을 겪지 않는 보통 사람들의 정신건강에도 도움이 된다. 어떤 선입견 때문에 병원 문을 두드리지 못하는 경우가 많은데 그럴 필요 없다. 산후우울증을 앓던 엄마가 아기를 창밖으로 내던져버리거나 우는 아기를 때려서 숨지게 한 사건이 신문지상이나 TV뉴스에 나올 때마다 마음 한끝이 시리다.

산후우울증 정도는 아니지만 나 역시 혼자서 아이를 키우는 것이 외롭고 서러울 때가 많았다. 하지만 누구에게 딱히 하소연하기도 그렇고, 몇몇 친구에게 말하는 것도 반복되면 더 이상 들어달라고 떼쓰는 것도 쉽지 않았다. 혼자서 삭히고 다시 육아 전선에 뛰어드는 수밖에 없다고 생각했다. 그때 전문가를 찾아갔다면 좋았을 것이라고 생각하지만 당시에는 정말이지 아무런 정보도 없었고 방법을 몰랐다. (나는 아이가 다섯 살 되었을 때부터 주 1회 전문가 상담을 받았다. 참으로 소중한 시간이었다.)

감기에 걸리면 병원을 찾듯 마음이 많이 힘들고 아프면 병원을 찾는 것도 한 가지 방법이라고 본다. 사실 감기 같은 잔병은 오히려 병원에 가지 말고 휴식을 취하면서 면역력을 기르는 것이 좋다. 하지만 심한 육아 우울증의 경우는 전문가를 찾는 편이 아기에게도 엄마에게도 지혜로운 방법이다.

엄마가 우울하면 아기가 얼마나 힘들고 불행하겠는가? 부모가 된다는 건 아무리 생각해도 보통 일은 아니다. 부모가 된 이상 행복한 부모가 되어야 하지 않겠는가? 그래야 우리 아이도 행복할 테니 말이다.

외동아이
키우기

나는 새 시장에 가 보았지
그래 나는 새를 샀지
너를 위해
내 사랑아
나는 꽃시장에 가 보았지
그래 나는 꽃을 샀지
너를 위해
내 사랑아
나는 고철 시장에 가 보았지
그래 나는 쇠사슬을 샀지
무거운 쇠사슬을
너를 위해
내 사랑아
……

– J. 프레베르, 〈너를 위해 내 사랑아〉 중

요즘은 외동아이가 흔하다. 나는 선택의 여지가 없는 상황이었지만 10년
만 젊었어도 아이를 하나 더 낳았을 것이라고 이웃들에게 말하곤 했다.

　그런데 그게 나의 본심일까 생각하면 꼭 그렇지도 않다. 농담처럼 물
어보는 이웃의 말에 딱히 대꾸하기 궁색하니까 은근슬쩍 넘어가려고 하
는 말일 게다.

외동아이를 키우는 젊은 엄마들에게 둘째아이를 왜 안 낳느냐고 물어보면 사교육비와 육아 문제를 이유로 든다. 세상 살기 버거우니 많이 낳아 책임지지도 못할 바엔 차라리 하나만 낳아서 최선을 다하자는 걸 누가 뭐라 할 수 있을까 말이다.

외동아이를 둔 엄마들의 이야기를 들어보면 실은 여건만 되면 동생 하나 만들어주고 싶은 마음이 굴뚝같아 보였다. 부모로서 어쩔 수 없는 선택을 한 것일 뿐이다. 그런데 이 하나뿐인 아이를 키우는 건 여러모로 힘이 든다. 우선 아이에게 괜히 미안하고 형제를 만들어주지 못한 것에 죄책감을 느끼는 경우도 많다.

하지만 꼭 그럴 필요는 없다고 본다. 외동아이를 둔 것은 자신의 여건과 상황 속에서 최선의 선택을 한 것이고, 그 선택 역시 아이를 위한 것이었다면 결정에 만족하면서 행복하게 잘사는 것이 관건이 아닐까?

다만 외동아이에게 엄마는 늘 초보라는 것, 늘 시행착오를 겪는다는 것, 그래서 더 힘들고 불안하다는 것이다. 그 불안한 심리 때문에 아이에게 과도한 관심과 과잉보호, 혹은 과도한 집착을 보이고, 허용해선 안 될 것들의 한계를 넘어버리는 경우도 왕왕 있지 않을까 싶다.

나는 어린 시절 무섭고 두려운 환경에서 자랐으므로 다른 건 몰라도 내 성미에 못 이겨 아이를 때리고 화내는 것만은 말아야겠다고 매순간 다짐하곤 했다.

많이 관용하고 사랑해주고 기다려주는 것이 필요한데 순간순간 잘 안 될 때가 있다. 사실 아무것도 아닌 것에 화가 나기도 하고, 다른 일로 짜증이 나 있는데 아이가 사소한 실수라도 하면 불쑥 열기가 오른다. 하지만 자제하려고 노력하니까 아주 나쁜 엄마는 아니라고 생각한다.

그런데 종종 내가 과하게 아이를 걱정하거나 과잉보호를 하는 건 아닐까 하는 의구심이 생기기 시작했다. 아이가 둘인 엄마들은 그런 면에서 확실히 여유가 있다. 아이가 넘어져 무릎이 깨지고 피가 나도 당황하지 않고 후속 조치를 취한다. 이미 첫아이에게 많이 경험한 터라 며칠이 지나면 새살이 돋고 울던 아이도 잠시만 지나면 상처 난 얼굴로 다시 뛰어놀 것을 알기 때문이리라. 또 아이가 둘이니 관심과 사랑을 분산해서 나눠주어야 하므로 자연스럽게 모든 것이 '과잉' 상태가 되지 않을 수도 있다.

하지만 하나뿐인 아이를 키우는 경우라면 전혀 다르다. 아이 하나에게만 관심을 집중할 수밖에 없는 상황이니 자신도 모르게 '과잉'된 관심과 사랑을 주고 과잉된 가르침과 지적, 과잉된 물질적 풍요로움과 과잉된 교육에 매달린다.

너무 모자라는 것도 문제지만 너무 지나친 것도 문제일 수밖에 없다.

그래서 아이가 하나뿐일 경우 부모들은 의식적으로 '과잉' 상태를 점검하고 절제해야 하리라고 본다.

나의 경우, 특히 과잉보호하는 것이 문제라는 생각을 종종 했다. 힘든 상황이나 실패하는 경험을 통해 스스로 배울 기회를 갖도록 내버려두어야 하는데 그러지를 못한다. 매순간 아이에게 간섭하고 가르치려하고 아이가 고통스런 상황과 맞닥뜨리는 걸 보지 못한다. 그래서 얼른 가서 아이 대신 해준다.

어린이집을 그만둔 네 살 후반부터 아이가 세상에 대한 두려움이 많다는 걸 확실히 알게 됐다. 아이의 이런 두려움은 여러 가지 요인들이 복잡하게 얽힌 탓이리라. 하지만 엄마로서 아이가 스스로 해보도록 '내버려두지 않은 것'이 뒤늦은 후회가 되었다.

지나간 것에 얽매여 후회한들 무엇 할까? 이제 아이를 혼자 내버려두는 것, 믿어주는 것, 지켜보는 것, 박수쳐주는 것, 그러다 넘어져 울면 따뜻하게 보듬어주는 것, 그 정도로 역할을 축소해야 했다.

또 힘든 나의 어린 시절을 반추하며 내 아이에게는 좋은 부모가 되어야 한다는 의무감이 지나치다 보니 무조건적인 사랑을 '과잉보호'하는 것으로 착각한 탓도 있으리라.

안아주고 웃어주고 놀아주고 사랑을 표현해야 한다, 언제든 아이가 필요할 때 옆에 있어주고 아이의 든든한 백그라운드가 되어야 한다, 이런 마음은 자칫 과잉보호의 형태를 띨 수도 있다. 이런 실수는 특히 외동아이의 부모가 저지르기 쉽다.

부모가 된다는 것이 보통 일인가? 늘 점검하고 따지고 공부하면서 노력하지 않는다면 무지한 사랑은 때론 아이에게 독이 될 수도 있다. 특히 아이가 하나뿐이니 무엇이든 해주고 싶고, 생각만 해도 마음이 짠하고 애틋하리라.

저 작은 것이 이 다음에 부모가 죽고 나면 세상에 혼자 내던져질 텐데 인생살이 고해 속을 어떻게 잘 헤쳐 갈까? 그래서 오히려 아이에게 사랑과 함께 역경을 견디고 인내할 수 있는 힘을 갖도록 강하게 키울 필요가 있는 것 아닐까?

좌절하는 경험을 통해 단련되도록 부모는 아이의 등을 두드려주면 된다. 분명한 것은 과잉보호는 아이가 실수를 통해 배우는 성장과정을 방해하고 혼자서 깨닫고 성취하는 자유를 막을 수 있다. 그래서 자칫 사소한 어려움에도 쉽게 포기하는 나약한 어른이 되는 지름길이 될 수도 있다는 것이다.

너 왜 이모한테
인사 안 하니?

손, 타인의 손, 얼굴보다 더 늙은 손은 너의 가슴을 향해온다
한 번도 잡아주지 못한 손, 타인의 손

- 이성복, 〈손〉

고만고만한 또래 엄마들이 모이면 자연스럽게 서로 상대방 아이에 대해
관심을 갖게 된다. 내 아이와 비교하여 상대 아이의 장단점을 파악해내
는 촉수가 본능적으로 발달한 것일까? 개중에는 상대방 아이의 거슬리
는 점이나 문제되는 부분을 반드시 짚고 넘어가야 직성이 풀리는 사람
들이 있다.

인간관계에서도 장점을 칭찬해주기보다 상대의 약점을 찾아내어 들
추는 사람들이 왕왕 있다. 그래서인지 TV 아침 프로그램에는 칭찬해주
고 긍정적인 마음으로 살면 행복해진다는 요지의 명사들의 강연을 많이
접하게 된다.

비단 아줌마들뿐이랴! 직장에서든 사회에서든 칭찬보다는 지적하
고 깔아뭉개면서 자신의 '존재 이유', 혹은 자신감을 얻는 사람들이 있
다. 젊은 엄마들도 옆집 아이의 예쁜 짓을 예뻐하며 고운 인사말을 주고
받기도 하지만, 문제점을 발견하면 지나치지 못하는 사람들이 있다. 진
심으로 걱정되어 조언하는 수도 있지만 생각 없이 내뱉는 경우도 적지

않다.

한번은 사내아이가 놀이터에서 심하게 떼를 쓰고 울면서 엄마를 난처하게 한 적이 있다. 이 상황을 지켜보던 엄마들과 노인들이 한마디씩 한다. 때려서라도 기를 꺾어야 한다, 엄마가 물러터져서 저 모양이지, 지금 잡지 못하면 더 커서는 감당이 안 된다 등등.

지근(至近) 거리의 당사자 엄마는 안절부절못한다. 결국 아이 엄마는 아이를 안고 도망치듯 집으로 들어가 버린다. 그 광경을 보면서 나는 우리 아줌마 관객이 심심하던 차에 재미있는 볼거리를 보고 생각 없이 한마디씩 내뱉는 느낌이 들었다.

나도 숫기 없는 딸 때문에 당황스런 상황을 자주 겪게 된다.

처음에는 "왜 그렇게 부끄러워해?"로 시작되지만, 몇 번 보면서 아이의 특성을 이해한 후인데도 "지민이 인사해야지. 이모한테 왜 인사 안 해?" 하는 사람들이 있다. 나 역시 "지민아, '안녕하세요?' 하고 인사해야지." 하고 재촉한다. 재촉해봐야 소용없다는 걸 알면서도 말이다. 아이가 쭈뼛거리거나 금세 울 듯한 표정이거나 말거나 인사를 안 하면 엄마는 곤혹스러워진다.

그런데 좀 심하다 싶을 만큼 매번 아이에게 인사를 요구하는 젊은 엄마가 있었다. 이 젊고 예쁜 아줌마는 만날 때마다 "뭐가 그렇게 부끄러워. 이모한테 인사 안 해?"라고 하는 것이다. 그녀를 슬쩍 쳐다보니 '인사 한번 해봐'를 반복하며 재미있다는 표정으로 우리 아이의 행동을 주시하고 있다. 그리고 인사 잘하는 자기 아이를 은근히 자랑하고 싶은 마음도 있는 듯했다.

딸아이는 이 엄마의 시선에 어찌할 바를 몰라 내 뒤에 숨었다가 한손을 입에 넣는가 하면 내 손을 끌어당긴다. 마른 눈을 껌벅이며 차마 울지는 못하고 안절부절못한다.

당시 아이는 선택적 함구 증상이 있었다. "우리 아이가 선택적 함구 증상이 있어요." 하고 말하기도 뭐하고 나로선 최대한 좋은 얼굴로 "인사해야지, 지민아." 하고 넘기지만 썩 유쾌하진 않다.

그렇다고 웃는 얼굴로 "인사해야지, 인사 한번 해봐. 어서?" 하는 사람들에게 화를 낼 수도 없지 않은가? 엄마인 내가 알아서 할 테니 인사하거나 말거나 내버려두라고 했다가는 이상한 성격으로 몰릴 것이다. 괜스레 다섯 살짜리 딸한테 와락 짜증이 밀려오는 것이다.

엄마들을 대하다 보면 남의 아이의 문제를 귀신같이 알아내서 우려하는 사람들이 정말로 있다. 노인들도 예외는 아니다. 놀이터나 지하철, 버스에서 만나는 할머니 할아버지들은 다들 얼굴 가득 미소를 머금고 아이를 바라본다. 뒤이어 "이름이 뭐야? 몇 살이야?" 하고 묻는다. 아이는 내 치마를 잡고 뒤로 숨어버린다.

그러면 대부분의 노인들은 "뭐가 그렇게 부끄러워? 요즘 애들 같지 않네." 하신다. 그 말에는 약간 부정적인 뉘앙스가 있지만 그 정도로만 끝나면 감사하다. 좁은 소견일지 모르지만 아이가 노인들의 자애로운 표정을 보고 수줍게 웃었다는 사실만으로 감사한 것이다.

그런데 개중에는 질문에 대답을 하지 못하면 "이름도 모르는 바보로구나?" "나이가 몇 살인지도 몰라? 너 바보지? 뭐가 그렇게 부끄러워?" 라고 하시는 분들이 더러 있다. 곧이어 엄마가 자꾸 가르쳐야 한다고 친절히 알려주신다. 악의 없이 하는 말이니 웃어넘기지만 아이는 이미 여러 차례 들은 말이라 더욱 굳어버린다.

어느 날 딸아이는 "엄마, 지민이 바보야?" 하고 묻는다.

"왜 그런 생각을 했어?"

"그냥……. 엄마는 좋겠다. 사람들하고 말도 하고."

"너도 사람들하고 말하고 싶구나?"

(끄덕끄덕)

"그럼 말하면 되잖아. 인사도 하고."

"⋯⋯목소리가 안 나와."

"쑥스러워서?"

(끄덕끄덕)

"그럴 수 있어. 아직 준비가 안 되었으면 안 해도 돼. 나중엔 할 수 있을 거야."

아이는 어두운 표정을 잠시 밀어내고 초롱초롱 눈을 빛내며 나를 응시한다. 그 표정 속에는 많은 말이 담겨 있는 것 같다. 나도 할 수 있지, 엄마? 나 바보 아니지? 나중엔 나도 할 수 있을 거야. 그치 엄마? 복잡한 심정으로 아이를 보며 웃어주면 아이도 어느새 웃고 있다.

나는 내 아이든 남의 아이든 무엇을 지적하는 것은 좀 신중해야 한다고 본다. 인사하는 것이 중요한 예의범절이지만 말 못할 사정이 있을 수도 있다. 때로 엄마가 안 가르친 것 아닌가 하는 노파심 때문에 그럴 수도 있다.

그런데 우리는 다른 사람의 실수나 잘못을 지적하는 것을 종종 정의로움으로 오해하는 것은 아닐까? 임의적인 추측이나 당위적 사고방식에 젖어서 다른 사람들의 속사정에 대해서는 눈을 감는 오류를 범하는 것은 아닐까?

나는 엄마들이나 아줌마들이 위대한 사람들이라고 생각한다. 그런데 이 위대한 사람들이 간혹 심심해서 대화거리를 만들고 싶거나 수다 떨고 웃고 싶을 때, 남의 흉허물을 지적하면서 심리적 안정과 쾌감을 느끼기도 하나 보다. 하지만 좀 더 건설적이고 좋은 쪽에 에너지와 시간을 사

내 안에는 작은 아이가 산다

용하기를 권하고 싶다.

조금만 노력하면 상대의 입장에서 생각해보고 상대의 마음을 읽을 수 있는 탁월한 능력을 지닌 사람들이 바로 우리 엄마들이다.

상대방의 빈틈을 발견하고도 모르는 척 눈감아주는 너그러움, 상대방의 실수를 알고도 무심히 넘기는 여유, 미숙하고 부족한 점을 못 본 듯 지나치는 아량, 그 모든 것이 서로에게 할 수 있는 좋은 선물이다. 물론 몰염치하고 뻔뻔스럽게 남에게 피해를 끼치는 행태를 모르는 척 넘기라는 것이 아니다.

상대방이 사람들의 시선을 의식하며 곤혹스러운 처지에 있을 때, 서툴러서 본의 아니게 실수할 때, 부족하고 아쉬운 점을 보일 때, '일반적' 혹은 '정상적'이라고 생각되는 것과 다소 차이가 있을 때, 못 본 척 지나쳐주는 것은 얼마나 큰 미덕인가?

실수를 지적하고, 미숙한 부분을 끄집어내어 까발리고, 궁지에 몰려 있는 사람을 더욱 코너로 몰며 즐거워지는 마음을 경계하자. 빤히 바라보며 비난하는 듯한 눈초리 대신 슬쩍 자리를 피해주는 성숙함은 그 자체로 선행을 베푼 것이다.

지금은 비록 잘하지 못하지만 나중에 잘할 수 있다고, 괜찮다고, 누구나 그럴 수 있다고 말없이 격려해주는 따뜻함 말이다.

"하지 마, 안 돼"

나는 노래하는 *까치*에게 화를 낸다
착한 강아지에게 화를 내고 고양이에게 소리 지른다
되는 일도 없고 우울이 깊어가는 날
나는 나무에게 화를 낸다
……
화가 난 나를 보면 슬퍼지고 나는 착한 것들에게만
화를 낸다
추운 것들, 힘없는 것들에게만 화가 난다
― 필자, 〈화를 낸다〉 중

엄마로서 아킬레스건이 많지만 특히 아이의 마음을 적절히 읽어주지 못
하는 것도 걱정거리다.

관성적으로 '하지 마'와 '안 돼'라는 말을 하다 보니 그런 말이 필요
없는 상황에서도 무심결에 "안 돼, 하지 마." 하고 말한다. 그런데 일단
입 밖으로 내뱉고 나면 어미가 한 말에 반응해주지 않는 아이에게 슬슬
분이 난다. 생각 없이 목소리를 높인다. 딸아이는 기가 세진 않아서 엄마
의 목소리에 일단 움찔한다. 엄마 표정을 한번 살펴본 후 행동을 멈춘다.

그런데 드물게 계속 말을 듣지 않고 고집을 피우기도 한다. 그러면
나는 더 이상 엄마가 아니다. 성난 짐승처럼 씩씩거리는 덩치 큰 사람일

뿐이다. 버럭 고함을 친다. 대개 이 정도 수위면 아이는 엄마의 요구를 따른다. 하지만 먹히지 않을 때도 있다. 그러면 나는 바로 행동을 개시한다. 아이의 두 팔을 꽉 잡고 무섭게 노려본다. 집에서라면 벽 쪽으로 데려가서 벌을 세우지만 밖에서라면 벌 세우기가 용이하지 않다.

일단 두 팔을 꽉 잡고 노려보면 아이는 울음을 참으며 엄마의 요구를 이행한다. 하지만 얼굴에는 불만과 억울함이 가득한 채, 겁에 질린 모습으로 순종하는 것이다. 그렇게 해서 상황이 끝나면 나는 그 순간을 잊는다.

밤에 아이가 잠들고 혼자 뒷정리를 하고 있으면 찜찜하다. 연약한 아이의 팔목을 아플 정도로 세게 움켜쥐고 두 눈이 튀어 나오게 노려보는 내 모습이 떠오른다.

더러는 버스 안이나 마트 등 공공장소에서 필요 이상으로 아이를 단속하는 것 같다. 사람들이 무심히 한마디씩 하는 말에 신경이 쓰여서다.

다섯 살 때였다. 한번은 버스를 탔는데 좌석이 하나만 비어 있었다. 양손에 무거운 찬거리와 가방을 들고 있던 터라 미처 버스카드를 찍지 못한 상태였다. 아이에게 넘어지니까 자리에 앉으라고 했는데 앉을 생각은 하지 않고 "엄마는? 엄마는?" 한다. "엄마는 카드 찍고 와야 돼." 하고는 앉으라고 했지만 아이는 여전히 앉지 않고 있었다. 버스는 기우뚱거리고 운전기사는 내가 언제 카드를 찍나 보고 있는 것 같아 쫓기는 기분이었다. 게다가 아이가 넘어질까 봐 신경이 곤두섰다. "빨리 앉아!" 하고 소리쳤으나 나를 올려다보면서 양손으로 의자 손잡이를 꼭 잡고 가만히 서 있다. 화가 나서 아이를 반쯤 밀치다시피 자리에 앉히고 험악한 표정으로 아이를 쏘아본 후 버스 카드를 찍고 자리로 돌아왔는데, 내가 돌아오자 다시 일어서려 한다. 나는 자리에 앉아 강제로 아이를 내 무릎에 앉힌 후 두 팔을 꽉 낚아채고 꼼짝도 하지 못하게 하고 있었다. 아이는 겁에 질려 울음을 터뜨리며 "엄마, 왜 그래요? 엄마, 왜 그러는 거예요?" 한다. 화가 난 나머지 아이의 소리는 들리지 않고 무조건 아이를 꼭 잡고 놔주지 않았다. 한참 그렇게 한 후 풀어주자 아이는 온순해졌는데, 나중에 알고 보니 엄마에게 앉으라고 딴에는 자리를 양보한 것이다.

아이 얼굴을 한 번이라도 바라보았으면, 아이 마음을 제대로 알았다면 '엄마가 앉았으면 좋겠구나? 엄마 앉으라고 지민이가 일어난 거구나?' 하고 마음을 읽어준 후 "그래도 지금은 위험하니까 지민이가 앉아." 하고 말해주었으면 좋았을 텐데 그 순간에는 아무 생각도 떠오르지 않는다.

종종 지하철을 탔을 때도 자리가 비면 저는 앉지 않고 엄마에게 앉으라고 한다. 그래서 아이를 무릎에 앉히는데 그러다가 자리가 생기면 아이는 얼른 빈자리로 가서 앉는 것이다. 엄마를 자리에 앉게 하고 싶어 하는 어린 것의 마음을 알게 되었으나, 이번에는 왔다 갔다 하지 말라고 훈계한다.

한번은 마트 한 구석 바닥에 아이가 주저앉은 적이 있다. 옷 더러워진다고 보는 사람마다 한마디씩 하며 지나간다. 나 역시 바닥에 주저앉은 아이에게 짜증이 나기 시작한다. 새로 갈아입혀온 흰색 원피스에 묻은 검댕을 보자 확, 열이 뻗친다.

"일어나 어서."

실은 다리가 아픈데 업어달라는 말은 못하고, 엄마 눈치를 보고 있는 건데 소리부터 지른 것이다. 사람들이 아이를 바라보며 지나가니 마음이 조급해진 것이다.

엄마를 도와주려고 컵에 물을 따르다가 엎지르거나 시키지도 않은 심부름을 자진해서 하다가 실수하면 여하튼 고운 말이 나오지 않는다. "내가 언제 너한테 도와달라고 했니? 정말 짜증나네. 가만히만 있으면 중간은 갈 텐데, 어이구." 하고 혼자 주절거린다.

문득 내가 아이의 마음을 읽는 것이 많이 부족하구나 생각하곤 한다. 아이 딴에는 선의로 어떤 일을 했거나 숨겨진 속내가 있는 것인데 외적으로 나타난 결과만 보고 노발대발한다.

비단 아이뿐이랴! 마음을 읽어주는 것은 어른 아이 할 것 없이 누구에게나 필요하다. 특히 아이 때 부모로부터 자신의 감정을 이해받고 존중받은 경험은 이후 세상을 살아가는 데 힘의 원천이 된다고 한다.

아이가 지금 무슨 생각으로 저런 행동을 하는지를 알게 되면 부모의 마음속 노여움이 잦아든다. 그러면 아이와 다정하게 감정이 실리지 않은 목소리로 대화를 나눌 수 있다. 자신의 마음을 부모에게 충분히 이해받았다고 느끼면 아이 역시 반발심이나 억울한 감정이 사라진다.

하지만 알고 있는데도 잘 안 된다. 성마른 짜증으로 아이의 표면적인 행동에 걸맞게 응수할 뿐이다. 그리고 왜 이럴까 고민한다. 나 역시 부모로부터 존중받거나 이해받은 적이 없다는 생각이 떠오른다. 그리고 한 술 더 떠 '내 어린 시절을 생각하면 넌 복 받은 거야.'라고 생각한다.

주위 사람들 눈초리나 아이에게 밀리면 끝장이라는 심리 때문에 아이를 다그치는 것은 아닌지 세심이 나를 관찰해야 하리라.

칭찬 과잉

마당의 구부러진 나무가
토질 나쁜 땅을 가리키고 있다. 그러나
지나가는 사람들은 으레 나무를
못생겼다 욕한다.

– 베르톨트 브레히트, 〈서정시를 쓰기 힘든 시대〉 중

요즘은 확실히 칭찬에 인색하지 않은 엄마 아빠들이 많다. 좋은 현상이라고 생각한다. 그런데 요즘 나는 칭찬도 분별없이 하면 독이 되지 않을까 생각해본다.

나의 경우 "우리 딸 너무 예쁘다."는 말을 자주 한다. 어린 딸에게 딱히 칭찬할 말이 떠오르지 않아서 '입에 발린 소리'를 하는 것이다. 심부름을 잘했을 때도 "너무 예뻐."라고 말하고 말을 잘 들을 때도 "너무 예뻐."라고 한다. 아이 얼굴을 바라보며 예쁘다고 느낄 때도 예쁘다고 한다.

또 아이가 뭔가 대견한 일을 하면 "우리 딸 참 똑똑하다." 혹은 "지민이 최고!" 하고 말한다. 그런데 이런 칭찬이 그다지 추천할 만하진 않다는 생각을 어느 날부터 하게 됐다.

아는 엄마 중의 한 사람은 네 살 난 아이에게 "우리 ○○이 천재다."라는 말을 자주 하는 모양이다. 그 아이는 놀이터에서 놀다가 돌연 "엄

마, 나 천재지?" 하며 즐거워한다. 아이 엄마는 미소로 아이에게 끄덕여 준다. 그 모습을 보며, 저런 칭찬은 아이에게 해가 될 텐데 하고 생각했다. 그런데 나는 어떤가? 불현듯 나도 그 엄마와 같은 실수를 하고 있구나 싶은 것이다.

구체적인 행동이나 노력에 대한 칭찬이 아닌 위와 같은 추상적인 칭찬들은 아이에게 큰 감흥을 불러일으키지 못한다. 예쁘다거나 똑똑하다거나 최고라거나 천재라는 칭찬이 정말 아이에게 자신감을 줄까 생각해 보면 그렇진 않다. 오히려 어느 순간 자신이 빼어나게 예쁘지도, 똑똑하지도, 최고도 천재도 아니라는 걸 알게 되면 더욱 혼돈을 겪을 것이다. 과장된 자기상은 깨지기 마련이다.

또 부모의 분별없는 칭찬은 종종 자만심과 삐뚤어진 경쟁심만 부추길 수도 있다. 그런데도 나는 이런 류의 칭찬을 불쑥불쑥 뱉는다. 그러고는 '아차' 한다. 그래서 너무 잦은 칭찬보다는 절제된 칭찬을 해야겠다는 생각도 하게 됐다.

남에게는 내 자녀 칭찬을 많이 하자

내 아이에게는 절제해서 칭찬하되 남들에게는 오히려 아이의 칭찬을 후하게 하는 것이 좋다. 나는 그동안 아이 본인에게는 칭찬을 잘하면서도 이웃에게는 내 아이의 단점을 말하곤 했다. 그런데 언제부턴가 내 아이의 단점이나 우려되는 부분을 이웃 사람에게 늘어놓는 것이 바람직하지 않다고 생각하게 됐다.

이웃에게 이런저런 근심 걱정을 털어놓으면, 괜찮다는 위로도 받고 비슷한 경험을 듣기도 하니 후련하다. 하지만 주위에서 아이를 선입견을 갖고 보게 될 위험이 있다. 또 부정적인 말을 할수록 엄마도 아이에 대해 부정적인 감정에 휩싸일 수 있다. 그래서 사소한 것이라도 비관적인 말이나 느낌, 생각을 자주 발설하는 것은 조심해야 한다고 본다.

남들이 듣기 꺼리더라도 혹은 제 잘난 맛에 산다고 뒷공론을 하더라도 내 아이의 자랑거리를 말하자! 아이가 옆에 있는 경우라면 더욱 그렇게 해야 한다! 아이 본인에게 의식적인 칭찬을 하는 것보다 다른 이들에게 아이의 칭찬을 하면 옆에서 엄마의 말을 들은 아이는 사기충천하고 기운이 난다.

어른도 마찬가지 아닌가? 누군가 나에게 칭찬을 해주는 것도 좋지만, 제3자에게 긍정적인 말을 해주는 것은 정말 기쁘지 않은가?

이웃이나 할머니 할아버지에게 아이가 잘한 점을 칭찬해보자! 정말 심각한 고민거리가 있다면 전문가를 찾는 편이 지혜롭다. 이와 함께 다른 집 아이에 대해서도 가능하면 장점에 주목하고 장점을 칭찬해주자!

남의 아이에게도 칭찬을 많이 해주자!

그런데 곰곰 생각해보면 우리는 남의 아이에 대한 칭찬에 좀 인색한 것이 아닌가 싶다. 자신의 아이가 하는 짓은 사랑스럽고 예쁜데 이웃 아이의 행동은 문제로 느껴지는 심리는 왜일까?

엄밀히 말해 남의 집 아이의 문제성 행동이야 그 집 부모의 몫이지 어찌하여 내가 나서는가? 또 내가 이웃집 아이에게서 문제라고 생각하는 것이 실은 정말 문제인지 고민해보아야 한다. 무엇보다 내 자녀든 이

윗집 자녀든 지적하고 비난해서 아이를 변화시키거나 개과천선시키는 것은 힘든 일이다.

아이들은 칭찬을 많이 받고 자라야 한다. 물론 칭찬은 객관적이고 근거 있는 칭찬일 필요가 있다. 허무맹랑한 칭찬은 오히려 해악이 된다. 어떤 아이든 나름대로 강점과 약점을 모두 지니고 있다. 미숙한 점은 눈감아주고 강점을 칭찬해주면 그 아이는 부모와 주위 좋은 사람들의 응원 속에 괜찮은 사람으로 성장할 것이다.

남편이 어떤 책에서 읽었다며 들려준 이야기가 퍽이나 인상 깊다.

어느 교회 목사님이 성도의 자녀 중에 말썽을 심하게 피우는 문제성 아이를 보고 속이 부글부글 끓었는데, 그 부모 앞에서 차마 안 좋은 말을 할 수 없어서 녀석을 볼 때마다 "아유 저 서울대 갈 녀석, 아유 저 서울대 갈 녀석" 하고 말했다고 한다. 그 후 세월이 흘렀는데 그 아이가 정말 서울대에 들어갔더라는 것이다.

보통 사람들의 눈에는 문제가 있어 보이지만 아이는 다른 무궁무진한 가능성의 씨앗을 지닌 존재들이다. 그러니 '문제아'에게 혀를 끌끌 차지 말고 격려해주는 것이 어른인 우리가 해야 할 일이 아닐까 싶다.

말을 잘하는 아이에게는 말을 잘한다고 칭찬해주고, 수줍은 아이에게는 조용하고 차분하다고 칭찬해주고, 장난이 심한 아이에게는 의욕이, 에너지와 열정이 넘친다고, 그리고 넘어져 우는 아이는 다가가 안아주자!

고래도 춤추게 하는 칭찬을 우리의 미래인 어린 싹들에게 흠뻑 쏟아주자! 살면서 우리는 돈으로 이웃을 도울 수 있지만, 미소를 담은 표정만으로도 행복을 느끼게 할 수 있다. 나를 보고 웃어주는 얼굴, 낯선 곳에서 길을 물을 때 친절하게 안내해주는 이의 표정, 지치고 피곤한 어느 날, 손을 내미는 당신의 온기를 느낄 때 우리는 가슴이 뛴다.

하물며 작은 아이들에게 하는 칭찬 한마디는 이 세상을 살면서 우리가 할 수 있는 가장 쉽고 좋은 '선행'이 아닐까? 내가 누군가에게 행복한 느낌표를 보내면 그 느낌표는 다시 나에게로 돌아온다. 지금 우리 서로에게 미소와 사랑을 보내자!

나는 전철을 타고 가다가, 마트에 가다가, 버스를 타다가 딸에게 웃어주는 아주머니들, 할머니 할아버지를 볼 때마다 행복해진다. 그들의 미소를 보고 수줍게 웃는 딸을 보면 그렇게 좋을 수가 없다. 겁 많고 소심한 아이가 할머니 할아버지가 내미는 사탕 한 알을 받아먹으며 '세상이 참 좋은 곳이구나, 호의적인 곳이구나.' 하고 용기를 얻는 것 같아서 가슴이 찡하다.

우렁차게 우는 아이가
부러운 이유

정다운 3월아, 어서 들어오렴
너를 만나 얼마나 기쁜지
난 네가 참 보고 싶었어
어서 모자를 벗으렴
빨리 달려오느라 얼마나 숨이 차겠니?
......

난 네게 할 얘기가 많단다.

- 에밀리 디킨슨, 〈3월〉 중

"엄마 심심해."

한 살 두 살 아이가 커가면서 가장 힘든 점은 친구를 만들어주는 것이었다. 아이를 키운 첫해는 속된 표현으로 똥오줌 구별을 못하던 시기였다. 외출이라고는 하루 1시간 놀이터에 데려가는 것이 전부였고 이웃과의 접촉은 등한시했다. 그렇게 전업주부로서 첫해를 훌쩍 넘겼다.

이듬해 아이가 24개월이 되면서 친구를 만들어줘야겠다는 생각이 절실해졌다. 하지만 내 능력 밖의 일로만 느껴졌다. 하는 수 없이 28개월부터 아파트 놀이방에 아이를 보냈다. 그런데 무심하기만 한 나는 아이에게 문제가 나타나는 걸 그러려니 하며 지나쳤다. 36개월이 되면서 규모가 큰 민간 어린이집에 보낸 후 아이의 '문제'를 알게 됐다.

백일 이후 여러 사람 손에 자라며 모진 고난을 겪은 아이를 또래친구와 놀아본 경험이 없는 상태에서 어린이집에 보내니 아이는 또래들에게 대응하지 못했다. 사실 어린아이들의 경우 얻어맞거나 장난감을 빼앗기면 크게 울기만 해도 문제가 없다. '울음' 역시 대응방식이기 때문이다. 억울한 일을 당했을 때 즉각적으로 소리 내어 울 수만 있다면 얼마나 좋을까? 아이가 울면 선생님이 달려와 상황을 파악한 후 잘못한 아이에게 주의를 줄 것이다. 그렇게 되면 아이들은 그 아이를 다시 괴롭히기가 어렵다. 잘못 건드리면 또 울기 때문에 다시 선생님에게 주의를 받을 것이다. 물론 적절히 맞대응을 할 수 있다면 가장 바람직하다.

울음은 의사소통 방식

하지만 딸아이는 고통스런 상황에서 소리 내어 울 수조차 없을 정도로 굳어 있을 뿐이다. 굳어서 긴장한 채 얻어맞고도 가만히 있으니 선생님이 매순간 일일이 보호해주는 것도 한계가 있지 않겠는가? 결국 네 살 후반에 어린이집을 그만두었다. 그런데 아이가 이처럼 울지 못하는 것에 대해 고민하다 보니 짚이는 게 있었다. 그리고 참담한 기분이 들었다.

전업주부가 된 즈음 TV 방송에서 울음 떼쓰는 아이를 길들이기 위한 프로그램을 자주 시청했는데, 나로서는 차라리 보지 말았어야 할 프로그램을 보았다는 생각이 든다.

그 프로그램에서는 아이가 울면 "뚝 그쳐. 울면 엄마는 네 요구를 들어줄 수 없어."라고 단호하게 말하면서 아이가 울음을 그칠 때까지 무관심하게 내버려둔 후 아이가 울음을 그치면 원하는 것을 들어주라는 주문이 많았다. 징징거리고 울면서 욕구를 표현하는 아이에게 울지 않고 말로 자신의 의사를 표현하도록 하기 위한 훈육방법이었을 것이다. 놀랍게도 그런 방식을 취하니까 아이가 울지 않고 자기 요구를 적절히 표현하면서 소위 '울음 떼'가 사라진 것이었다.

나는 정상적인 양육환경에서 자라 우렁차게 잘 우는 것은 물론 항상 울음을 달고 사는 4~5세 이상 아이들의 '버릇'을 고쳐주기 위한 훈육방식을 겨우 16~20개월 된 내 아이에게 적용한 것이다.

아이가 울면 "울지 마. 울지 않아야 냠냠 줄 거야. 울지 않아야 어부바 해줄 거야." 그러면서 아이의 울음을 막았다. 그런 식으로 네 살까지 아이가 우는 것을 허용하지 않았다. 게다가 아이가 부주의해서 다쳐 울면 벼락같이 화를 냈으니 아이의 울음을 '원천봉쇄'해버린 것이다. 지금도 떠올리기조차 어려울 정도로 가슴이 아프다.

아기에게 결정적으로 중요한 시기인 생후 첫 1년을 그토록 여러 사람에게 '굴려서' 마음에 멍이 들 대로 든 아기에게 엄마라는 사람이 울음조차 허용하지 않았으니.

건강하게, 우렁차게 우는 아이들을 보면 너무 부럽다. 지금도 내 아이를 보기가 죄스럽다. 기억조차 하고 싶지 않은 나의 과오를 떠벌이는 것이 괴롭다. 그렇다고 이제 와서 어찌하겠는가? 다섯 살 무렵부터 "화가 나면 울어도 돼. 아프면 소리 내어 울어도 돼. 속상하면 울어도 돼." 하고 아이에게 말하지만 아이는 심하게 다쳐도, 피가 나도 소리 내어 울지 않는다. 다치거나 얻어맞았거나 억울한 상황이거나 할 것 없이 정물처럼 얼어붙어서 사람들 눈치만 볼 뿐이다.

내 안에 모성이 없고 황폐해서였을까?! 전문가의 말을 따르자 신기하게도 아기가 울지 않는 것을 보며, '그래 아이는 이렇게 길들이는 거야.'라며 뿌듯해하기까지 했다. 욕설을 퍼붓거나 때리지 않고 제대로 아이를 훈육하는 방식을 배운 것 같아 흐뭇하기까지 했다. 나는 점잖게, 이성적으로 아이를 양육하는 '괜찮은 엄마'가 되고 싶었다.

아기는 '울음'이라는 표현방식으로 엄마와 의사소통을 하는 것인데, 울면 안아주고 달래주어야 하는 것인데 나는 "울지 마. 울면 아무것도 해줄 수 없어." 하면서 울음을 그칠 때까지 기다렸다. 물론 대부분 정상적으로 양육된 아이들의 경우 '울음'은 자연스럽게 터져 나오는 것이기에 4~5세가 되어서도 의사표현을 말로 하지 않고 울음으로 해결하려고 하면 그건 고쳐주는 것이 맞다. 우리 아이처럼 특별한 경우를 제외하면 대부분의 아이들은 잘 울기에 크게 걱정할 필요는 없다.

사람은 다 다르고 아이들도 다 다르다는 것, 전문가의 처방은 근거가 있는 것이지만 덮어놓고 과신해선 안 된다는 것을 나는 아이를 키우면서 여러 번 뼈아프게 경험했다.

적어도 내 안에 모성본능이 충만했다면, 굳이 누구의 도움에 의지하지 않고도 나의 본능이 이끄는 대로 해주었을 텐데, 나의 본능은 아이에게 어떻게 해주어야 할지 알려주지 않았다.

다른 한편으로 나 역시 사람들을 '무서워하고' 종종 부당한 대우를 받아도 적절히 대응하지 못하는 특성을 지녔다는 생각이 문득 스쳤다. 어린 시절의 나는 분명히 지금 내 딸아이와는 다른 모습이었는데, 서른이 훌쩍 넘은 어느 날 내가 참 많이 스스로를 억누르는 삶을 살고 있구나 생각했다. 내가 나를 억압하는 삶의 방식은 성장기의 환경과 무관치 않다는 생각도 하게 됐다. 아이는 아마도 후천적으로 형성된 나의 특성을 닮았나 보다. 그런 아이에게 울지도 못하게 했으니!

본론으로 돌아가 보자!

아무튼 아이가 어린이집을 그만두게 되자 친구가 너무도 절실히 필요했다. 답답한 것은 단지 내에는 어린이집에 다니지 않는 네 살짜리를 찾을 수가 없다는 것이다. 그것도 비슷한 기질이어야 할 텐데 비슷한 기질은 고사하고 세 살짜리 아이들도 어린이집에 보내는 추세다. 하긴 나도 세 살에 아이를 어린이집에 보내지 않았던가?

아이에게 친구를 만들어주어야 하는데, 늦깎이 엄마는 이런 방면에는 소질이 없었다. 다섯 살이 된 지금도 이 고민은 계속되고 있다.

이후 문화센터를 다니면서 딸아이는 많이 밝아졌다. 하지만 세 살 된 아기가 할퀴어 얼굴에 상처가 났는데 여전히 울기는커녕 겁에 질린 표정으로 눈치만 본다.

한번은 또래가 밀어서 넘어졌는데 넘어지자마자 자리에서 벌떡 일어나 주위 사람들 눈치를 보는 게 아닌가? 그 광경은 마치 군대 혹은 70~80년대 중·고등학교에서 선생님이나 고참의 거친 폭행에 넘어졌다가 다시 벌떡 일어나는, 군기가 꽉 잡힌 학생 혹은 이등병을 연상시켰다. 아이가 또래에게 얻어맞고 벌떡 일어나 겁먹은 표정으로 어른들 눈치 보는 것을 지켜보는 일은 참혹했다.

친 구 야 ! 반 갑 다

아무튼 지금부터 과제는 친구를 만들어주는 것이다. 그 생각만 하자!

우리 아파트 단지에서는 어린이집 안 다니는 친구 찾기가 쉽지 않았다. 문화센터에서 친구를 만들어주자! 그런데 엄마들은 수업이 끝나기가 무섭게 아이 손을 잡고 다음 스케줄을 따라 이동한다.

어렵사리 말을 걸면 친절하게 대꾸를 해주기는 하는데 대부분 옆에 친구가 있다. 같은 아파트나 이웃에 살면서 같이 문화센터에 등록한 것이다.

그렇게 한 학기를 보내고 다음 학기에는 좀 더 적극적으로 매달려 또래 여자 친구를 찾을 수 있었다. 하지만 아이 엄마는 묻는 말에 대꾸하는 것조차 귀찮아하는 눈치였다. 이 젊은 엄마를 친구로 삼아야겠다. 왜냐하면 이 사람은 동네에도 친구가 없을 것이다. 슬슬 접근해서 이런저런 이야기를 해보니 역시 예상대로였다. 이웃에 또래친구도 없고 엄마 자신이 소극적이어서 혼자서 노는 스타일이었다. 싫어하는 표정이 역력한데도 말을 걸고, 기다리고, 온갖 비위를 맞추었다. 이 엄마의 성격을 닮았으니 딸 역시 온순하고 몹시 내성적이고 말이 없고 착하다. 그러니 기질적으로 우리 아이와 딱이지 않은가? 더구나 이 아이 역시 엄마와 못 떨어져서 어린이집에 안 다닌다고 하니 안성맞춤이다. 친구야 반갑다!

그런데 어렵사리 만날 약속을 하면 약속한 시간에 전화 한 통도 없이 안 나타나는 건 예사다. 전화를 하면 받지도 않는다. '뭐 이런 여자가 다 있담.' 서글픔이 밀려온다. 하지만 고진감래, 지성이면 감천이라 했던가?

어느 날은 그 엄마 딸아이의 수업이 끝나는 시간을 기다렸다가 딱 만나자 좀 미안했는지 자기 아이 등을 떠밀며 "지민이하고 놀아!" 한다. 그런데 지민이와 놀게 된 아이는 너무 좋아서 난리가 났다. 지민이보다 훨씬 더 좋아한다.

'친구와 노는 걸 저렇게 좋아하는데 참 저 엄마도 무심하네. 젊은 엄마가 어찌 저리 무심하누.' 혼자 생각하며 슬며시 아이엄마를 봤더니 아이들이 소리 내어 웃고 좋아라하며 뛰어노는 모습이 흐뭇한 모양이다. 그 후에도 이 엄마는 나와 지민이를 보면 난처한 표정으로 슬슬 피할 궁리만 하더니 세 번째 놀고 나서는 마음을 열었다. 어느 날 내게 이렇게 말했다.

"○○이가 집에 가면 시도 때도 없이 지민이 이야기를 하고 언제 만

나냐고 물어요. 지민이도 그래요?"

　이외에도 여러 엄마에게 '접근'했지만 한결같이 힘이 들었다. 젊은 엄마들이란 대부분 이웃에 친구가 있기 마련이다. 그래도 나는 지민이와 기질이나 성품이 비슷한 아이를 만나면 반드시 말을 건다. 이제는 사람들에게 말을 거는 것이 행복한 습관이 되어버렸다.

　부모가 되는 건 이런 것인가 보다. 나처럼 소극적인 사람이 어딜 가든 먼저 말을 건네고 사교적인 사람인양 행동한다. 내 딸아이가 아니었던들 내가 이렇게 적극적으로 사람과의 교류를 갈망하고 혼신을 다해 그 사람에게 다가가려고 나를 '개조'했겠는가? 그랬다. 자식은 부모의 불완전한 인격을 완성시켜주는 존재인가 보다. 나 같은 사람이 이렇게 변화한 것이 놀랍고 눈물겨웠다. 진작 이렇게 살았더라면 내가 일하는 분야에서 뭔가 크게 성공했으리라는 생각까지 들 정도였다.

　오래 기다리며 입가에 웃음을 매달고 내 아이가 아닌 다른 아이에게도 다감하게 다가가게 한 힘은 오로지 자식 때문이구나!

　어느 날 뜨거운 눈물이 흘렀다. 뒤늦게 아이를 낳아 모진 고생을 한다는 회한으로 흘리던 눈물이 변화된 나의 모습, 엄마가 되고자 노력하는 나의 모습, 내 딸이 아니었다면 시도조차 하지 않았을, 더 온유하고 유연해진, 그래서 예전처럼 뚝 부러지는 대나무가 아니라 축축 늘어지며 바람에 나부끼는 미루나무 같은 내 모습을 보며 흘리는 눈물이었다.

　이 변화는 분명히 기쁨이고 놀라움이었다. 내가 먼저 미소 짓고 내가 먼저 기다리고 친구가 되려고 하면서 '아! 내게도 이런 능력이 있었구나.' 하는 자각도 생겼다. 슬픔이 넘실대던 가슴 한 모퉁이가 따뜻해지고 사람을 대하는 것에 대한 자신감도 조금씩 생기기 시작했다.

　그리고 어느 순간 가슴 한켠이, 안개처럼 흐릿하고 눅눅하던 내 마음의 어두운 방 한 모퉁이가 조용히 사라진 것 같은, 그곳에 환한 햇빛이

들고 웅크리고 있던 어린 내가 비로소 봄꽃처럼 웃는 모습을 본 듯하다. 이 느낌은 뭘까!

내 딸 지민아! 고마워. 너로 인해 엄마가 상처를 딛고 일어날 수 있는 힘이 생긴 것 같아. 엄마가 많이 강해진 것 같아. 사람에 대한 믿음과 자신감이 생긴 것도 같아. 그동안 너무 힘이 들었는데 말이야. 엄마처럼 성장기에 상처가 많은 사람은 아기를 낳으면 안 될 거라고 생각했는데 말이야. 우리 딸 지민이 때문에 엄마가 진짜 어른이 된 것 같아.

기지개를 켜고 어두운 방 한 구석에서 걸어 나와 문을 열고 넓은 하늘과 푸른 들판으로 소리 내어 웃으며 달리고 싶어. 사랑하는 내 딸 지민아, 고마워.

엄한 부모 밑에
효자 난다고?

어린아이로부터 어른이 되는 것은 단 한 발, 단 한 걸음에 불과하다.
고독하게 되는 일, 자기 자신이 되는 일, 양친으로부터 떨어지는 일.
이런 일들이 어린아이가 어른이 되는 첫걸음인 것이다.

- 헤르만 헤세

어릴 적에 내 어머니의 금과옥조는 "엄한 부모 밑에 효자 난다"는 말이었다. 하루도 건너뛰는 법 없이 매를 들고 욕설 섞은 잔소리를 하던 어머니가 몽둥이 타작을 마치고 나면 하는 말이 "엄한 부모 밑에 효자 난다"는 경구였다. 그런데 어린 소견에도 저 말은 뭔가 어머니의 부당한 행동에 대한 합리화 같은 거라는 생각만 어렴풋이 했다.

중학생 이후엔 반항아가 되었지만 어린 나는 세상에서 가장 무서운 사람이 어머니였고, 세상에서 가장 공포스러운 목소리가 어머니 목소리였다. 보기만 해도 숨이 막히고 두려운 존재가 어머니였던 것이다.

한순간도 마음 편할 날이 없었다. 어떤 행동을 해도 어머니를 기쁘게할 수 없었다. 나의 모든 것이 못마땅하고 나의 존재에 화가 나 있는 듯한 어머니를 보면 겁이 났다. 그 무력하고 막막하던 느낌을 어떻게 표현해야 할까?

작은 실수에도 심하게 책망하고 몰아붙이고 손찌검하는 것이 엄한 부모이구나, 그러면 자식이 효자가 되는 거구나 생각했다.

　세월이 흘러 대학생이 된 후 어떤 계기로 다시 "엄한 부모 밑에 효자 난다"는 어머니의 말이 떠올랐다. 예전에 나에게 줄기차게 적용하던 "엄한 부모 밑에 효자 난다"는 말은 둘째, 셋째, 막내 동생이 태어나면서는 슬그머니 사라졌고 요즘 시각에서 보면 심각한 수준이던 매질이나 폭언도 순화되고 관대해졌다. 그러더니 어느 순간 그야말로 이빨 빠진 호랑이가 된 어머니가 거기 계셨다.

　대학생이 된 어느 여름 고향집에 갔다가 어머니가 더 이상 "엄한 부모 밑에 효자 난다"는 말을 안 하신다는 걸 알게 됐다. 그런데 요즘 그 말이 나름대로 일리 있는 말이구나 생각하며 혼자 쓸쓸히 웃는다.

　아기가 세상에 태어나 가장 먼저 만나는 세상은 부모다. 부모에게 조건 없는 사랑과 "괜찮아, 괜찮아." 긍정어린 시선을 받으면서 자란 아기는 그 자양분으로 튼실한 인격체로 성장한다. 그렇게 부모의 격려와 사랑으로 자란 아이는 독립적이고 건강한 성인이 되어 더 이상 부모에게 연연하지 않는다. 스스로의 힘으로 세상을 향해 성큼성큼 나간다. 실패와 좌절을 겪더라도 세상과 자신에 대한 긍정어린 믿음과 자신감으로 상황을 잘 극복한다. 쉽게 말해 더 이상 부모가 '필요 없게' 된 것이다.

　하지만 어린 시절 부모에게 사랑은커녕 자주 얻어맞고 부정적인 잔소리만 듣고 자란 아이는 성인이 되어서도 부모에게서 독립하지 못하고 의존성을 띠게 된다. 어린 날 받지 못해 채워지지 못한 공허하고 텅 빈 가슴에 끝도 없이 부모의 사랑을 갈구한다. "나 알고 보면 괜찮은 아이예요." 하고 버둥거리며 부모에게 가치 있는 인간으로 인정받고 싶어 한다. 그래서 부모 주위를 빙빙 맴돌며 비위를 맞추려고 하고, 부모를 원망하지만 실은 그 원망 속에 부모의 그늘에 안주하고 싶어 하는 심리가 숨어 있다. 진정으로 부모로부터 분리되어 독립된 성인으로 성장하지 못한 것이다. 예외적인 경우를 제외하면 어린 시절 사랑이 부족하고 매를 많이 맞고 그야말로 엄한 부모 밑에 자란 자식들이 훗날 부모에게 매달리고 기분을 맞추려 하는 경우가 왕왕 있다. 그런데 이런 심리적인 의존성을 부모 입장에서 보면, 모질게 때리고 구박덩이로 키운 놈이 오히려 용돈도 쥐어주고 자주 들여다보고 건강도 걱정하니 효자라고 생각할 수 있을 것이다.

하지만 그 자식에게 부모는 '중병'을 만들어주었을지 모른다. 그 자녀는 자신에 대한 부정적 인식 때문에 세상과 소통하는 것, 사람과 관계 맺는 것이 힘들 수도 있다. 내 자식이 성인이 되어서도 세상에 굳건히 발딛지 못하고 조그마한 어려움에도 비틀거리며 부모에게로 달려가 못 받은 사랑에 목말라한다면 가슴 아픈 일 아닌가? 어른이 되어서도 부모에게서 안정감을 찾으려 한다면, 그리고 이젠 늙어버린 부모에게 방패막이가 되어달라고 한다면 얼마나 슬픈 일인가?

물론 자식을 100% '사랑'만으로 양육할 수는 없다. 그래서도 안 된다. 꾸지람과 격려, 칭찬이 이성적이고 조화롭게 이루어진다면 문제가 없다고 생각된다. 적절한 꾸지람 역시 사랑이다.

흔히 애지중지 잘 키워서, 공부시켜서 소위 출세시켜놓았더니 부모는 나 몰라라 하고 저 혼자 큰 것처럼 구는 자녀를 보며 속상해하는 부모들도 있을 것이다. 하지만 부모의 역할이란 그런 것이라고 생각해야 편하다. 내가 부모 역할 잘했구나 하고 흐뭇해하면 된다.

작은 생명을 세상에 내놓았으면 부모로서 애정과 헌신을 기울여 키운 후에는 스스로 독립된 개인으로 살아가는 것이지 더 이상 무엇을 바랄 것인가 하는 마음자세가 필요하다.

앞으로는 노후의 문제도 더 많은 부분을 국가에서 책임지는 시스템으로 가야 한다.

열 손가락 깨물어
안 아픈 손가락 없도록

늙은 어머니의 젖가슴을 만지며 비가 온다
어머니의 늙은 젖꼭지를 만지며 바람이 분다
……
나는 배고픈 달팽이처럼 느리게 어머니 젖가슴 위로 기어올라가 운다

― 정호승, 〈늙은 어머니의 젖가슴을 만지며〉 중

사람들이 흔히 하는 말 가운데 "열 손가락 깨물어 안 아픈 손가락 없다"
는 말이 있다. 10대 후반에서 20대 초반 어느 시기 동안 나는 이 말이 정
말일까 하고 의문에 잠겼다. 하지만 알 수 없었다. 물론 열 손가락 깨물
어 안 아픈 손가락은 없겠지만 아무리 생각해도 완전한 사실 같지는 않
았다. 당시에는 이런 의문을 갖는다는 것 자체가 불경스러운 짓인 듯해
괴로웠다.

　부모들에게 자식에 대한 편애가 정말 없는 것일까 하고 상념에 잠기
던 시절, 그런 생각을 하는 자신이 혐오스러웠고, 세상의 모든 가난하고
착한 어머니들에 대한 모독이라는 생각을 했다.

　그럼에도 내 속에선 정말 안 아픈 손가락이 없을까 하는 의문을 떨칠
수 없었다. 그런 혼란스런 생각을 하는 나의 내면이 부끄러워서 누구에
게 발설조차 하지 못하고 오랫동안 혼자 끙끙거렸다.

내 안에는 작은 아이가 산다

하지만 아무런 결론도 내릴 수 없었다. 나는 이 땅의 모든 어머니들은 숭고하고 가엾고 불쌍하며, 이 땅의 모든 어머니처럼 내 어머니도 가난과 어려운 가정사의 질곡 속에서 고통스러운 날을 버티기 위해 나에게 그토록 혹독하게 대했으리라 생각했다.

혼자서 어머니를 용서하고 화해했다. 더욱 많이 어머니를 이해하고 사랑해야지, 하며 나름대로 행동으로 실천했다. 지금도 당시의 절박하고 슬프던 내 마음의 쓸쓸한 풍경을 보는 듯해 마음이 아프다.

내 나이 마흔이 넘고 나도 자식을 낳아 키워보니 이제는 크게 불경스럽게 느끼지 않고도 어렴풋이 하나의 결론에 이를 수 있었다. "열 손가락 깨물어 안 아픈 손가락 없다"는 말은 일면 진실일 수도 있고 그렇지 않을 수도 있다는 것이다.

열 손가락이 다 소중하지만 어쩐지 더 마음이 가고 더 예쁜 자식이 있을 수 있다는 거, 어쩐지 밉상스럽고 짜증나는 놈도 있다는 것이 진실에 가깝다고 생각하게 됐다. 이젠 이런 생각을 하게 된 것이 10대와 20대 초반처럼 고통스럽지도 않다. 부모라고 다 완벽하지 않다는 것도 알게 됐고, 부모라고 다 옳지 않다는 것도 내 아이를 키워보니 알게 되었다.

그리고 부모로서 우리는 좀 더 성숙해야 한다는 생각을 절실히 하게 됐다. 무엇보다 자식을 편애하는 짓을 해선 안 된다는 것이 나의 소신이다. 물론 힘들 것이다. 하지만 그것이 부모의 역할이다.

부모도 사람인지라 때때로 감정에 휩쓸려 자녀에게 소리도 지르고 화도 내고 매도 들 수 있다. 첫째는 밉살맞고 화를 돋우는 반면 둘째는 하는 짓이 모두 예쁘고 사랑스러울 수도 있다. 반면 첫째는 의젓하고 뭐든 믿음이 가고 의지가 되는데, 둘째는 하는 짓마다 성에 차지 않고 말썽꾸러기에 뭐하나 잘하는 것이 없다고 느낄 수도 있다.

같은 부모에게 태어난 형제자매라도 성격과 기질이 제각각일 수 있고 부모의 이런 느낌은 일면 정당하다. 하지만 부모의 편견어린 시선은 자신의 어린 시절 자라온 환경의 영향도 어느 정도 있는 것 같다.

내 어머니의 경우 9남매의 중간에 태어나 위로는 오빠와 언니들에게, 아래로는 동생들에게 많이 치이며 성장기를 보낸 것 같다. 그런 영향 때문인지 4남매인 우리 형제자매 중 첫째인 나에게는 세상에서 둘째 가라면 서러울 정도로 무섭게 대했고 막내인 아들에게도 살갑지 않았던 반면 둘째와 셋째 여동생에게는 애정을 쏟았다.

그런데 어머니는 알지 못했으리라. 자신의 어린 시절 경험들, 혹은 어떤 아물지 않은 상처 때문에 자녀들을 공정하고 객관적으로 바라볼 수 없었다는 사실을. 그리고 부모의 편견과 상처에 노출돼 성장한 그 자녀가 가정을 이루면 마음속 상처가 만든 또 다른 선입견과 편견으로 같은 잘못을 대물림할 수 있다는 것을.

부모로서 우리가 명심할 일은 반드시 열 손가락 깨물어 안 아픈 손가락이 없도록 경계심을 늦추지 말아야 한다는 것이다. 아무리 첫째 놈이 이쁘더라도 둘째아이에게도 관심을 보이고 수시로 애정을 표현하라! 아무리 둘째가 사랑스럽더라도 첫째 아이에 대한 사랑의 표현에 인색해선 안 된다. 모든 자녀에게 불편부당하고 공평하기가 쉽지는 않겠지만 부모가 된 이상 실천해야 한다. 산술적이고 기계적으로 똑같이 대하라는 것은 아니다. 공평하게 사랑을 주기 위해 첫째아이와 둘째아이에게 똑같은 금액의 용돈을 줄 수는 없지 않는가? 하지만 수시로 부모 자신을 점검하면서 소홀히 하는 자녀가 없는지 돌아보아야 한다. 부모도 불완전한 인간이기 때문에 그렇다.

무신경하게 마음 가는 대로 입에서 나오는 대로 내뱉고 쥐어박고 기분대로 자녀를 대하고 부모로서 자신을 반성하지 않는다면 어떤 자녀에겐 지울 수 없는 후유증을 남겨줄 수도 있다.

내 안에는 작은 아이가 산다

부모가 된다는 건 힘들고 고단한 의무임에 틀림없다. 먹이고 입히고 공부시켰다고 부모 역할을 다했다고 생각하면 오산이다. 인간은 가정이라는 작은 세상에서 습득하고 얻은 것으로 자신을 형성하고 세상에 나가 버틴다. 그래서 가정과 부모의 역할이 중요하다.

가난해서 자녀에게 풍요롭게 모든 걸 다 해주지 못한 것을 마음 아파할 것이 아니라 부모로서 지켜야 할 최소한의 덕목을 다하고 있는지 돌아봐야 한다. 자녀에게 공평하게 마음을 나눠주는 일, 사랑과 관심을 골고루 표현하는 일, 자녀의 장점이나 특기를 잘 살펴보고 발견하고 격려해주는 일, 따뜻함과 단호함의 적절한 적용 등등.

어느 집안이나 골칫거리 자식이 하나씩 있다는 말은 집안마다 부모가 신경써주지 못해 희생된 자녀가 있다는 말로 바꾸고 싶다. 전부는 아니겠지만 부모가 사랑과 관심을 많이 준 자식이 나중에도 잘된다.

모든 자녀를 공평하게 사랑하고 어느 한 자녀라도 상처받지 않았는지 자주 돌아보아야 한다. 한 걸음 더 나아가 왠지 삐딱한 자녀에게 더 마음을 써주고, 왠지 미운 놈에게 떡 하나 더 주자! 더 많이 보듬어주자! 왜냐하면 집안의 '말썽꾸러기'는 부모의 사랑이 더 필요하다고, 진심어린 위로와 보살핌이 필요하다고 온몸으로 말하고 있는 것이다. 말썽꾸러기 미운 놈에게 손을 내밀어 가슴으로 안아주자! 가득한 사랑을 부어주자!

강아지 좋아하세요?

나(ㅣ) 메시지

예쁘고 착한 지민아!

내 안에는 작은 아이가 산다

똑똑한 아이 원하세요?

마당에 목련꽃 심고 엄마랑 살래요

반가운 말대꾸

예의를 가르치자!

천천히 놀다가세요

사랑의 매는 없다

아이고, 내 팔자야!

아빠가 필요해!

아이에게 부모는 항상 옳다!

아줌마는 위대하다

엄마는 왜 나한테 존댓말 안 해?

이 순간은 영영 다시 오지 않는다

아이들은 언제나 준비가 되어 있다

웃음 시간표

딸아이 IQ가 10점이나 올랐어요!

부정확한 발음이 좋아졌어요!

당신은 참 좋은 엄마입니다

가정에서 부도덕한 일을 하는 것은
과일에 벌레가 붙은 것과 같다.
알지 못하는 사이에 퍼져가기 때문이다.
- 탈무드

강아지 좋아하세요?

부끄러운 고백을 하나 하자면 아이를 키우면서 나에겐 늘 따라 다니는 의문이 하나 있었다.

유모차를 밀고 가는 저 엄마는 아기가 예쁠까? 얼굴 가득 미소를 담고 아기에게 시소를 태워주는 저 엄마는 어떨까? 슬쩍 물어본다.

"아기 예쁘지요?"

"그럼요, 너무 예뻐요."

인상이 좋은 이 엄마는 꽃처럼 화사하게 나에게도 웃는다. 아이가 예쁘고 사랑스러워서 못 견디겠다는 표정이다. 아이를 바라보며 웃고 있는 이들을 볼 때마다 의문이 생긴다. 정말 사랑스러운 걸까?

한번은 아래층 엄마에게도 같은 질문을 했다가 핀잔을 받기도 했다.

"그럼 예쁘지. 언닌 지민이 안 예뻐요?"

당연한 걸 왜 묻느냐는 듯한 질문이었다. 순간 나는 이렇게 말해버리고 말았다.

"안 예뻐. 난 그냥 의무감으로 최선을 다하는 것 같아."

나도 모르게 말하고 나서 숨겨야 할 뭔가를 들킨 사람처럼 곤혹스러웠다. 딸이 옆에 있었던 것이다. 그 후에도 엄마들에게 같은 질문을 했고 상대가 "언닌 안 예뻐요?"라고 물어보면 적절한 대구를 찾지 못했다.

얼마 전까지도 아이를 어르고 안고 뽀뽀하는 사람들을 보면 진심일까 하는 생각을 했다. 이런 생각을 하는 것이 괴로웠지만 나로서는 풀 수 없는 미스터리였다. 한편 어린 딸에게 미안했고 죄의식으로 힘들었다. 아이가 점점 자라면서 정이 들었고 무언지 모를 안타까움이 일었다. 좋은 엄마가 되고 싶은 마음이 간절했다.

숫기 없고 방어능력도 없고 늘 긴장하는 아이를 보면 애달프고 괴롭고 복잡한 심정이 들곤 했다. 아이가 네 살이 되면서 서서히 내 자식이라는 생각이 들었다. 그 후로 잠깐씩 예쁘다 혹은 사랑스럽다는 생각을 했다.

하지만 그보다 훨씬 큰 부피로 나를 누르는 건 의무감과 슬픔이었다. 어서 나의 일을 해야 하는데 언제까지 아이에게 발목 잡혀 있어야 하냐는 조급함이었다. 다른 한편으로 백일 된 아기를 여러 사람에게 맡기고 28개월부터 어린이집에 보내면서 모진 경험을 하게 했다는 자책에 시달렸다.

애초부터 아기에게 애정이 없는 것이 아니었을까? 나를 채근하기도 했다. 도대체 나는 왜 내가 낳은 아기에게 애정이 없는 걸까?

더 힘든 건 아이가 사랑스럽다거나 예쁘다는 생각보다는 귀찮고 힘들다는 것에 초점이 맞춰지는 마음이었다. 정신과 육체가 다 함께 헉헉대는 생소한 경험이라고 할까. 밤이 되어 아이가 잠든 후 캄캄한 창밖을 바라보고 있으면 영문도 모를 눈물이 났다. 낮에 잘못한 일들이 떠오른다.

아이에게 왜 소리를 질렀을까? 왜 짜증을 냈을까? 내가 어딘가 결함이 있는 인간은 아닐까 하는 생각에 가슴이 먹먹하고 목이 멘다.

갓난아이를 아주머니에게 맡기고 직장에 다닐 때도 한 가지 의문이 나를 따라다녔다. 사람들은 아이가 눈에 밟혀 일이 손에 안 잡힌다고 하는데 나는 그렇지 않았다. 직장으로 향하는 순간부터 아이를 까맣게 잊어버리고 일에 열중한다. 어느 날은 오전에 한 번 의무적으로 하던 전화 통화도 잊고 오후를 맞기도 했다.

전업주부가 된 후에도 내가 아이를 사랑하는 건지 아닌지 알 수 없었다. 아이의 사소한 실수에도 참았던 화를 후루룩 털어내고는 했으니까.

그런데 최근 서광 스님의 저서 《문제는 항상 부모에게 있다》라는 책을 우연히 읽고 나서 실마리가 잡히는 듯하다. 스님은 부모가 되기 전, 부부들에게 강아지를 키워보라고 권했다. 강아지가 사랑스럽고 예쁘면 자기 아이를 낳아도 사랑스럽고 예쁠 것이고 좋은 부모가 될 가능성이 높다고 했다. 하지만 강아지가 예쁘지 않은 사람들은 스스로를 돌아보라고 했다. 이런 사람들은 어느 중요한 시기에 부모로부터 충분한 사랑을 받지 못했을 가능성이 크다고. 그래서 자기 아이에게도 부모의 양육 방식을 대물림할 수 있으니 각별히 주의하라는 당부였다.

나는 강아지나 고양이 같은 애완동물을 보면 사랑스럽기는커녕 내 손이나 발을 물어뜯을까 봐 겁이 나서 달아나기 일쑤였다. 어른이 된 지금도 마찬가지다. 그 작은 것들이 나를 향해 달려들 때 사랑스러움이 아니라 공포감이 느껴진다. 강아지를 품에 안고 예쁘다고 얼굴을 부비는 사람들이 그저 신기했다.

아동심리학자이자 부모학의 권위자인 스티브 비덜프는 국내에 번역된 저서 《세 살까지는 엄마가 키워라》에서 유명한 해리할로의 원숭이 실험을 인용하며 다음과 같이 말하고 있다.

"해리할로의 실험에서 새끼 때에 격리되어 사랑을 받지 못하고 자란 엄마 원숭이들은 새끼를 낳아도 거들떠보지 않고 방치해버렸다. 인간을 포함한 영장류는 오로지 직접 보살핌을 받음으로써 아이를 양육하는 법을 배운다."

EBS에서 방영된 특별기획 다큐멘터리 《아기 성장 보고서》 책에도 비슷한 내용이 있다.

"실제로 아기가 안정애착을 형성하려면 무엇보다 부모 자신이 어떤 애착 경험을 가지고 있느냐가 매우 중요하다. 왜냐하면 부모 자신의 애착 경험이 자녀의 애착 유형으로 대물림되기 때문이다.
　해리할로의 원숭이 실험을 돌이켜보자. 2년간 혼자 격리되어 자란 원숭이들은 새끼가 보내는 신호를 무시하는 일이 다반사였고, 울음을 터뜨리면 귀찮아했으며, 공격적이고 애정 없이 새끼를 다루었다. 새끼가 없는 암놈 원숭이의 경우 모성본능이 너무 강한 나머지 다른 새끼를 슬쩍 훔쳐오기까지 한다는 원숭이들이 말이다."

위 인용문들을 읽고 나서 소름이 돋았다.
스티브 비덜프도 위의 저서에서 털이 많고 작은 동물이 사랑스럽지 않다는 것은 성장기에 필요한 사랑을 받지 못한 탓이라고 단호하게 말한다.

내 안에는 작은 아이가 산다

그러나 나는 낙담하지 않기로 했다. 서광 스님은 같은 책에서 이렇게 말하고 있다.

"사랑받지 않고 자란 사람이 누군가를 온전하게 사랑할 수 있다면 그는 위대한 사람이다. 또 부모에게서 받지 못한 사랑을 자기 자녀에게 주거나 부모에게서 물려받은 잘못된 행동을 자기 자녀에게 반복하지 않는 부모는 참으로 위대한 사람들이다. 그러나 대부분의 사람들은 부모에게서 물려받은 것들은 좋은 것이든 나쁜 것이든 다시 자기 자녀들에게 물려주게 되어 있다. 내가 말하는 유전은 신체적이고 생리적인 것들에 한정된 것이 아니라 정신적인 것들까지 포함한다. 불안증이 있는 사람은 부지불식간에 자녀에게도 불안증을 물려주고, 분노가 있는 부모는 분노를 물려준다, 당연히 사랑이 많은 부모는 자녀에게 사랑을 물려준다."

스님은 이런 사실을 자각하고 노력한다면 자기 부모와 다른 양육방식으로 아이를 길러낼 수도 있다고 한다. 그리고 이런 사람들을 참으로 위대한 사람들이라고 말한다.

스님은 "아이를 돌보고 아끼는 것은 생각이나 의지가 아니고 본능적으로 이루어지는데, 사랑을 받지 못하고 자란 사람이 정상적으로 다른 사람을 사랑하려면 의외의 노력이 필요하다."며 "건강한 사랑을 받고 자란 사람도 부모의 자리에 서게 되면 감당해야 할 일들이 워낙 많아 만만한 일이 아니다."라고 했다.

그런데 대부분의 사람들이 실은 잘 모른다. 내가 부모에게 충분한 사랑을 받았는지, 내 부모의 양육방식이 충분히 좋은 방식이었는지. 부지불식중에 부모의 양육방식을 대물림하는 것이다. 간혹 부모를 이해할 수 없다고 느끼는 사람들도 있지만 성인이 되어서도 부모 원망이나 하는 사람을 사회가 관대하게 보아주지 않는다. 금기와 터부의 영역이 되어버린 것이다. 또 내 부모에게 문제가 있었다고 느껴도 대체할 만한 좋은 기억들을 떠올린다. 그리고 부모의 행위를 정당화하고 스스로도 괜찮은 사람이라고 느끼는 것이다. 인간에게 부모는 자신의 뿌리인데 뿌리가 썩었다고 떠벌이는 것은 어리석은 일 아닌가?

더러는 뿌리가 썩었더라도 알지 못하고 지나가기도 한다. 그리고 자식에게도 비슷한 방식을 반복하며 한 생을 살다가는 것이 인생이다.

그러나 나는 '자신의 결핍'을 아는 것이 중요하다고 본다. 나의 내면을 잘 들여다보는 것이 필요하고 생각한다. 그리고 변화하려고 노력하면 된다. 그러면 아이에게 생각 없이 하던 나의 무의식적인 행동이나 태도와 말에 대해 고민하게 되고 조심하게 된다. 그래서 내 아이에게만은 고통의 사슬을 끊어주어야 한다는 결심을 하게 될 것이다.

참, 당신은 강아지를 보면 예쁜가? 사랑스러운가?

나 (I) 메시지

내장사(內藏寺) 가는 벚꽃길; 어쩌다 한순간
나타나는, 딴 세상 보이는 날은
우리, 여기서 쬐금만 더 머물다 가자

- 황지우, 〈여기서 더 머물다 가고 싶다〉중

몇 년 전 갈등의 골이 깊은 부부가 '나 메시지'를 이용해 서로의 의사를 전달하는 TV 프로그램을 본 적이 있다. 일을 접고 육아에 전념하던 무렵 이 프로그램을 시청하면서 어느새 나는 TV 속 주부가 되어 울기도 하고 고개를 끄덕이기도 했다.

상대를 화나지 않게 하면서 나의 마음을 전달하는 방법이 신선해서 굳이 부부만이 아니라, 살면서 만나는 누구에게나 '나 메시지'를 사용하면 인간관계의 복잡하고 힘든 부분이 많이 해소될 듯했다.

나처럼 공감한 이들이 많았는지 프로그램은 꽤 오랫동안 지속됐다. 하지만 '나 메시지'를 아이에게 적용할 생각은 하지 못했다. 물론 남편에게도 시도해보지 못했다.

당시를 돌아보면 그야말로 '육아전쟁'의 시기였으니 TV를 보면 그때 뿐이었다. 지방에서 근무하는 남편이 집에 돌아오는 날이면 속이 부글부글 끓어오르기만 했다. 내가 얼마나 피폐한 나날을 보내는지 남편이

171

관심도 없다는 생각 때문이었다. 나 메시지는커녕 노골적으로 시비를 걸지 않으면 다행이었다.

많은 시행착오를 거쳐 아이가 세 돌이 되자 여유를 찾게 됐고 그때부터 육아 서적도 읽기 시작했다. 거기서 '나 메시지' 육아방법을 다시 접하게 되었다. 나는 당시만 해도 잘 참는가 싶다가도 어느 순간 아이에게 화를 내곤 했던 것이다.

> "밥 먹을 때는 왔다 갔다 하지 마. 빨리 밥 먹으라고. 너 또 손가락 빨래? 너 화분의 꽃을 왜 뜯는 거지? 너 왜 장난감을 망가뜨리니? 그리고 또 사달라고 했다간 봐라. (아이가 부주의하여 넘어지거나 떨어지거나 다치면) 그러니까 조심하라고 했지. 조용히 안 해? 넘어져놓고 왜 울어? 누가 넘어지래? 식당에 오면 가만히 앉아 있으라고 했다."

이런 식이었다.

그런데 '나 메시지'는 '너(you)'가 주어가 아니고 나(I)가 주어가 된다.

> "엄마는 네가 밥을 다 먹고 놀았으면 좋겠어. 엄마는 네가 손가락을 빨지 않았으면 좋겠어. 네가 그렇게 손가락을 빨면 엄마는 슬퍼. 엄마는 네가 화분의 꽃을 뜯지 않았으면 좋겠어. 엄마 생각에 꽃이 아플 것 같아. 엄마는 네가 소파에서 떨어져서 많이 마음이 아파. 엄마는 네가 식당에서 조용히 있으면 좋겠어."

신기하게도 어린아이도 엄마로부터 이런 식의 말을 들으면 자신이 더 존중받고 있다는 생각을 하는 것 같다. 떼쓰고 고집을 피우지 않고 "내가 이렇게 해서 엄마가 힘들어?" 하고 묻기도 한다. 물론 이런 식의 대화를 하라고 하면 웃을 분도 있을 것이다. "그런다고 먹히나요? 우리 애들은 그러면 한 술 더 떠요."

분명한 것은 엄마의 대화법이 바뀌면 아이들도 조금씩이지만 변화한다. 나 메시지는 너 메시지가 지니는 비난이나 일방적 명령, 부정적이고 부당한 지적 같은 것을 버리고 그냥 엄마의 마음과 전하고 싶은 말을 전달하는 것이다.

비난하고 다그치는, 혹은 억누르고 금지하는 말 대신 내가 하고자 하는 말을 전달하면 아이는 반항심이 줄고 어느 순간부터 엄마의 마음을 받아들이게 된다.

남편에게도, 아내에게도 마찬가지다.

남편이 지방에서 차를 몰고 집에 오는 날, 예정보다 많이 늦어지면 걱정이 된다. 게다가 휴대폰까지 받지 않으면 불안한 마음에 안절부절 못한다. 늦게 오는 걸 탓하는 것이 아니고 걱정이 되는 것인데 정작 남편이 무사히 집에 들어오면 다짜고짜 신경질부터 낸다.

"지금이 몇 시야? 전화는 왜 안 받는데? 집에 오기가 그렇게 싫어?"

"음악소리 때문에 못 들었어. 길이 막히면 늦을 수도 있지."

남편은 피곤하다는 표정으로 가방을 거실 바닥에 탁 소리 나게 내려놓고 욕실로 들어가 버린다. 그러면 다시 화가 난다. 무사히 돌아온 것이 내심 반가우면서도 걱정한 마음을 몰라주는 남편 때문이다. 나로서는 남편이 퇴근 후 피곤한 상태에서 먼 길을 운전해서 집에 오는 것이 걱정되고 깜박 졸기라도 하면 어쩌나 초조했던 것이다. 그래서 많이 노심초사했다는 걸 알리고 싶은데 말이 곱게 나가지 않은 것이다. 남편 입장에서는 집에 오자마자 아내가 바가지부터 긁으니 기분이 상해버린 것이다.

이렇게 말하면 어땠을까?

"나는 당신이 늦게 오고 전화도 안 받으니까 혹시 무슨 일이 생긴 건 아닐까 많이 걱정했어."

혹은

"나는 당신이 고속도로 사정이 안 좋아 늦어질 때는 전화를 해주면 안심하고 기다릴 수 있을 것 같아."

혹은

"나는 고단한 업무를 마치고 먼 길을 운전해서 오는 당신이 혹시 피로로 졸음운전을 해서 사고라도 날까 봐 걱정이 돼. 그래서 전화를 받지 않으면 가슴이 철렁해."

이런 식으로 내 마음을 전달했다면 상황은 달라졌을 것이다.

하지만 남편에게 조근조근 마음을 전달하면 안 된다는 법이 있기나 한 양 우선 바가지부터 긁는 것이다. 그러니 남편인들 기분이 좋겠는가? 나는 또 나대로 할 말이 많다. 육아에서 자유로운 남편의 무심함에 대한 부러움과 억울함이 나의 일상을 뒤덮고 있을 때였으니 말이다.

남들한테는 최선을 다해 예의를 지키면서 왜 남편과 아이에게는 하고 싶은 대로 말하고 짜증을 내는 것일까? 말 그대로 편해서인 것도 같다. 체면과 염치를 차리지 않아도 되는 가까운 사이이기 때문에 내 성정을 여과 없이 드러내는 것이다. 어리석은 일 아닌가?

인생에서 남편과 아내, 자식 등 가족만큼 소중한 사람들이 있는가?

서로에게 등 부빌 언덕이 되어주고 서로가 서로의 휴식이 되어주는 안식 같은 존재가 가족 아니던가? 이 소중한 사람들에게 왜 이리도 몹쓸 말을 하는가? 아이에게는 윽박지르고, 남편에게는 잔소리하고, 남편들은 아내에게 사사건건 트집 잡고……. 왜 그러면서 살아야 하는가?

문득 내가 이웃이나 직장동료에게 하는 방식대로만 내 아이와 남편에게 예의를 지켜 말하고 행동한다면 행복한 가정이 되지 않을까 생각했다.

꼭 해야 할 말, 하고 싶은 말을 꾹꾹 눌러 참는 것은 본인에게도 가족에게도 좋지 않다. 그렇다면 방법은 단 하나다. 하고 싶은 말을 감정을 배제하고 나 메시지로 전달하면 되는 것이다. 상대를 존중하면서도 나의 마음, 나의 기분, 나의 욕구를 나(I)를 주어로 내세워 말하면 상대에게 그 뜻이 잘 전달된다. 그렇게 내가 변하니 아이도 남편도 변하는 걸 실감하게 되었다.

화가 날 때, 아이와 남편이 미워질 때, 걸러지지 않은 말들을 마구잡이로 쏟아놓고 싶은 충동이 일 때는 한 템포 늦춰서 심호흡을 한다. 이 상황에서 이런 말을 해서 남편에게, 아이에게 원하는 것이 무엇인가 생각한다. 그러면 내가 해야 할 말과 하지 말아야 할 말이 구분된다. 이런 때 나 메시지는 참으로 유용하다.

그동안 나는 '진심은 통한다'라는 말을 좋아했다. 실제로 진심은 통하는 경우가 많다. 그런데 다른 한편으로 가족이든 친지든 이웃이든 직장동료든 인간은 지극히 주관적인 존재이며 상대가 말을 하지 않으면 진심을 잘 모르는 경우도 많다. 어렴풋이 느끼더라도 말하지 않으면 '모르는 것'이 될 수 있다.

인간관계에서는 나의 생각을 상대에게 말하는 것이 오해 없이 서로를 알게 되고 서로를 이해하는 출발이 되는 것이다. 주의할 점은 너 메시지로 상대를 탓하는 것이 아니라 나의 느낌과 생각과 의도를 '나 메시지'로 전한다는 것이다. 소중한 내 가족에게는 더욱 필요한 대화방법이다.

예쁘고 착한
지민아!

달빛처럼 고요한 그대는 누구인가
햇살처럼 화사한 그대는 누구인가
그 누구의 사랑으로
여기에 서 있는가.

- 송골매 노래, 〈아가에게〉 중

아이를 낳기로 결정했을 무렵, 마음속으로 혼자 결심한 것이 있다.

"어떤 경우에도 나는 아이를 때리지 않을 것이고 고운 말을 할 거다."

막상 아기를 낳아 키워보니 모든 것이 뒤죽박죽이고 상상 이상으로 갈팡질팡 헤매는 날들이었다. 처음에는 모든 것이 나이 탓이라고 생각했다. 육체적으로 힘이 들어 멍한 상태라고.

순한 아기였지만 나로서는 필설로 할 수 없을 만큼 힘이 들었다. 하지만 나는 아기 얼굴을 바라보며 항상 "예쁘고 착한 지민아" 하고 불렀다. 유모차를 밀면서도, 잠을 재우면서도, 분유를 먹이면서도, 기저귀를 갈아주면서도. 아기는 말귀를 알아들은 듯 엄마의 말에 조금씩 반응하기 시작했다. 방긋 웃는 아기를 보면 나도 기분이 좋아졌다.

백일 무렵 친정에 갔는데 나도 모르게 아기에게 "예쁘고 착한 지민아" 하고 불렀다. 친정어머니는 묘한 표정으로 나를 본다. 습관이 되어

내 안에는 작은 아이가 산다

튀어나온 말이 어머니의 심기를 건드린 건가?

집으로 돌아온 어느 날, 활달한 성격의 둘째 여동생에게서 전화가 왔다. (나의 부모님과 형제자매들은 대체로 외향적인 기질이다.)

한동안 뜸했던 터라 반갑게 받았더니 "언니 나야." 하고 인사말을 건넨 후 대뜸 웃음소리를 내며 "지지바(계집애의 사투리) 잘 있나?" 하고 묻는다. 무슨 말인가 싶어 잠시 머뭇거리자 "지지바 잘 있냐구? 지민이." 한다. 비로소 말귀를 알아듣고 "그래." 했는데 말투가 묘하다.

"지지바가 그리 좋나? 예쁘고 착한 지민이라고 부른다면서?" 한다. 농담이니 같이 웃을 수밖에 없어서 "그럼 좋지, 나는 딸이 더 좋다." 하고 말했다.

아래로 여동생이 둘 있는데 둘 다 전문직 여성으로, 약속이나 한 듯 나란히 아들을 둘씩 낳고 고향에서 잘살고 있다. 이들에게는 여전히 남아 선호가 있는 것 같다. 아들이 둘이니 든든하고 자랑스러워하는 동생의 뉘앙스를 알아들었지만 나는 아들이든 딸이든 상관없었다.

전화를 끊고 짚어보니 친정어머니는 아들도 아닌 '지지바'를 "예쁘고 착한 지민아"라고 부르는 것이 못마땅하셨나 보다. 여동생과 주거니 받거니 '논평'을 하신 모양이었다. 어머니 성품을 잘 아는 나는 안 봐도 비디오다. "지지바를 억수로 챙기더라." 뭐 그런 말을 했을 게다.

그런데 내가 아기를 "예쁘고 착한 지민아" 하고 부른 건 역설적이게도 아기가 예쁘지 않아서, 그 느낌이 너무 슬퍼서 그 슬픈 느낌을 덮어두려고, 우리 딸을 예쁘다고 생각하고 예쁘다고 말하다 보면 마음 깊이 아이에 대한 사랑이 생길 것 같아서, 너무 힘이 들어서, 힘겨움을 감추려고, 나를 지탱하고 아기를 지탱하려고 몸부림치는 것이었는데 말이다. 아기에게 긍정적이고 따뜻한 말을 많이 하다 보면 좀 더 행복해지고, 좀 더 엄마 역할을 잘할 것 같아서 나에게 최면을 걸고 있었던 것인데 말이다.

인간은 누구나 자기에게 있는 것만 줄 수 있는 법이라고 했던가? 더러는 자기에게 있지만 무신경해서, 혹은 마음이 동하지 않아서 주지 않고 밀어버리는 수도 있지만 나는 내게 없는 사랑을 내 아기에게 주려고 하니 너무 힘이 들었던 것이다. 지금이야 그 원인을 어슴푸레 알게 됐지만 지난날의 나는 참담하기만 했다. 친정엄마 말대로 내가 뭐 하나 제대로 못하고 아무짝에도 '쓸모없는 년'이라는 걸 아기를 키우면서 절절히 느끼던 시기였다.

육아에는 무지했지만 성장기의 경험을 통해서 엄마가 아이에게 예쁘게 말해야 아이가 '예쁘고 착한 아이'가 된다는 것은 알고 있었다.

힘든 성장기를 보낸 나는 어른이 된 어느 순간부터 아이는 엄마가 하는 말대로 된다는 확신을 하게 됐다. 그래서 내 아이를 낳으면 좋은 말, 예쁜 말을 많이 해주어야지 다짐하곤 했다. 하지만 사랑과 관심은 고사하고 긴장하고 불안해하고, 툭하면 두들겨 맞으며 자란 나는 아이에 대한 모성본능이 없었던 것이다. 그래서 아이가 예쁘지도 사랑스럽지도 않았고, 아이가 예쁘다고 수선을 떠는 젊은 엄마들을 보면 저이가 괜히 연극하는 게 아닐까 생각했던 것이다.

하지만 이제 나는 내 힘겨움의 근원을 알게 됐다. 친정엄마는 내가 내 새끼에게 "예쁘고 착한 지민이"라고 부르는 것이 생소하고 꼴불견이 었나 보다.

'자식 오냐오냐 하면 안 된다'는 철칙을 가진 옛날분이니 이해는 되지만 당신의 '철칙' 때문에 내가 평생을 절룩이며 살아온 것을 알기나 하실까?

깊은 밤, 쌔근쌔근 잠자는 아이 얼굴을 보며 나는 다짐한다.

좋은 말을 하자! 아이에게 예쁜 말을 하자!

내 안에는 작은 아이가 산다

나의 뇌와 가슴 속에는 사랑의 말도 격려의 손길도 칭찬의 미소도 그 비슷한 무엇도 없으니 내가 나를 칭찬하고 위로하자!

애썼다, 수고했다, 잘했다.

내 안에는
작은 아이가 산다

이 길을 에돌면
혹시 널 만날까.
……
유년의 긴 그림자
다시 밟을 수 있을까.

- 정종목, 〈마음의 철길〉

딸을 키우면서 나는 늘 슬펐다.

　마음은 좋은 부모가 되어야 한다는 사명감으로 불탔지만 속수무책, 언제나 패전투수다. 내 안에는 철이 들지 않은 작은 아이가 살고 있는 것만 같았다. 그 아이는 불현듯, 예기치 않은 순간마다 나타나 나에게 화를 낸다. 그 아이의 출현에 나는 당혹한다.

　"나 지금 힘이 들어, 짜증이 나, 나 지금 외로워, 나 지금 위험해, 나 좀 안아줘, 나 좀 사랑해줘, 나에게도 젖을 줘, 나 지금 많이 아파."

　내 안에 쭈그리고 앉아 있는 아이는 길 잃은, 혹은 부모를 잃은 것처럼 슬픈 눈망울로 저를 안아달라고 보챈다. 마흔이 넘어서 부모가 되었는데 이 마음의 허방은 무엇일까? 나의 이런 심리상태가 아이의 정신건강에 해를 입히지는 않을까? 부모가 된다는 건 지독한 정신수양이 필요하구나. 난 기필코 좋은 부모가 되어야 한다.

생각은 그렇게 하지만 나도 모르게 짜증을 내고, 심한 경우 고래고래 소리를 지른다. 아기가 실수를 하고 집안을 어지르는 건 지극히 당연한 일인데, 넘어져 울면 얼른 안아줘야 하는데 넘어진 딸에게 화를 내고 있는 내 안의 아주 작은 아이를 본다.

내 안의 작은 아이는 "아직 난 내 아기를 키울 준비가 되어 있지 않다니까요. 아직 내 아기를 감당할 수가 없다고요."라고 외치는 것도 같다.

아니, 나이가 몇인데 그런 망발을? 내가 내 안의 아이에게 혼찌검을 낸다.

내 아기와 내 안의 작은 아이는 자주 마찰한다. 때로 내 안의 작은 아이는 나의 딸 지민이를 몹시도 곤혹스러워한다.

찐득이처럼 따라붙는다고, 내가 왜 이런 희생을 해야 하냐고, 난 아직 할 일이 많다고, 세상으로 나가 내가 원하는 일을 하면서 성취감도 느끼고 싶고 사람들과 더불어 행복해지고 싶다고, 이 외지고 답답한 집 안에서는 도무지 숨을 쉴 수 없다고, 나는 갈 길이 바쁜 사람인데 이게 뭐냐고, 언제까지 이렇게 살아야 하냐고, 지나온 삶은 고난과 눈물뿐이었고 아직 나의 잠재된 역량을 1%도 발휘하지 못한 상태라고, 나를 방면해달라고, 나를 구출해달라고, 내 말에 귀를 기울여달라고, 난 지금 바닥을 치고 날아올라야 한다고, 내 몸이 나의 꿈과 열망과 바람을 감당하지 못하면 어떻게 하냐고.

내 안의 작은 아이는 한동안 울다가 지쳐 잠이 든다. 내 안의 작은 아이가 잠이 들면 나는 천천히 일어나 딸에게 뽀뽀를 해준다. 사랑하는 내 딸에게 미안하다. 내 딸이 엄마와 아빠의 사랑을 듬뿍 받아 오뉴월의 새순이 볕을 받아 푸른 줄기를 피워내듯이 쭉쭉 싱그럽게 자라라고, 정말 많이 사랑한다고 말해준다. 따뜻하고 연약한 아기의 보드라운 입술과 아직도 젖내음이 나는 향그러운 몸과 포동포동한 예쁜 얼굴을 가만히 바라본다.

이 애절한 느낌은 무엇일까?

이 고통의 근원은 무엇일까?

내 마음은 한결같은데, 내 딸에게 나의 모든 것을 내놓고 싶은데, 딸아이가 행복한 것이 나의 지상과제라고 감히 말할 수 있는데. 적어도 생각 없는 부모가 되진 않아야 한다고, 아이는 아이의 의지가 아닌 부모의 의지로 태어난 거라고, 낳아준 것만으로도 감사하라는 참으로 볼썽사나운 말을 지껄이는 부모가 되고 싶진 않다고.

생각해보시라!

낳아준 것에 감사하라니! 자기들 필요에 의해 낳은 것 아닌가? 혹은 실수로 낳은 사람들도 있다고 치자! 어쨌거나 자신들의 사랑으로, 자신이 선택해서 낳은 아이에게 낳아준 것만으로도 감사하라니!

이게 말인가, 막걸리인가?('막걸리인가'는 드라마에서 들은 대사인 것 같다)

그러고 보니 "낳아줬잖아. 낳아준 것만 해도 감사한 거야."라고 몹시 감동적인 대사인 양 배경음악까지 깔리면서 읊조리던 영화 속의 인물이 떠오른다. (영화가 아니고 미니시리즈 드라마였나? 가물가물하다.)

어떤 불행한 주인공이 낳아준 부모에게 버림을 받았나 보다. 그래서 고통스럽게 살다가 부모를 만났는데, 참 그 부모, 대책이 안 서는 사람들이다. 그런데 친구인지 애인인지가 그런다. "낳아주었잖아. 낳아준 것만으로 얼마나 감사하냐?"고 한다. 웃기지 않은가? 부모에게 버림받고 불행하게 사는 사람에게 낳아주었으니 그걸로 충분하다며 감사하라는 건 말인가, 막걸리인가?

내 안에는 작은 아이가 산다

- 우리 어른들은 반성해야 합니다. 어쩌자고 그런 막걸리를 말이라고 전파로 내보내는 겁니까? 몸이 찢기는 산고 끝에 자식을 낳아주었으니 그걸로 족하다는 건 궤변 아닐까요? ……아니라고요? 그럼 그렇다고 치고요. 아이 함부로 낳는 것 하지 말아야 합니다.
- 뭐라고? 이놈의 여편네가 미쳤나? 지금 저출산이 심각한 사회 문제가 되고 있는데 이 무슨 돌로 얻어맞을 소리를 하는 거야? 그리고 요즘 절정의 인기를 구가하고 있는 막걸리를 폄하하지 말지어다!

제자리로 돌아가 보자.

우리는 효가 지나치게 강조되고, 부모라는 이유로 모든 것이 정당화되고 무조건 용서되고 용인되는 분위기의 사회에 살고 있는 것은 아닐까? (이런 현상은 아이로니컬하게도 효를 종량제 봉지에 넣어버리고, 진실로 부모에게 애정이 없는 자녀들이 많다는 반증은 아닐까?)

물론 대부분의 부모들이 자기 생명과 바꿀 만큼 자식을 사랑하는 걸 모르는 바 아니다. 하지만 부모라고 다 같은 부모가 아니고 모든 부모가 다 좋은 부모도 아니다. 좋은 부모가 되고 싶고 자신들이 하는 짓이 오로지 자식을 위한 것이라고 믿고 동분서주하지만, 그것이 진정으로 자식을 위한 것이었는지는 별개의 문제다. 훗날 자식은 그것이 독이었다고 느낄 수도 있다. 하지만 이 사회에서 그런 발설을 하는 것도 녹록치 않다.

내가 하고자 하는 말은 부모라는 이름 하나면 무조건 칭송되는 분위기 속에서는, 부모의 막무가내식 사랑만으로 충분하다고 생각하는 사람들만 가득한 세상에서는 좀 더 건강한 다음 세대를 기대하기 어렵다는 것이다.

내 속에 어떤 상처가 있는지, 지금 내 삶이 어떠한지, 지금 나의 양육방식은 내 부모의 그것과 어떻게 다른지, 지금 내 아이는 이다음에 부모로서 나를 어떻게 기억할지에 대해 고민해야 할 것이다.

물론 어른이 되고 나면 부모의 소소한 실수나 부모에게 받은 상처들, 때로는 심한 매질조차 미화하고 이상화하기 마련이다. 자기 부모의 문제점을 느끼지 못하고 잠재의식 속에서 미화해버린 사람들의 경우 양육방식의 대물림은 더욱 자연스럽게 이루어진다.

누구나 좋은 부모가 되고 싶지만 모두가 다 좋은 부모가 되는 것은 아니지 않는가? 이기적이고 편협한 욕심과 부모의 생각만을 강요하지는 않는지, 이기는 것, 성공하는 것만이 지상목표라고 가르치지는 않는지, 아이에게 더 큰 가치와 더 귀한 삶의 방식에 대해 대화를 나누고 있는지, 사랑을 주되 다른 이들에 대한 예의와 배려와 존중에 대해서도 가르치고 있는지……. 부모가 된다는 건 쉬운 일이 아니다. 부모노릇도 잘하려면 끊임없이 공부해야 한다. 그래야 내 아이가 건강한 어른이 될 수 있다.

이야기가 너무 빗나갔다.

나는 내 안에 있는 작은 아이가 밉기도 하고 가엾기도 하다. 가슴에 일렁이는 슬픔과 쓸쓸함, 무기력감을 어찌해야 할지. 내 안에서 열패감과 막막함에 압도되어 울고 있는 이 작은 아이의 허기를 어찌해야 할지……. 그렇다. 내 안에서 성장을 멈춘 채 웅크리고 있는 아이에게 젖을 물려주고 안아주자! 이 아이는 너무 오랜 기간 방치되어온 것이다. 내 안에 아픈 아이를 데리고 내 어린 딸을 키우는 것은 힘든 일이다.

내 안의 아이가 행복해지도록 관심을 갖자!

나는 요즘 내 안의 아이에게 안부를 묻는다. 맛난 것도 먹이고 아이가 원하는 말도 들려준다. "넌 사랑스럽고 소중해. 넌 이 세상 누구 못지않게 괜찮은 사람이야. 이렇게 오래 참았잖아. 힘든 시간을 잘 버텨왔잖

아. 많이도 울었잖아. 이젠 내가 널 지켜줄게."

내 안의 아이는 내가 공감하고 격려해주는 만큼 조금씩 원기를 회복하는 것 같다.

"너무 오랫동안 널 돌보지 않아서 미안해." 내 안의 아이가 미심쩍은 눈으로 나를 바라본다. 오랫동안 네 탓이라고만 몰아붙이던 내가 내 안의 아이에게 "그건 네 탓이 아니었어. 넌 재수가 없었던 거야. 얼마나 불안하고 외로웠니? 얼마나 억울하고 무서웠니? 넌 참 대단하고 용해."라고 말해준다. 내 안의 아이가 조금씩 순해진다. 순한 눈망울로 세상을 내다본다.

사실 난 그동안 나 자신의 욕구에 둔감했다. 아니, 내게 어떤 욕구가 있는지 알고 싶지 않았고 알아서도 안 된다고 생각했다. 행여 마음자락을 홀라당 어딘가에 빼앗기면 어쩌나? 딸에게 무관심하면 어쩌나? 나 자신을 위해 무엇이건 해서는 안 된다. 더구나 오랫동안 방치된 내면의 아이는 더욱더 경계의 대상이다. 이 아이는 미성숙하고 철이 없어서 꼭꼭 숨겨두고 옥죄고 칭칭 동여매두어야 할 무엇이었다. 이 미숙한 것이 고개를 내밀면 큰일이다. 지탄받을 행태를 자행할 수도 있다. 어린 딸에게 화풀이를 하거나 어쩌면 손찌검을 할지도 모를 일이다.

내 안의 어떤 욕구에 귀를 기울이고, 밖으로 끄집어내어 놓고 천천히 바라보면서 나는 서서히 성장해간다. 내가 내게 휴식을 주고 등을 토닥여준다.

"많이 힘들었지? 많이 아팠지? 아직도 생채기에 피가 아물지 않았네. 걱정하지 마. 이제 넌 더 이상 외롭지도 쓸쓸하지도 않아. 이젠 행복할 일만 남았잖아. 그동안 충분히 힘들었잖아. 사람은 결핍과 허기와 상처로 더 단단해지는 거야. 이제 일어나자. 예쁜 우리의 아기가 생겼잖아.

그 아이가 행복하면 우린 함께 행복한 거야."

불행한 성장기를 거쳐 오면서 채워지지 못한 목마름으로 슬퍼하고 있는 내 안의 작은 아이는 이제 어른이 된 내가 자애로운 마음으로 품어 주어야 한다.

내 안에 딱딱하게 굳어 있을지 모를 유년의 상처를 조용히 오랫동안 들여다보자! 반복하여 공감해주자! 그러면 건강하고 새로운 내가 눈을 뜨고 일어난다.

똑똑한 아이
원하세요?

천재와 위인(偉人)을 부정하는 당신의 이유를 알 것 같습니다.
가장 강한 사람이란 가장 많은 사람의 힘을 이끌어내는 사람이며,
가장 현명한 사람이란 가장 많은 사람의 말을 귀담아 듣는 사람이기 때문입니다.
나는 한산섬을 떠나오면서 우리는 얼마나 많은 우상을
머리에 이고 걸어가고 있는가를 반성하게 됩니다.

– 신영복, 《나무야 나무야》 중

나는 머리 좋고 똑똑한 사람보다 삶을 즐길 줄 아는 사람이 좋다. 재미있는 사람, 마음을 나눌 줄 아는 사람, 시시한 것에 감동할 줄 아는 사람이 좋다. 행복한 사람이 좋다.

지금보다 젊었을 때는 삐딱한 생각도 했다. 행복한 사람에겐 무사안일한 냄새가 났다. 매력이 없고 지루한 느낌이 들었다. 삐딱선을 타고 불만이 많고 툴툴대며 변혁을 꿈꾸는 혁명적인 정신에 매료됐다. 개인적으로는 늘 새로운 목표를 향해 무섭게 달려가는 열정, 채워도 채워도 '배가 고파' 끝없이 '고지'를 향해 나가는 정신에 경도되기도 했다.

불온함에 대한 도저한 이끌림! 나이 탓일까? 이제 마른 나무 등걸처럼 앙상한, 고뇌는 있으나 감동과 여유가 없는 삶은 싫다.

하지만 엄마들은 내 아이가 공부 잘하고 똑똑하기를 원할 것이다. 좋은 대학에 가고 좋은 일자리를 찾기를 바랄 것이다. 물론 중요하다. 나도 내 아이가 똑똑하면 좋겠다. 지능이 높고 공부를 잘하고 문제 해결 능력이 뛰어나면 좋겠다.

그러나 나는 내 아이에게 인생에서의 성공 여부는 본인이 지금 행복한가에 달려 있다고 말해주고 싶다. 이웃과 정을 나누며, 반갑게 인사하며, 기쁘게 살라고 말해주고 싶다. 내적 평화가 지배하는 삶을 살라고.

다른 한편으로 우리 사회가 좀 더 인간적인 면모를 갖춘 사회가 되었으면 좋겠다. 미래에 대한 불안 때문에 피 터지는 경쟁에 무방비로 노출된 슬픈 우리의 자화상을 우리 자녀에게 물려주지 않았으면 좋겠다.

사회안전망이 잘 짜여 있어서 하고 싶은 일을 하며 살아도 하루하루의 삶이 크게 걱정되지 않는 사회를 소망한다. 자녀 교육비와 가족의 의료비, 노후의 삶이 보장되는 안정적인 사회라면 이토록 맨땅에 헤딩하는 기분으로 쫓기며 악다구니를 치지 않아도 되지 않을까? 그리고 지금 우리 사회가 그런 방식으로 가기 위해 머리를 맞대야 한다고 생각한다.

그런데 굳이 양육방식을 통해 아이를 똑똑하게 만드는 비법이 무엇일까 고민하는 부모들에게는 역설적이게도 부모의 역할을 지금보다 많이 줄이라고 전문가들은 조언한다.

육아 전문가들은 똑똑한 아이로 키우고 싶다면 어린 시절부터 아이가 스스로 사고하고 판단하고 해결하도록 내버려두라고 한다.

《아이의 뇌세포를 춤추게 하라》의 저자 엘리사 메더스는 자녀를 똑똑하게 키우고 싶으면 아이 스스로 경험하고 실수를 통해 배우도록 하라고 한다.

저자는 "어른들이 아이들을 아예 험한 일에 노출시키지 않으려는 경향을 점점 더 강하게 보인다."며 결핍과 좌절, 서툰 선택에 따르는 결과를 아이에게 겪지 않게 하려고 나서는 부모가 많다고 지적한다.

어른에 비해 여러모로 경험이 부족한 아이에게 많은 부분을 혼자 하도록 하는 것은 쉽지 않은 인내가 필요하다. 그러나 일정한 경계를 정해주고 그 범위 안에서는 아이가 자유롭게 선택하고 결정하도록 하고 부모는 의견을 내놓는 선에 머무르는 것이 필요하다. 이 같은 양육방식은 세 살 먹은 아이에게도 적용할 수 있다.

책에 관심이 없는 아이에게 억지로 책을 읽어주고 불과 3~4세 아이에게 한글은 물론 영어, 한자 공부를 시키는 것 역시 아이의 두뇌를 자극하지 못한다는 것이다. 최적의 두뇌발달은 강요된 학습을 하는 것도 아니고, 부모가 일거수일투족을 대신해주는 것도 아니다.

발달 단계에 맞는 것을 방해받지 않고 혼자 하도록 내버려두면 자연히 머리를 많이 쓰게 되기 때문에 지능 발달에 좋은 효과가 있다는 것이다. 즉 '생각하도록 하는 것'이 필요하다.

부모가 적게 개입할수록 아이는 적극적으로 주변을 관찰하면서 상상력과 호기심이 발동하고, 넘어지고 부딪쳐 울면서 두뇌에 활발한 정보를 제공한다는 것이다.

요즘은 부모의 정보력과 경제력을 무시할 수 없다. '능력 있는' 부모들은 많은 것을 대행해주고 있다. 얼핏 보기에 도움이 되는 것이 사실이다. 하지만 내가 노력해서 얻은 것이 아니고 부모가 입에 넣어준 떡은 자녀에게 성취의 기쁨도, 자부심도, 행복감도 가져다주지 않는다. 반짝 효과야 있겠지만 부모가 해준 그 모든 것이 몸에 맞지 않는 옷처럼 거북할 수도 있다. 소위 명문대 간판을 달았다가 뒤늦게 진로를 수정하는 사람도 있다.

한 일간지 사회면의 '고딩 같은 대학생들'이라는 기사는 요즘 세태를 잘 반영한다. 학부모가 자녀의 대학 선택과 진로에 개입하는 것은 물론

이고 자녀를 대신해서 수강신청을 하고 학점을 관리하는 풍속도를 다루고 있다. 기사는 이런 대학생을 대학가에서 양산되는 '나이 먹은 미성년자', '고교 4년생'이라고 꼬집는다.

'잘 차려놓은 밥상'에서 편히 밥을 먹게 해주고 싶은 것이 부모의 마음이다. 하지만 밥상을 차리는 수고를 경험하면서 더 멋진 상차림을 연구하고 노력하는 과정을 통해 성공과 인생에 대한 통찰을 얻는 것이 아닐까?

사실은 갈수록 무한경쟁으로 치닫는 이 틀을 느슨하게 하고, 자녀가 소질과 적성에 맞는 일을 찾도록 마음껏 탐색하고, 풍요로운 유년을 보낼 수 있는 제도와 환경을 만들기 위해 우리 부모들이 투표에도 열심히 참여하고, 열성을 보인다면 얼마나 좋을까 싶다.

여전히 주입식 교육에 내몰린 아이들도 딱하고, 사색하고 토론하며 깨닫기보다 영문도 모르고 덮어놓고 암기해서 얻은 점수의 순위가 명문 대학에 가는 지름길이고, 명문 대학의 간판이 성공의 지름길이 되는 현실도 딱하다. 우리 후대는 전 세대와는 다른 마인드의 교육환경이 필요하리라.

마당에 목련꽃 심고
엄마랑 살래요

오, 계절이여! 오, 성곽이여!
결함 없는 영혼이 어디 있으랴?

— A. 랭보

스무 살 전후, 친구들이 내게 꿈이 무엇이냐고 물으면 나는 이렇게 말하
곤 했다.

"바다가 보이는 곳에 지붕이 뾰족한 집을 짓고 마당에는 목련을 많
이 심고 엄마랑 함께 살다가 엄마가 죽으면 나도 같이 죽을 거다. 바다를
바라보면서 시를 쓰고 책을 읽으면서 살다 죽는 거지. 결혼 같은 건 안
할 거야."

그 시절 내가 왜 이런 꿈을 꾸었는지는 지금도 잘 모르겠다. 연애를
해보지 않아서였을까? 부모님을 보면서 결혼이 뭔가 안정적이고 좋은
것이라는 생각을 하지 못했기 때문일까? 아무리 그렇더라도 결혼도 하
지 않고 엄마랑 살다가 엄마가 죽으면 따라 죽을 거라는 허무맹랑한 생
각을 여고시절부터 스무 살 초입까지 했다니.

그 시절 나는 '지금 여기서 벌어지고 있는 현실'보다는 도래하지 않

을 것 같은 미래를 향해 고개를 디밀고 서 있었던 것도 같다. 교사나 공무원, 회사원이나 현모양처(당시에는 현모양처가 꿈인 친구들이 꽤 있었다) 같은 '현실적인' 미래는 나에겐 아무런 감흥도 주지 못했다.

바다가 보이는 곳에 지붕이 뾰족한 집을 짓고 살고 싶다는 발상은 교과서에 나오는 피천득의 《인연》을 읽고 생각해낸 듯싶다. 그 아름다운 수필을 읽으면서 나는 첫사랑의 설렘을 꿈꾼 것이 아니라, 바다가 보이는 곳에 아름다운 집을 짓고, 앞마당에 목련을 가득 심고, 그 그늘에서 책을 읽거나 시를 쓰고, 목련꽃 같은 흰색 스커트를 입고 눈이 부시도록 하얀 목련을 하염없이 바라보며 하루해가 저무는 상상을 하곤 했다. 땅거미가 이윽해지면 바람에 나부끼는 치맛자락을 끌며 바다로 가리라. 파도가 넘치는 그 바다를 바라보다가 바다에 빠져 죽어도 좋다. 해 저물녘 파도치는 바닷가 갈매기 울음소리와 어두워오는 밤하늘을 보며 나는 죽을 거야. 하지만 엄마가 죽고 나면 죽을 거다. 내가 먼저 죽으면 엄마가 얼마나 슬플까? 죽음을 유보하고 있는 동안에 나는 시를 쓰리라.

'참 철딱서니도 없었네.' 지금은 이렇게 생각하지만 그때는 나의 꿈에 도취되어 있었다.

당시 나는 학교에서는 성실하고 도덕 교과서 같은, 있는 듯 없는 듯 눈에 띄지 않는 착실한 학생이었지만, 집에 돌아오는 순간 엉뚱한 존재로 전락한다. 천사의 지위가 박탈되어 악마로 강등되거나 지킬 박사가 하이드로 낙인찍히거나 하는 분열된 자아, 이중적인 나의 모습과 대면해야 했다. 지칠 줄도 모르는 어머니의 타박과 매질이 나를 그렇게 만들었다.

현실의 괴로움을 잊고자 나는 지금 이곳이 아닌 다른 곳에 '망명'하는 꿈을 꾼다. 그곳이 다름 아닌 바다가 보이는 '뾰족 집'이다!

그런데 이상하지 않은가? 그 아름다운 이상향에 마치 목소리 크게 내기 시합이라도 하듯 괴성을 내지르며 다 큰 딸 두들겨 패기를 밥 먹듯이 하는 '괴물' 같은 엄마를 데려가다니! 그것도 그 무서운 '괴물'과 단둘이 살다가 '괴물'이 죽으면 나도 죽겠다니! 그것도 내가 먼저 죽으면 '괴물'이 슬퍼하는 것이 가슴 아파서 '괴물'이 죽은 후에 비로소 따라 죽겠다니. 어쩌면 이럴 수가! 인간과 세상으로부터 고립된 이상향에서 무섭게 나를 힐난하고 욕설을 내뱉는 엄마랑 함께 살겠다니!

이런 마조히즘적 성향의 근원이 무엇일까?

나도 잘 알 수 없었다. 다만 여고시절 앞자리에 앉은 같은 반 친구의 '엄마 예찬론'을 듣고 나서부터였던 것 같다.

친구는 엄마의 헌신적인 뒷바라지와 따뜻한 격려의 말, 자신에게 무조건적으로 희생하는 엄마의 모성에 대해 말하곤 했다. 뒷자리에 앉아 그녀의 말을 감동적으로 엿들은 나는 어느 날부터인가 친구들에게 나의 엄마를 찬양하기 시작했다.

그 친구는 그러니까 정말로 자기 엄마가 자신에게 베푸는 사랑에 감동해서 구구절절 눈물을 글썽이며 엄마를 액면 그대로 예찬한 것이 분명했다.

그녀 뒤에 앉아 있던 나는 그녀의 모든 것을 좋아했다. 복숭앗빛 곱고 빛나던 뺨과 동그란 눈, 우수에 젖은 그녀의 눈동자가 응시하던 허공을 나는 오래도록 함께 바라보곤 했다. 우리 세대는 여고시절에 여자 친구를 좋아한 경험이 한두 번씩은 있다. (남자와 여자를 분리하고 접근 금지시키는, 엄격하던 당시의 분위기도 또래 남자보다는 접근이 용이한 동성친구에게 좋은 감정을 느끼는 데 한몫 했을 것이다.)
나는 그녀가 쓰는 단정한 글씨체를 흉내 내기 시작했으며, 그녀처럼 교실 창 너머 풍경이나 허공을 바라보는 포즈를 자주 취하기 시작했다. 그녀가 품고 다니던 《성문종합영어》를 공부했고, 《수학 정석》 상·하권의 문제풀이에 빠른 속도로 몰입했다. 그녀가 《성문종합영어》를 다섯 번 반복해서 볼 거라고 하면 나는 여섯 번의 목표를 세웠고, 《수학 정석》상·하권을 그녀보다 먼저 독파했다. 반 1등, 전교 1, 2등은 그녀의 몫이었지만 시골 출신이던 나는 그녀를 쫓아가려고 안간힘을 쏟았다.

그녀에게는 도회적인 느낌과 '부드러운 카리스마', 게다가 눈동자 한 끝에 애절하게도 슬픈 사연을 담고 있는 듯 묘한 기운이 서려 있었다. 웃을 때는 우중충하던 교정 밖의 하늘이 환해지고, 먼 곳에 시선을 두고 있는 그녀를 보면 가슴이 철렁 내려앉았다. 뒤에 앉아서 그녀의 온갖 흉내를 내고 있던 나는 그녀가 엄마를 사랑한다고 짝꿍에게 하는 말을 듣고 공연히 내 눈자위를 꾹꾹 눌렀다. 그녀가 내 눈물을 보면 안 된다. 그녀를 닮고 싶어서, 쾌활하면서도 슬픈 그녀의 알 듯 모를 듯한 정서에 가닿고 싶어서 열병을 앓고 있었던 것이다. 그녀와 대화다운 대화를 나눈 적은 없다. 행여 눈이라도 마주칠까 슬슬 피해 다니다가 나에게 뭐라고 말을 걸기라도 하면 무안하고 당황스러워서 엉뚱한 말을 하거나 못들은 척 도망치거나 했을 뿐이다.

그랬다. 나는 그때부터 친구들에게 우리 엄마가 '너무' 좋다고 말하기 시작했으며, 우리 엄마가 그야말로 자상하고 인자하신 모든 엄마의 모범인 양 말했고, 생각했고, 그렇게 믿기 시작했다. 그렇게 느끼기 시작했다.

그런데 엄마가 인격적으로 훌륭한 사람이라고 생각한 것은 인위적인 노력이 만들어낸 허상일 수 있지만, 나만의 '이상향'에 엄마를 데리고 가서 사람들과 유리된 채 엄마랑 살다가 죽겠다는 생각만은 진실이었던 것이다. 도대체 왜 그런 생각을 했을까? 수수께끼가 아닐 수 없다.

이제 결혼이라는 걸 현실적으로 생각해야 하는 스물일곱 살 전후가 되자 나는 또 고향에 내려가면 엄마에게 말했다. "결혼하면 엄마랑 같이 살겠다."고.

내 안에는 작은 아이가 산다

당시 연로하신 아버지가 돌아가시면 엄마가 외로울 거라는 오지랖 넓은 고민을 했다. 또 엄마의 성격상 남동생이 결혼하면 며느리와 함께 살 수는 없을 거 같았다. 두 여동생에게는 심하다싶을 만큼 '극진히' 했으나 아무리 봐도 그 두 아이는 냉정하고 독립심이 강하기 때문에 엄마는 그 아이들의 '식모노릇'이나 할 것 같은 우려가 있었다.

즉 딴에는 '가여운' 엄마에 대한 맏딸의 책임감이 발동한 것이었다.

"미우나 고우나 저 노인네 옆에는 내가 있어줘야 해."

지금에 와서 이런 나의 사고방식을 곰곰이 들여다보니 엄마를 위한 것이라고는 했으나 실은 내가 심리적으로 성장하지 못한 때문이 아니었을까 생각해본다. '너 같은 위인이 도대체 누구랑 함께 살 수 있겠냐?'라고 학습된 것이다. 내면의 항상성을 유지하기 위해 엄마가 필요하다.

그러니까 약점을 물고 늘어지며 비난을 일삼는 엄마에게서만 안정을 얻는 심리 말이다. 아이로니컬하지만 그것(자학하는 심리)에 길든 나는 그것(정말 내가 문제성 인간이라고 믿는 심리)이 거부할 수 없는 진실한 내 모습의 일단이라고 믿었던 것이다.

'내적 불행'이라는 말이 있다. 한마디로 불행하게 자란 사람은 행복한 순간을 감당하기가 힘들다는 것이다. 행복한 순간을 경험해보지 않아 행복을 망쳐버리려는 내적 심리가 내재해 있어서 '낯선' 행복이 아니라 낯익고 익숙한 불행에게 다가가기를 바라고, 그 익숙함에 기대 한평생을 살게 된다는 이야기다. 즉 어릴 때 불행하게 자란 사람은 성인이 되어서도 심리적으로 불행하게 산다는 것이다.

국내에 번역된 《내적 불행》(마사 하이네만 피퍼, 윌리엄 J. 피퍼 지음)이라는 저서에는 이런 성장기의 문제가 어른이 된 나에게 미치는 영향이 끔찍할 정도로 예리하고 정교하게 지적되어 있다.

엄마의 말대로 뭔가 한참 부족한 인간인 나는 그런 나의 문제점을 누군가에게 들킬세라 전전긍긍하며 27년을 살아온 것이다. 그럭저럭 뒤뚱뒤뚱 기우뚱기우뚱 불안하게 하루하루를 지탱해왔지만, 내 그런 결점투성이 인간 됨됨이를 엄마에게는 다 들켜버렸으니 엄마라면 마음이 편할 것 같았다.

한마디로 정신적으로 성장하지 못한 내면의 '불안한 아이'가 여전히 엄마의 치마 가랑이를 붙잡고 싶은 심리였을 것이다. 이 불안하고 가여운 아이가 쉬고 싶고 안식하고 싶은 곳은 역설적이게도 미성숙한 어른이었던 아이의 엄마라는 것이다. 고함치고 욕설을 퍼붓는 그 엄마 옆에 있을 때 나는 비로소 불안하지 않은 것이다,

나의 내면 깊숙한 곳에 스스로에 대한 자부심보다는 무언가를 숨겨야만 하기에 사람들에게 나를 드러낼 자신이 없어 윽박지르는 그 '모성'에게서만 평안을 느끼는 것은 얼마나 슬픈 아이러니인가?

사람들과 대화를 나누다가도 나의 느낌이나 생각을 주장하기보다 감추려 하고, 혹 화가 났더라도 화나지 않은 것처럼 웃었고, 부당한 언사를 듣더라도 부당함에 반응하는 것조차 불가능한 심리가 되어버린 것이다.

또 내가 엄마의 행태를 심리적으로 등지면 세상에서 버텨낼 수 없다고 생각했는지도 모른다. 그저 내가 뭔가 한참 나쁘고 사악하고 부족하므로 엄마가 나에게 가혹하게 하는 것이라 생각한 것이다. 나는 마땅히 그런 대접을 받아도 되는 인간이라고 생각한 것이다. 그리고 그런 것도, 참으로 부당하고 기막힌 그런 모든 것도 어쩌면 사랑의 한 형태일 거라고 굳게 믿고 있었던 것이다.

겉으로야 반항할지언정 마음 깊숙이는 그런 것도 사랑이라고 믿고 받아들여야만 내 엄마와 '동거'가 가능하다고 어린 시절에 이미 터득했

기 때문인 듯도 하다. 그렇지 않으면 집을 떠나야 하거나, 세상에서 살 수 없다거나, 라고.

지금도 누군가가 나에게 정중히 대하면 나는 불편하다. 어쩐지 그런 대접이 내게 걸맞지 않은 듯해서 자리를 박차고 나와야 후련하다. 불편한 의복을 입고 연극을 한다는 것은 얼마나 괴로운가? 하지만 지적하고 몰아붙이는 사람에게서만 편안함을 느낀다는 것은 슬픈 일이다. 나는 늘 누군가와 전면적으로 만나고 싶다고 생각했다. 그런데 이 '전면적으로'라는 것이 항상 문제다. 내가 생각하는 전면적인 만남은 그들이 나를 적당히 타박해주는 것이다. 그런데 남에게 타박 받고 사는 인생이 행복하겠는가?

자식은 부모가 만드는 도자기 같은 것은 아닐까? 찌그러뜨리면 찌그러지고, 고이고이 다듬으면 고운 도자기가 되는 것 아닐까? 부모가 된 우리는 더 멋지고 빛나는 도자기를 빚을 의무와 사명을 지니고 이 땅에 태어난 것이다!

반가운 말대꾸

다이조는 자신이 정말 한심한 놈이라고 생각했다.
청년시절 자신감을 완전히 잃어 살 가치도 없다는 생각까지 하게 되었다.
그러나 심리학을 공부하면서 알게 되었다.
자신이 진짜 한심한 사람이어서 열등감을 가질 수밖에 없었던 것이 아니라
아버지가 사람을 가치 있게 보는 눈을 갖지 못했기 때문에
자신을 한심하게 본다는 사실을 깨달은 것이다.

— 송남용, 《내 감정 조절법》 중

설 명 하 라   경 청 하 라

"엄마, 밀어줘요."

아파트 단지 내 놀이터에서 그네를 타던 한 사내아이가 제 엄마를 본 모양이다. 엄마가 저 앞에서 그냥 지나가자 아이는 다시 한 번 "엄마, 밀어줘요!" 하고 외친다. 아이 엄마는 슬쩍 쳐다볼 뿐 그냥 정문 마트 쪽으로 걸어가는 중이다. 아이는 "엄마 밀어줘요, 밀어줘요~" 하고 목청을 높이고 있다. 그러자 아이 엄마는 놀이터 쪽으로 방향을 튼다. 엄마가 오는 것을 보고 아이는 신이 났다. 그런데 곧이어 놀라운 광경이 벌어졌다.

여유롭게 아이 앞으로 다가온 엄마는 양손으로 아이 볼을 찢어질 정도로 거칠게 잡아당기는 것 아닌가? 한마디 말도 하지 않고, 표정의 변

내 안에는 작은 아이가 산다

화도 없이 연약한 볼을 사정없이 비틀어 움켜쥐고 당기니 아이는 신음소리도 내지 못하고 붙박인 듯 서 있다.

'겨우 6~7세밖에 되지 않은 아이에게 너무 심하네.' 하고 생각하는 찰나, 주먹으로 아이 머리를 '펑' 소리 나게 때린다. 머리통이 부서질까 봐 걱정이 될 정도였다. 다시 그렇게 몇 차례 아이를 심하게, 그러나 조용히 혼내준 엄마는 엄하게 "집으로 들어가." 한마디를 남기고 천천히 가던 길을 걸어라고 있었다.

눈 깜짝할 사이에 벌어진 광경이었다. 아이는 하얗게 질린 표정으로 우두커니 서 있더니 잠시 후 눈물을 훔치며 집으로 들어간다. 자세히 보니 옆에 7~9세가량 된 아이의 사촌누나 두 명도 함께 놀고 있었다. 이 엄마는 안면이 있는 사람이고, 특히 인상이 좋았다. 생글생글 웃으며 인사도 잘하고 아가씨처럼 젊게 보이는 외모로 호감이 가는 사람이었다. 그동안 나는 이 엄마를 만나면 한마디 말이라도 던지곤 했던 터였다. 멀어져가는 그녀의 뒷모습을 보며 멍한 느낌에 몸을 움직일 수 없었다. 꼭 내가 얻어맞은 것 같았다. 이상하게도 내 몸 어딘가가 아팠고 예기치 않은 눈물이 흘렀다. 어린아이가 느꼈을 공포감이 전해지는 것 같았다.

그 느낌은 내 어린 시절 어떤 기억 속으로 나를 옮겨놓았다.

어둡고 적막한 밤 동생과 싸워 대문 밖으로 쫓겨난 순간, 그 두려움, 나중에 옆집 아줌마들을 통해 내가 그날 대문 밖에서 기절했다는 사실을 알게 된 일, 그리고 숱한 기억들이 한꺼번에 몰려왔다. 기억들의 홍수 속에 한동안 나는 허우적거리고 있었다. 이윽고 한 목소리가 들려왔다. 무섭게 힐책하는 눈, 목소리. 그 목소리와 눈이 지금 나를 보고 있다. 어머니였다.

그런데 어머니가 그토록 혈압을 올렸던 꾸중의 내용이란 대단한 것이 아니었다.

공책을 꺼내 펼쳐보고는 글씨가 엉망이라며 그것밖에 못 쓰냐고, 노래를 부르면 귀신 같은 소리를 낸다고, 친구들과 놀면 동생을 데리고 놀지 않는다고, 공부를 하고 있으면 머리가 나빠서 아무리 노력해도 그것밖에 못한다고…….

가끔은 내 얼굴을 뚫어져라 쳐다보다가는 돌연 너무 못생겨서 나중에 쌍꺼풀수술이라도 해야 한다고 혀를 끌끌 차는 식이었다. (스물두 살 되던 해. 나는 곱던 눈을 쌍꺼풀 수술했고 수술이 잘못되어 그 후 10년 이상 어두운 시간을 보냈다.) '도둑년 발'이라며 내 발 크기를 타박하는가 하면, 토끼띠가 먹을 게 없는 한겨울에 태어났으니 네년은 장래 빌어먹을 팔자라고 한숨을 쉬었다. 어린 나는 그런 내가 참 싫었다.

심기가 더 불편해지면 부모 고마운 거 모른다고 지청구를 늘어놓곤 하셨다. 행여 동생과 다툼이 생기면 "오늘이 네 제삿날이다." "나는 죽지 않을 만큼만 팬다."면서 매질을 하곤 했다. 왜 내 어린 날의 또렷하던 슬픔의 기억들이 쏟아져 나온 걸까?

나는 한동안 그네 옆 나무 벤치에 앉아 있었다. 딸아이는 그네에서 내려 미끄럼틀을 타느라 정신이 없었지만, 나는 딸에게서 떨어져 나와 과거 속을 헤맨다.

저 어린아이는 어른이 되었을 때 방금 전 엄마의 행동을 어떻게 기억할까? 아이는 그저 엄마에게 그네를 밀어달라고 했을 뿐인데 다짜고짜 정신이 멍할 정도로 얼굴을 비틀어 꼬집고 머리를 주먹으로 때린 후 집으로 들어가라고 소리친 엄마를.

사실 요즘 엄마들은 나이 든 어른들이 보기에는 자녀를 너무 '오냐오냐' 하고 키우는 것이 문제라고들 한다. 그래서 놀이터 엄마처럼 매정한 엄마들은 흔치 않다. 하지만 개중에는 요즘도 이런 엄마들이 있는 모양이다.

내가 아는 한 엄마는 엘리베이터에서 세 살 된 아들이 소리를 질러서 순간적으로 코를 때려 코피가 났다며 남들이 보면 나쁜 엄마라고 할 거라고 말했다. 나는 속으로 '맞네, 나쁜 엄마 맞구먼.' 하고 말하고 싶었다.

아이를 키우다 보면 감정 절제가 안 될 때가 있다. 그런데 조금만 이성적으로 생각하고 한 템포 늦추어서 아이 입장을 생각해보면 별것 아닌 경우도 많다.

나 역시 어떤 상황에서는 아이에게 격한 감정이 먼저 올라온다. 그런데 이 사실을 인지하고 그때마다 아이에게 엄마의 느낌이나 생각을 설명하려고 노력했다. 일단 설명을 하기 시작하면 마음이 누그러지고, 아이도 엄마의 말을 이해했다. 그러고 나서는 아이의 말을 경청했다. 그러면 아이의 의도를 알게 되고, 아이 역시 엄마의 마음을 이해하게 되어 종종 지혜로운 절충안도 내놓는다. 때론 엄마인 나도 생각하지 못한 얘기를 해서 놀랍기도 하고 흐뭇하기도 하다.

아이가 엄마와의 대화를 통해 타협과 조율을 배우고 새로운 제3의 안까지 내놓게 되니 '생각하는 능력'을 키워주게 되는 것이다. 더불어 '세상을 슬기롭게 살아가는 지혜'를 알려준 것 같아 기분이 좋아진다.

언제든지 이해가 상충하는 상황을 만나는 것이 인생사라면 서로의 의견을 말하고 협상하고 서로 용인할 수 있는 대안을 마련하는 것은 어찌 보면 우리 삶의 핵심이라 해도 과언이 아니다.

아이가 자기 입장을 열심히 변호하면서 엄마 말에 토를 달면 잠시 동안은 참을 수 있지만 결국 '뚜껑이 열리는 경험'을 하게 된다. 하지만 인내심을 가지고 경청하는 것이 부모의 역할이라고 생각하자.

엄마는 지금 마트에 가서 찬거리를 사와야 하는데 아이가 그네를 밀어달라고 동네 떠나가게 소리를 치니 얼굴이 화끈거릴 수도 있다. 다른 사람들은 별거 아니라고 생각하는데 엄마 본인은 주변 사람들의 이목을 걱정하는 것이다. 그 나이 아이들이 엄마에게 그네를 밀어달라고 소리치면서 주변을 의식할 수는 없지 않은가?

정 바쁘면 아이에게 큰소리로 "마트에 갔다 와서 밀어줄게. 누나들한테 밀어달라고 해." 하고 지나가면 그만이다. '정말 화가 났다면 대꾸하지 말고 지나가도 될 텐데.' 하는 아쉬움이 남는다. 마트에 갔다 와서 엄마가 밀어주지 못한 이유를 설명해주고, 사람들 있는 데서 소리치면 안 된다고 말해주면 어땠을까?

그런 다음 아이의 생각을 들어보면 좋았을 것이다. 아이도 하고 싶은 말이 있을 것이다. 밖에서 엄마를 보니 반가워서 엄마에게 자기가 있는 곳을 알려주려고 소리쳤다거나, 엄마가 바쁜 것 같지 않아서 그랬다거나……. 아이는 이런 대화를 통해 자기 의사를 상대에게 전달하는 법을 배우고, 자신의 욕구를 적절히 말하는 연습을 하는 것 아닐까?

나도 그렇지만 사람들은 종종 외부의 시선이나 체면치레 때문에 중요한 것을 놓치는 경우가 있다. 아이 행동에 큰 문제가 있어서라기보다 엄마 본인의 기분에 따라 반응하는 것이다. 아이에게 말할 기회를 주다 보면 엄마 머리 꼭대기에 앉아 있는 것 같아 불쾌하고 화가 날 수도 있다. 그래서 초장에 기 싸움에서 이겨야겠다는 마음으로 아예 입을 열지 못하게 하는 것이다. 그런데 부모에게 입도 뻥긋하지 못하도록 길든 아이가 밖에 나가서 제대로 자기 의사를 표현할 수 있겠는가?

자기 생각을 잘 표현하도록 키우는 것이 부모의 소망이지만, 부모의 권위를 침범당하는 느낌 때문에 중요한 순간을 강제하는 것으로 매듭짓지는 않는가?

상세히 설명하는 것과 아이의 말을 잘 들어주는 것은 아이의 좋은 품성을 길러주는 핵심 요소일지도 모른다. 설명하고 경청하고 공감하고 함께 대안을 생각하는 것이 필요하다.

말 대 꾸 를 좋 은 방 향 으 로 생 각 해 보 자 !

특히 사춘기 자녀를 둔 부모라면 더욱 내 자녀의 말대꾸에 느긋하게 반응하는 것이 필요하리라. 주의 깊게 들어주다 보면 좋은 해결방안이 나오고 부모 자식 간의 오해도 풀린다. 그리고 입장을 바꾸어 생각해보는 경험을 나누게 된다.

　무엇보다 자식에게 지시하고 강요하려는 마음의 준비를 하고 있는 분들이라면 자녀와 일촉즉발의 다툼으로 번질 수 있으니 마음자세가 변할 때까지 당분간 대화를 시도하지 않는 것이 좋다. 부모인 내 생각을 주입하려는 것이 아니라 자식의 생각을 듣고 부모인 내가 마음을 바꿀 수도 있다는 각오로 임해야 문제가 해결된다.

예의를
가르치자!

민주적인 리더가 진정한 리더입니다.
민주적인 리더란 남의 의견을 물어볼 줄 아는 사람,
여러 사람의 뜻을 기꺼이 수용할 수 있는 사람입니다.
사람은 누구나 존중받기를 원합니다.
카리스마를 내세워 독불장군처럼 혼자 일하는 사람은 오래 버티지 못합니다.

– 노경선, 《아이를 잘 키운다는 것》중

얼마 전 가족과 함께 한 음식점에 갔다.

실내 놀이방이 딸린 넓은 온돌방과 함께 중앙과 맞은편으로 탁 트인 홀이 있는 큰 규모의 뷔페 음식점이다.

따뜻한 온돌방에 자리를 잡고 앉으려는 순간, 소란스러운 소리가 들려온다. 바라보니 대여섯 살쯤 된 남자아이가 실내 놀이방에서 "엄마~ 엄마~" 하고 고함을 치고 있다. 놀이방 바로 앞 테이블에서는 젊은 엄마 둘이 식사를 하고 있다. 우리가 앉은 맞은편에 보이는 이가 엄마인 듯했다. 사내아이가 그러거나 말거나 엄마는 평화롭게 밥을 먹으며 마주 앉은, 아기를 안은 이와 담소를 나누고 있다. 사내아이는 홀 전체를 운동장인 양 뛰어다니다가, 야호~ 소리를 지르다가, 엄마에게로 와서 밥 한 숟가락을 받아먹고는 다시 놀이방으로 달려간다. 그러더니 엄마를 향해 다시 "엄마아~" 하고 꽥 소리친다. 엄마는 얼른 밥 한 숟가락을 들고 아

내 안에는 작은 아이가 산다

이 입에 넣어주고는 자리로 돌아온다.

평일 점심시간인데 대로변에 자리 잡은 이 대형 뷔페 음식점은 어린 아이를 데리고 온 젊은 엄마들이 많다. 주위를 둘러보자 여기저기서 재미있는 광경이 펼쳐지고 있다. 홀 중앙에는 문제의 사내녀석만 한 꼬마들이 삼삼오오 몰려다니고 있다. 몇몇 노인들이 마뜩찮게 바라볼 뿐 주변의 엄마들은 신경 쓰지 않는다.

사내녀석 엄마의 옆쪽 테이블에서도 젊은 부부가 식사를 하고 있다. 4~5세가량의 여아는 엄마 아빠가 밥을 먹고 있는 옆의 빈 테이블에 날름 올라가 앉아 있다. 부모는 전혀 개의치 않는다. 잠시 후 이 여아는 뒤로 걸어와 우리 좌석 앞 60대 부부 쪽으로 향하더니 노부부 옆에 있는 빈 테이블에 올라앉는다. 60대 부부는 아이를 못 본 듯 식사만 한다. 한참 후 할머니가 아이를 보고 "내려와라." 하고 조용히 말한다. 놀라운 건 아이가 탁자 위에 앉아 있을 때는 그 아이의 부모가 누군지 모를 정도로 방임하던 엄마가 어느새 달려와 아이를 가슴에 따뜻이 품어 안는 것이 아닌가. 그러더니 일순간이었지만 할머니를 무섭게 노려봐준 후 자리로 가는 것이었다. 할머니는 젊은 엄마의 표정을 못 보고 밥만 먹고 있다. 잠시 후 이 할머니가 접시에 음식을 담아오는데, 방금 전 그 엄마가 아이를 안은 채 다가가 할머니 접시에 대고 한참 동안 심한 가래기침을 하는 게 아닌가?

할머니는 께름칙한 듯 자기 접시를 내려다보다가 자리로 돌아가 식사를 했다. 우연히 그 광경을 목격한 나는 얼떨떨했다.

고의가 아니겠지 하면서도 방금 할머니를 쏘아보던 엄마의 얼굴을 봤으므로 소중한 자신의 아이를 품에 안은 채 할머니 음식접시에 대고 목이 터져라 가래기침을 퍼붓는 것이 의아하기만 했다.

물론 정말 고의가 아닐 수도 있다. 그러나 아이를 데리고 온 엄마들이 자기 아이를 대하는 방식을 보면서 좀 놀란 것은 사실이다. 저런 광경 때문에 사람들이 버릇없는 아이, 음식점에서 뛰어다니는 아이를 운운한 것이구나.

젊은 엄마 눈에는 빈 밥상 위에 올라가서 모르는 할아버지 할머니가 밥 먹는 광경을 빤히 보고 있는 아이의 눈망울이 사랑스럽게만 보였을 것이다. 그런데 예쁘다고 칭찬은 못할망정 무표정하게 아이에게 내려오라고 말하는 노인에게 화가 났을 수도 있다.

나는 자식에게 따뜻한 부모가 소망스럽다고 생각하는 사람이다. 그런데 자식을 사랑하는 마음도 너무 지나치면 문제가 되겠구나 하는 생각을 이 음식점에서 하게 됐다.

요즘 젊은 엄마들은 좋은 부모가 되기 위해 많이 애쓴다. 아이가 한둘이니 애지중지할 수밖에 없을 것이다. 하지만 좋은 부모란 것이 아이에게 옳고 그른 것, 해야 할 것과 해서는 안 될 것의 경계 자체를 허물어 버리고 다 받아주는 것은 아닐 것이다.

아는 엄마 한 사람은 자신은 아이를 사랑으로 키운다고 매번 자랑스럽게 말한다. 그런데 이 아이는 다섯 살인데도 심한 응석받이에다 뭐든 제 손으로 하지 않는다. 사소한 것도 제 뜻대로 되지 않으면 으앙~ 울음을 터뜨린다. 울음 하나면 엄마에겐 다 통하기 때문이다.

엄마가 '사랑으로' 모든 수고를 기꺼이 감당하려 하니 아이는 엄마가 떠주는 밥 한 숟가락 받아먹어주는 것이 대단한 선심을 쓰는 행위가 된 것이다. 그뿐만이 아니다. 함께 노는 친구의 장난감도 여지없이 빼앗아 버린다. 그런데도 이 엄마는 얼굴 가득 부드러운 미소만 띤 채 아이를 대견스럽게 바라본다. 그러고는 친구가 같지 놀지 않아서 화가 나서 그런다며 친구 탓을 한다. 친구를 밀치고 가지고 노는 장난감을 빼앗아도 자기 아이보다 같이 놀려고 하지 않는 상대 아이 탓만 하는 것이다.

내 안에는 작은 아이가 산다

이럴 경우 아이가 상대방을 공격하거나 화를 내지 않고 자신의 마음을 솔직히 표현하도록 가르치는 것이 필요하다.

"○○야, 너 친구랑 놀고 싶구나? 그럼 친구에게 가서 말해봐. '나랑 같이 놀자' 하고. 친구 장난감을 뺏으면 안 돼. 장난감 돌려주고 미안하다고 사과해."

상황을 무시하고 무조건 자녀를 감싸고돌면서 다른 아이를 탓하는 엄마의 태도는 아이의 문제행동을 강화시킬 뿐이다. 자녀를 무조건적으로 사랑하라는 말은 어떤 상황에서도 무조건 자녀를 변호하고 남의 탓을 하라는 것이 아니다. 종종 힘으로 다른 아이를 제압하는 모습이 통쾌할 수도 있겠지만 이는 아이 자신에게도 좋은 영향을 미치지 않는다. 그런데 이런 엄마들이 왕왕 있다.

아이의 마음을 읽어주는 것은 꼭 필요하지만 잘못된 행동까지 한없이 허용하는 것은 내 아이를 망치는 것이다. 엄마의 가치기준과 세상의 그것이 다른 상황에서 아이는 어떻게 해야 할까?

온실 속에서 모든 것을 수용해서 키운 아이도 언젠가는 강렬한 햇빛이 쏟아지는 바깥세상으로 내보내야 한다. 무엇보다 분별력 있고 이성적인 엄마의 판단이 필요하다.

천천히
놀다가세요

아이 손을 잡고 느긋하게 외출하는 것이 이젠 몸에 밴 일상이 되었다.

큰 가방을 들고 바쁘게 출퇴근하던 기억이 가물거리고, 느릿느릿 햇살과 살갗을 스치는 바람의 음률을 듣는다.

간혹 내 얼굴에 미소가 일었던가? 언제부턴가 힘들 때마다 내가 편한 쪽으로 생각하고 억지로라도 많이 웃으려고 노력했다. 웃는 것이 습관이 되니 종종 나도 모르게 미소를 짓는다.

아이와의 외출이 이처럼 평온해진 것은 그리 오래되지 않았다. 불과 얼마 전까지만 해도 뭐가 그리 바쁜지 아이 손을 잡고 뛰기 일쑤였고 아이에게 '빨리빨리'를 습관처럼 외치는 시간들이었다. 바쁠 때도 "빨리빨리!"라고 외쳤고 바쁘지 않아도 아이가 서두르는 기미를 보이지 않으면 "빨리빨리"라고 말했다.

"빨리 세수해, 빨리 옷 입어, 빨리 나가, 빨리 문 열어, 빨리 엘리베이터 버튼 눌러."

매사에 아이에게 '빨리빨리'를 종용하다 보니 아이도 나도 항상 쫓기는 기분이었다. 바쁘지 않아도 서두르는 습관이 들어버려 아이에게 하는 말 역시 서두르는 언어들이 대부분이었다. 자연스럽게 삶의 전반이 서두르는 기조가 된 것이다.

그런데 이처럼 서두르는 것이 아이에게나 엄마인 나에게 좋은 영향을 주었을 리 없다. 아이는 무슨 일이든 항상 빨리 하려고 노력했지만 나는 습관적으로 '빨리'를 강조했고 어쩌다 '빨리'의 기준에서 모자라 보이면 짜증을 내곤 했다.

이 서두름은 직장생활 동안의 습관 때문이리라. 그러나 이 견고한 습관은 전업주부가 되어 집에 있으면서도 고쳐지지 않았다. 어린이집을 그만둔 아이와 문화센터 등에 다니게 되면서 '빨리빨리'가 우리 생활의 주인이 된 것 같았다. 그러다 보니 나의 생각이나 행동, 언어를 지배하는 키워드는 '빨리빨리'로 입력된 듯했다. 매사에 '빨리빨리'가 나를 조종하고 움직여갔다.

어느 날 문득 엄마가 이렇게 '빨리빨리'를 외치면 아이의 기분은 어떨까 하는 의문이 고개를 들었다. 지금 나는 '빨리빨리'를 목표로 사는 것은 아닐까?

다른 한편 외출 준비를 좀 더 일찍 하면 좋으련만 시간에 딱 맞추어서 나오니 지각을 할 수도 있는 빠듯한 시간이다. 어쩔 수 없이 마음이 급해진다. 그런 조급한 마음과 약속에 늦을지 모른다는 걱정을 하면서 아이에게 친근한 말 한마디 해줄 수 있겠는가? 꽃잎처럼 어여쁜 아이 손의 촉감을 느낄 수 있겠는가?

그런데 외출을 하지 않고 집에 있는데도 나도 모르게 아이를 압박한다.

빨리 손 씻어. 빨리 밥 먹어. 빨리 와서 과일 먹어.

아이를 키우면서 많은 시행착오를 겪고 뼛속 깊이 탄식하는 날들이 많았는데 어느 날 내가 '빨리빨리'에 중독된 삶을 살고 있는지 모른다는 생각에 화들짝 놀랐다. 후회하는 그 순간이 가장 빠른 것 아닌가? "'빨리빨리'를 외치던 자리에 천천히 마음의 쉼표 하나 데려다놓자! 지금 이 순간의 소중함을 음미하고 느끼고 만지며 여백을 만들어보자!" 하고 내게 말한다. 산다는 것이 무엇이기에 이렇게 버둥거리는가?

이렇게 전속력으로 달려서 가고자 하는 곳이 어디일까? 아이는 무얼 배울 것인가? 그래 거창한 것이 아니어도 좋다. 삶은 재미있고 즐겁고 여유가 있어야 한다. '빨리빨리'라는 말을 버리자! 좀 일찍 준비하고 평소보다 10분 일찍 출발하면 된다. 상대방은 지각하는데 먼저 와서 기다리는 것이 손해 보는 것 같더라도 이제는 오랫동안 길들여진 습관을 버려야 한다.

'대단한' 결심을 하고 나자 나와 아이의 삶은 놀라울 정도로 변화됐다. 외출할 때마다 혼자 앞서 걸으면서 뒤에 따라오는 아이에게 "빨리 와!" 하고 채근하면 아이는 서둘러 뛰어오다가 넘어지기 일쑤였다. 그러면 조심성 없다며 아이에게 짜증을 냈고 아이는 아이대로 뾰로통하다. 그러거나 말거나 나는 지금 저쪽 편에서 오는 버스를 타느냐 마느냐가 중요할 뿐이었다.

하지만 '천천히'를 실천하면서 아이와 손을 잡고 편한 마음으로 주변을 응시할 여유가 생겼다. 아이가 이것저것 질문을 하면 전과 달리 최선의 대답을 하게 되고, 만나는 사람들과도 다정하게 인사를 나눌 수 있게 됐다.

설령 바쁘게 뛰어가는 사람이 내 어깨를 부딪치고 가더라도 이내 마음이 평화로워진다. "내가 전에 저런 모습이었을 거야."라고 혼자 중얼거린다.

그렇다고 밖에서나 집에서 세월을 낚는 강태공처럼 유유자적할 수만은 없다. 아이가 밥 먹느라 하루 종일 걸린다거나 옷 입느라 1시간이 걸린다면 좀 곤란하지 않은가? 너무 행동이 느려서 생활에 문제가 되는 유형의 아이라면 행동 교정을 위한 적절한 훈육이 필요할 것이다. 하지만 그런 상황이 아니라면 요즘의 엄마들에겐 대체로 여유가 필요하다.

천천히 아이 얼굴을 바라보자! 지지의 말과 눈빛을 보내자! 가만히 등을 토닥여주고 손을 잡아주자! 말로 할 수 없는 많은 것을 전할 수 있으리라. '빨리빨리'만 외치는 동안에는 주변이 잘 보이지 않는다. 하지만 '느림'을 실천하면 더 깊이 보고 느낄 수 있다. 변화된 풍경들이 나를 기다리고 있다.

"안녕하세요? 만나서 반가워요."

아파트 화단 바닥에 민들레가 나를 보며 웃는다. 어여쁘다. 황폐하고 팍팍한 시간을 성큼성큼 건너온 내가 나를 보고 웃는다.

"천천히 놀다가세요."

누가 말하는 걸까? 민들레인가? 바람인가?

내가 나를 보고 웃고, 아이를 보고 웃고, 이웃을 보고 웃는다. 꽃잎이 활랑활랑 흩어져 내리며 비명처럼 웃는다.

이야~ 신난다!

바람이 웃고, 뭉게구름이 마음씨 좋은 아저씨처럼 굽어보며 웃는다. 칠이 벗겨진 대로변 입간판이, 파리바게트의 빵 굽는 냄새가, 24시 편의점이, 한낮의 취기 오른 태양이, 도로변의 가로수들이, 개미들이, 떡볶이 수레 아주머니의 얼굴이, 세상 귀퉁이에 존재하는 것들이 자세히 보인다.

이 느낌, 참 귀하다!

사랑의 매는
없다

인간의 육체는 마음에 좌우되고 있다.
가장 강한 인간은 그 마음을 알맞게 조정할 수 있는 인간이다.
–〈탈무드〉

딸을 키우면서 나는 아직 매를 댄 적이 없다.

대학생 시절, '나중에 아이를 낳으면 절대 때리지는 말아야지.' 하고 생각했다. 결혼 후 임신을 했을 때도 아무리 아이가 말썽을 피워도 때리지 않을 거라고 다시 다짐했다.

노처녀 후배와 커피숍에서 차를 마시다가 우연히 아이들 이야기가 나왔다. 후배는 자기도 자라면서 엄청 많이 맞았다고 술회했다. 맞을 짓을 했으니까 맞았다며 부모님을 열심히 두둔했다. 그러더니 본인 역시 아이를 낳으면 때릴 것 같다고 말했다. 아이들은 때려서 키워야 한다고.

"넌 덜 맞아서 그런 생각을 하는 거야. 더 많이 맞았다면 아이를 때리면 안 된다는 생각이 들 텐데."

내 말에 후배는 깔깔거리고 웃는다. 그럴 수도 있다면서.

대부분의 사람들이 성장기 동안 조금씩은 부모나 교사들에게 맞으면서 자랐고, 이를 대수롭지 않게 생각한다. 하지만 사람들이 대수롭지 않게 넘기는 건 그 문제에 대해 깊이 고민하지 않은 때문이리라.

내 안에는 작은 아이가 산다

사랑의 매가 무얼까? 사랑하는 마음으로 매를 들어 아이의 행동을 고치고 교육하겠다는 것일까? 우리는 매를 맞을 때의 공포스럽던 기억을 알고 있다. 그렇다면 어린아이의 신체에 고통을 가하는 행위는 어떤 효과가 있는 것일까? 물론 반짝 효과는 있을지 모른다. 무섭고 두려워서 아이는 순간을 모면하기 위해 잠시 순종할 수 있다.

　전문가들은 체벌이 교육적인 효과는 없고 오히려 반발심만 자극한다고 지적한다.

　인간이 인간에게, 그것도 약한 아이에게 채찍을 가해서 뭔가를 개선하려는 발상 자체가 문제 있는 것은 아닐까? 강한 사람은, 부모는, 교사는 아이들을 체벌해도 되는 것일까? 이 경우 교육적 효과가 무엇일까? 누군가 나쁜 행동을 하면, 아이인 나도 나중에 힘이 세지면 물리적 힘을 행사해도 되는 것일까? 그건 안 된다면 내 아이에게는, 내 제자에게는 체벌을 해도 되는 것일까? 부부 중 남편은 아내에게 '체벌'을 해도 되는 것일까? 그건 안 될 것 같다! 아니, 왜 안 되는가? 남편이 힘이 더 세고 더 많이 알고 있고 더 올바른 생각을 가지고 있다면, 나이 어린 아내의 철없는 행위를 교정하기 위해서라면 체벌이라는 이름으로 폭력을 행사하면 왜 안 될까? 안 되지요, 안 돼! 동등한 성인인데 힘이 세다고 폭력? 그건 말도 안 되지요. 그렇다면? 아하! 그렇다면 부모 혹은 교사가 아이들에게 체벌을 해도 될까요? 그건 될 것 같네요. 왜요? 아이는 아이잖아요. 아이는 어른이 아니잖아요. 성인 간의 폭력은 안 되는데 어찌하여 성인은 아이들을 때려도 되나요? 아니, 이 사람이 지금 말장난하나! 잘못된 행동을 교육하기 위해 그런다니까요. 때린다는 것이 교육적 효과가 없다고 전문가들이 말하잖아요. 효과가 있다한들 그게 무슨 놈의 교육입니까? 신체에 폭력을 가하는 것이 어찌하여 교육입니까? 때리는 건 그냥 때리는 거예요.

내가 아이에게 손찌검을 하지 않은 것은 두려워서였다. 인간은 누구나 학습된 대로 살아갈 뿐인데, 내가 받은 대로 내 아이에게 돌려줄지도 모른다는 걱정이 앞섰다. 그랬다. 적어도 나는 내가 받은 양육패턴을 답습해서는 안 된다.

내가 조금만 방심하면 익숙한 방식으로 내 아이를 대할 것이라는 사실이 끔찍했다. 육아가 뭔지 모르던 때에도 결혼해서 아이를 낳으면 때리지 않으리라고 다짐하지 않았던가?

아이도 어른을 대하듯 존중해주고 예의를 다해서 양육해야 한다. 아이도 어엿한 인간이다. 그런데 이렇게 마냥 존중해주면서 키우기가 쉽지는 않다. 막무가내로 떼를 쓰거나 허용범위를 넘어서는 행위를 어떻게 해야 할까? 난감하기만 하다.

아이의 행동에 화가 머리끝까지 나니 저절로 손이 올라간다. 나는 손 대신 목소리 톤이 올라가는데 이 역시 나쁜 방식이다. 화를 내기 전에 아이에게 그 행위가 왜 안 되는 것인지 설명을 해주고 아이의 이야기를 듣다 보면 때리거나 화를 낼 사항이 아니었다고 생각하게 된다.

그렇다면 버릇없는 행위를 하거나 반복적인 잘못을 저지를 때, 부모를 무시하고 제멋대로 굴 때 어떻게 해야 할까? 전문가들은 생각의자에 앉히기, 칭찬 스티커 사용, 타임아웃 실시 등 매를 대신할 다른 규칙을 적용하여 아이를 훈육할 수 있다고 조언한다.

또 해서는 안 되는 행위와 해야 할 일들을 정해놓고 위반 시 자녀와 상의해서 아이가 동의하는 선에서 벌칙을 만들어 이행하는 방법도 있다.

그런데 자칫 자녀를 때리거나 화를 내면 안 된다는 생각이 지배적이다 보면 '다툼'의 상황을 만들고 싶지 않을 수 있다. 그래서 자녀의 문제행동을 모르는 척 넘기기도 하는데, 매번 이렇게 되면 아이는 그야말로 제멋대로인 독불장군이 되어버린다. 이 경우 더 문제가 될 수 있다. 그래서 고달프더라도 부모가 자기 마음을 다잡고 이성적이고 일관되게 바람직하지 못한 행동은 제지해야 한다. 아이와 실랑이 벌이는 것이 귀찮고, 화가 나서 후회할 짓을 하게 될까 봐 눈감아주다 보면 본의 아니게 '할아버지 상투를 쥐고 흔드는 아이'를 길러내게 되는 것이다.

평소 좋은 행동에 칭찬을 많이 해주고 자녀와 신뢰와 애정을 많이 쌓아두었다면 자녀의 잘못된 행동을 교정하고 규칙을 지키도록 '강제'하는 것이 좀 더 수월해진다. 문제는 애정을 많이 쌓고 칭찬을 많이 하고 키웠음에도 소위 '말을 듣지 않는 아이들'이 있는데, 이 경우 부모가 자녀에게 권위를 잃은 것이 아닌지 살펴봐야 한다. 권위가 없는 부모의 말에 아이들은 콧방귀를 뀌는 법이다.

하지만 권위가 저절로 배어나는 부모와 '권위적인' 부모는 한참 다르다. 권위적인 부모는 억압적이고 독재적이 될 수 있다. 권위적인 부모는 자신의 권위가 먹히도록 하기 위해 체벌을 가해야 할 필요성을 수시로 느낀다. 더 강도 높은 체벌이 필요하다고 느낀다. 하지만 아이의 머리가 커갈수록 이 방법은 점차 효과가 없어지게 된다.

자연스러운 권위는 부모 자신이 바른 삶을 살 때 생기는 것이 아닐까? 부모가 일상생활에서 거짓말을 하지 않고, 규칙을 잘 지키고, 사람들과 다정하게 지내고, 옳은 일을 찾아서 하고, 사소한 것이라도 필요한 사람들에게 도움을 주는 등 자녀에게 뭔가 구린 구석이 없어야 자녀가 그런 부모를 보고 배우며 존경심을 갖게 되는 것이다.

힘으로 찍어 누르려는 권위가 아니라 '어른스러움'을 실천할 때, 부모 스스로 모범을 보일 때 아이들은 부모의 권위를 인정하게 된다.

권위 있고 존경심을 지닌 부모의 '설득'에 아이들은 동의하고 따른다. 어떤 때는 '한없는 사랑'의 얼굴을 했다가 어떤 때는 헐크처럼 변해서 때리고 야단치는 부모에게 아이들은 무의식적으로 두려움과 멸시를 갖게 될지 모른다. 겉으로야 무서워서 말을 듣지만 반항심이 커진다. 더러는 앙심을 품게 되고 부모와의 관계도 엇나간다.

　이렇게 앙심을 품은 아이는 약한 다른 누군가를 괴롭힐 수도 있다. 아이도 스트레스를 해소해야 하지 않는가? 사회적으로 문제가 되는 학교폭력이나 약자를 괴롭히는 행동 등은 어른을 모방한 행위가 아닐까?

　어른인 우리는 청소년의 거울이다. 부모가 아이의 거울이듯 말이다.

　우리는 자녀를 사랑과 권위로 키워야 한다. 인격적인 존재로 대우해주고 섬기며 키워야 한다. 그러면 아이들은 그런 부모와 교사에게서 좋은 본을 받는다. 모방한다!

　'사랑의 매'는 없다!

　체벌과 매로 길들여진 아이들이 약자에게, 우리의 후대에게 다시 폭력을 사용하는 악순환이 있을 뿐이다.

아이고,
내 팔자야!

회색 엄마 거위가
아기 거위를
못 찾아서 당황했는지
어질어질해질 정도로
꽥꽥꽥 울고 있어
엄마 거위는 막 달리면서 꽥꽥꽥
흐트러진 걸음으로 비틀비틀
물갈퀴 달린 발로 쿵쿵쿵
엉클어진 깃털을 풀썩풀썩
......
아, 엄마 거위는
금빛 아기 거위를 찾았어
털이 보송보송한 아기 거위는
까닥까닥 졸고 있어

- 줄리 라리오스, 〈회색 거위〉

하루 종일 아이와 함께 지내다 보면 깜짝깜짝 놀랄 때가 많다.

엄마의 말투나 행동까지 흉내 내는 아이. 얼굴 가득 천진한 미소를
머금고 방금 자기가 한 말에 대한 엄마의 반응을 살핀다. 엄마가 좋은 말
을 하면 좋은 말을 따라하고 거칠고 짜증스런 말을 하면 그 역시 따라한
다. 아니다. 좋은 말보다는 어딘지 뉘앙스가 이상하거나 문제로 느껴지

는 어투나 행동을 더 잘 따라한다.

어느 날 아이는 나를 보며 "아이고, 내 팔자야!" 한다. 느닷없이 나온 아이의 말이 재미있어 피식 웃음이 났다. 작은 입술을 오물거리며 정확하지도 않은 발음으로 예기치 못한 순간에 엄마가 했던 말을 웅얼거리는 모습이라니. 나로선 웃겨서 웃었을 뿐이다.

이후 아이는 우유를 조금 흘려도 "아이고, 내 팔자야!" 하고, 뭔가를 시도하다가 잘 안 돼도 "아이고, 내 팔자야!" 하고, 화가 나는 일이 생겨도 "아이고, 내 팔자야!"라고 하는 것이 아닌가?

"내가 저렇게 하고 있구나!"

어느 날인가는 빨리 손 씻고 밥 먹으라고 언성을 높이자 아이는 대뜸 "알았어, 이노므 지지배야." 한다. 당혹감과 함께 어처구니가 없어 또 웃음이 났다. 동시에 퍼뜩 정신이 들었다.

잘못했을 때는 양손을 들게 하여 벽에 세워두기도 했는데, 아이는 엄마인 내가 실수를 하거나 '잘못을 했다고 느낄 때'는 내 팔을 꼭 잡고 벌 서라고 한다.

어린아이의 문제되는 말투나 행동은 부모에게서 배운 것이다. 문제아 뒤에 문제 부모가 있는 것이다. 부모가 변하면 아이도 변한다.

안 되겠다 싶어서 내가 쓰는 말투 중 문제가 될 만한 것들을 사용하지 않으려고 노력했다. 또 간혹 나타나는 아이의 신경질적인 반응 역시 엄마인 나를 모방한 것임에 틀림없다.

그래, 내가 변해야 한다. 말부터 순화하자!

나는 '날것'의 이미지를 닮은 언어를 선호하는 편이다. 그동안 나는 교양 있고 세련된 언어를 구사하는 상류층을 많이 만나왔고 그들의 이율배반적인 행태에 염증을 느껴왔다. 교양과 우아함의 옷 속에 숨어 있는 사악함과 대면하면 인간에 대한 절망감만 깊어지곤 하던 시기가 있었다. 그래서인지 혹시 내가 걸치고 있을지도 모를 위선과 가면의 옷을 벗고 싶다는 갈망으로 젊은 시절을 보냈다.

또 늘 진지하고 교과서 같은 나의 틀을 깨고 싶은 갈증도 컸다. 나는 좀 더 가볍고 '천박한' 나를 만나고 싶었다. 엄숙주의의 무거운 옷을 벗고 거친 벌판을 질주하는 야생마의 활력을 닮고 싶었는지 모른다. 시장통 아주머니들이 내뱉는 질박한 언어가 너무나 재미있고, 노동현장의 인부들이 쓰는 태반이 욕인 언어 속에 든 진실이랄까, 정 같은 것. 그들의 걸러지지 않은 '살아 있는' 말을 들으면 이상하게 가슴이 뛰고 입가에 웃음이 매달렸다.

촌철살인이라 했던가? 욕설이 섞인 말 속에 깃든 삶의 애환은 물론이고 거부할 수 없는 현실이 적나라하게 드러나는 것이 긴 울림을 주곤 했다. 한때는 재미있는 말투를 메모지에 적어놓기까지 했다. 재거나 계산하지 않고, '겁도 없이' 쏟아내는 그 말들에 깃들인 것이 바로 현실이라고 느꼈다. 무엇보다 의뭉스럽지 않아서 좋았다. 이런 말을 하면 저 사람 기분이 어떨지 고민하여 말을 고르는 나와는 사뭇 다른, 갓 잡아 올린 언어들을 만나면 물 만난 미꾸라지의 싱싱한 생명력이 느껴지곤 했다. 고상하지도 않고 머리를 굴리지도 않는 말들이 좋았다.

의식적으로 순화되지 못한 말을 쓰려고 노력했다. 그래서 토속적이고 향토색 짙은, 혹은 거친 말들을 내 언어의 창고 속에 담아두고는 '적재적소'에 사용하려고 애썼다.

어쩌면 삶에 대해 너무나 긴장하고, 착한 학생처럼 고분고분하고, 교과서처럼 '예절'을 지키려는 고지식한 나의 '룰'을 흔들어놓고 싶었기 때문인지도 모른다. 그런데 이런 정제되지 않은 언어들을 아이는 스펀지처럼 쭉쭉 빨아들여 자기 것으로 만든 후 상황에 따라 활용하고 있다!

"이건 아니잖아요?"

내가 나를 보고 말한다.

"아이에게 이런 언어를 물려주어야 하나요?"

혼자서 중얼거렸다.

"아무리 너한테는 매력적으로 보이더라도 아이한테 부정적인 영향을 끼친다면 그건 안 돼!"

그리하여 말투는 좀 바꿀 수 있었는데, 내 속에서 튀어나와 아이에게 가서 박히는 뾰족하고 날카로운 신경질은 어찌해야 할까?

보통 문제가 아니다. 그래서 나는 하루 두 번씩 '웃는 시간'을 만들었다. 웃는 시간을 만들고 나서부터는 짜증이 확실히 줄어들었다. 아니, 거의 없어진 것 같다. 웃는 시간을 만들어 웃는 연습을 하고 나서부터 많은 변화가 생기면서 인간에게 웃음의 효과가 얼마나 좋은 것인지 알게 된 것이다. 그래서 웬만하면 자꾸 웃게 된다. 아이가 실수해도 크게 화가 나지 않는다. 왜냐하면 그 순간에도 나는 웃고 싶을 뿐이니까.

나의 20대와 30대가 격정과 대의에 대한 열망으로 가슴이 들끓는 날들이었다면 부모가 된 지금은 성찰과 관용이 필요하다고 생각한다. 이 같은 변화는 물론 나와 내 아이의 필요에 의한 것이지만 말이다. 어쨌거나 나는 지금 조금은 변한 것 같다. 감사하다.

부모가 되는 것보다 거룩한 일은 없다는 생각을 아이를 키우면서 수없이 하게 됐다. 그것은 한 인간을 지금까지와는 다르게 변화시키는 힘이 있다.

따뜻한 마음과 좋은 품성을 지닌 아이를 길러낸다면 우리 아이들이 어른이 되어 사는 세상은 지금과는 달라지지 않겠는가? 그러니 부모가 변해야 한다.

아직도 나는 결점투성이 엄마다. 하지만 명심하고 있다. 엄마와 아빠를 바라보며 웃는 아이의 눈망울은 부모의 모든 것을 모사하고 받아들일 준비가 되어 있다는 것을.

내 아이가 나의 스승이다! 그동안은 나를 위해 살았지만 이제부터는 다른 삶의 기로에 선 것이다. 그 길목에서는 불가피하게 이전 것들을 많은 부분 버려야 할지도 모른다.

때론 개인적인 욕구나 기호, 취향을 내려놓고 부모로서의 덕목을 실천해야 할지도 모른다. 이전의 것들을 거듭 수정하는 용기가 필요할 수도 있다. 이것은 더 큰 나를 완성해가는 과정이 될 것이다.

우리가 내 자녀를 행복한 어른으로 키우려는 것은 내 아이 한 사람만 성공시키겠다는 것보다는 더불어 사는 행복한 세상에 대한 바람과 같다는 것이 나의 생각이다.

무궁한 우주의 영속함 속에서 인간의 수명이란 찰나의 순간일 수밖에 없다. 이 짧은 생애를 살아가면서 내 자식에게 좋은 부모가 되려는 것이 '개인적인 이기주의'의 발로가 아니라 나와 내 이웃, 내가 속한 사회에서 서로에게 이로운 존재로 살아가는 품이 큰 사람으로 양육시키겠다는 마음가짐의 시작이라고 생각하는 것이 어떨까?

아 빠 가 필 요 해 !

가을 햇볕 한마당 고추 말리는 마을 지나가면
가슴이 뛴다
아가야
저렇듯 맵게 살아야 한다
호호 눈물 빠지며 밥 비벼먹는
고추장도 되고
그럴 때 속을 달래는 찬물의 빛나는
사랑도 되고

- 안도현, 〈가을 햇볕〉

아이를 낳고부터 남편과 본격적인 '전쟁'에 돌입했다.

일 욕심이라면 남편 못지않은 나로서는 하루 종일 홀로 집안에서 아이와 씨름하는 것이 불공평하고 분하기까지 했다. 더구나 이 방면으로 전혀 '재능'이 없지만 부모니까 최선을 다해야 하고, 잘해야 한다는 강박관념으로 나의 한계와 싸우고 있는 날들 아닌가?

그런데 남편은 지방에 있다가 나흘 만에 한 번씩 집에 와서는 휴식을 강조한다. 기가 막힐 노릇이다. 아이를 낳고 나니 나의 생활은 이전과는 전혀 다른 '경지'의 도를 닦는 것만 같았다. 막막함과 고단함으로 입술이 부르트고 몸살이 날 지경인데, 그런 나에게 한다는 말이 밖에서 일하고 온 남편 좀 쉬게 해달라니? '밖에서 일은 너만 해본 줄 아냐?'라는 생각을 필두로 해서 온갖 날카롭고 가시 돋친 불만들이 목울대를 타고 쏟아져 나올 것만 같다.

무엇보다 여자인 나는 아이를 낳고 나니 모든 것을 포기하고 육아에만 매달려야 하는데, 남편은 아이 낳기 전이나 후나 변한 것이 없다는 생각이 들면 울화가 치민다.

일을 갖지 않은 전업주부도 마찬가지일 것이다. 아이 낳기 전까지는 가사노동만 하면 되었지만, 육아는 가사노동과는 전혀 다른 경험이며 무엇과도 견줄 수 없는 부피의 압박감과 에너지를 요구한다. 여성들이 겪는 산후우울증은 엄마가 된 여성들의 심적인 압박감을 대변해주는 것이 아닐까?

아이가 성장할수록 새로운 할 일은 쌓이고 초보엄마들은 세상에 태어나 처음으로 해보는 이 표현할 수 없는 강도의 정신적·육체적 노동에 망연자실할 수밖에 없다.

그런데 생각해보시라! 남편들은 일하고 집에 돌아오면 피곤하다고 '엄살'을 떤다. 물론 피곤할 것이다. 살아가는 일이 어차피 피곤한 것이다. 피곤하지만 남편들은 결혼 전이나 후나, 아이를 낳기 전이나 낳은 후나 하던 일을 하고 있을 뿐이다. 피곤한 것으로 따지면 어찌 엄마들을 따라갈 수 있겠는가?

피곤하다며 등을 돌리는 것까지는 그렇다 쳐도 어떤 남편들은 퇴근 후 육아에 지친 아내가 죽을 둥 살 둥 차려준 밥상머리에 앉아서 반찬 타박을 하거나 집안 청소상태를 문제 삼기도 한다.

참으로 간 큰 남편들이다! 그뿐이랴! "너만 아이 낳아 키우냐? 다들 하는 일인데 호들갑은?" 하고 말한다면 인내심은 폭발 지경이다.

여기다 한 술 떠 뜬다. "우리 엄마는 옛날에 우리 형제 다섯 명을 낳아 길렀어. 밭 매다가 애 낳고 엉금엉금 집에 가서 미역국에 밥 말아먹고 다시 나와 밭 매고 일했어. 요즘 여자들은 다들 왜 그 모양이야?"

뭐뭐뭐? 이런 망할 놈의 인간이 있나? 이걸 확. 아니지, 참아야 하느니라. 나는 지금 묵언수행 중이니라.

아이가 좀 더 크자 놀아달라고 하면 아이를 번쩍 안아 올리거나 함께 뒹굴거나 하며 놀아주긴 하는데 5분을 넘기지 못한다. 아니 2~3분 격렬하게 놀아준 후에는 드러누워 TV 채널을 이리저리 돌린다.

슬그머니 울화통이 치밀지만 그렇게라도 놀아주는 것이 어디냐 싶어서 한 번 더 참기로 한다. 안아서 올려주기나 비행기 태우기, 거꾸로 들어올리기, 목말 태우기 등 아빠가 몸으로 놀아주면 아이는 좋아서 까르르까르르 자지러지며 또 해달라고 재차 요구하는데 한두 번 해준 후에는 매달리는 아이를 냉정하게 뿌리친다.

그래도 그나마 어디냐! 참기로 한다.

술친구들과 어울려 집에 들어오지 않는 사람들도 있다는데 술 담배를 즐기지 않으니 그게 어디냐고 생각하기로 한다. 하지만 아빠가 되었는데도 조금도 변하지 않은 남편을 보면 다시 머리에서 김이 모락모락 난다. 부모가 되었으면 좀 변해야 할 텐데 아무 생각이 없는 사람 같아 보이니 말이다.

아이를 키우는 데는 엄마뿐 아니라 아빠의 역할이 절대적으로 중요하다고, 아이와 좀 더 놀라주라고 아무리 설교하고 설득해도, 화를 내도 요지부동이다.

옛날에 우리 아버지가 나하고 놀아준 적이 없지만 나는 문제없이 잘만 자랐다느니, 아이들은 다 알아서 크는 것인데 요즘 부모들이 너무 요란을 떤다느니, 아이들 요구를 무조건 다 받아주니 요즘 아이들이 버릇도 없고 싸가지도 없다느니 하며 나름대로 세상 사람과 세상 아이들에 대해 촌평을 하며 아내가 하는 말에 반박할 것이 너무 많다.

내 남편, 콩으로 메주를 쑨다 해도 내가 하는 말은 들으려고 하지 않으니 어찌해야 할까? 고민이 아닐 수 없었다. 더구나 우리 딸 지민이는 아빠와 떨어져 엄마하고만 지내다 보니 아빠의 자리가 참으로 절실한데 말이다.

생각 끝에 육아서적 한 권을 권해주었다. 협박 반, 회유 반 섞어서. 그런데 육아서적을 읽고 난 남편은 역시나 좀 변했다. 책의 약발이 떨어졌다 싶으면 슬쩍 또 다른 것을 권한다. 처음엔 온갖 핑계를 대면서 책 읽을 시간이 없다고 발뺌하다가 어느 날, 씩 웃으며 "나, 그 책 다 읽었다."고 한다. 그러고 나면 남편은 또 변해 있었다.

육아는 엄마만의 몫은 아니지 않은가? 아빠를 어떤 방법으로든 육아의 자리에 데려와야 한다. 아빠들이여 명심하시라! 직장에서의 술자리나 친구와의 친목도모를 위한 모임이나 동호회 활동도 중요하지만 내 아이와 한 약속도 중요하다는 것을.

아이들은 언제까지나 아이로만 머물러 있지 않는다. 아빠와의 놀이를 필요로 하는 시기는 금세 지나가버린다. 밖에서 돈 버는 것이 아이의 풍요로운 미래를 위해 중요하다며 출세와 성공을 향해 밖으로 관심을 돌리는 사이 아이들은 불만과 결핍감을 지닌 채 청소년기로 접어들 수도 있다.

이른바 문제아나 비행청소년들은 불우한 성장기를 보낸 경우가 대부분이다. 불우한 성장기란 꼭 물질적 가난이나 결손가정 자녀만을 의미하는 건 아니다. 사랑과 관심을 받지 못하고 경제적인 풍요 속에서만 자란 아이들 역시 문제가 될 가능성이 크다.

아이에게 부모는
항상 옳다!

세월이 가도 마음은 늙지 않아 그대로인 집.
집은 낡았어도 정은 새롭네.
대문을 열면 아버지의 기침소리가 들리고,
빨래를 너는 어머니의 하얀 무명 앞치마에 머무는 햇살.

― 이해인, 〈꽃삽〉 중

부모가 자녀의 인생에 결정적인 영향을 끼친다는 것은 누구나 알고 있는 사실이다. 처음에 엄마와 한 몸이었던 아기는 엄마와 아빠의 품에서 울고 웃고 자라 청년이 되고 어른이 된다.

엄마와 아빠는 아이가 접하는 가장 익숙한 세상이다. 물론 초등학교만 가도 친구와 놀기를 좋아하고 부모를 멀리하는 것 같아 애를 태우기도 한다. 하지만 엄마의 품에서 떠날 연령이 되었다 손치더라도 아이의 깊숙한 곳에는 여전히 엄마와 아빠가 있다.

삶의 순간마다, 선택의 기로에 설 때마다, 중요한 고비를 만나거나 좌절하거나 성공할 때마다 아이는 부모에게서 배운 그 무엇으로 자기를 지탱하며 살아가는 것이다.

초등학교, 중·고등학교, 대학을 거쳐 한 사람의 성인이 된 아이의 내면에는 부모 외에도 그간 학교와 사회에서 학습된 다양한 가치관과 경험, 습관 등이 내재해 있어 그 모든 것이 어른이 된 아이의 삶을 움직여간다. 하지만 기본 골조는 역시 부모의 영향이라는 생각이다.

그런데 아이는 초등학생만 돼도 부모를 비판하고, 부모의 허점을 잘도 집어내면서 소위 부모를 이겨먹으려고 한다. 이때부터 부모 자식 간기 싸움이 시작된다. 그러나 잘 생각해보면 어디까지나 겉으로 드러나는 현상일 뿐이다.

아이가 똑소리나게 부모에게 반기를 들고 부모의 잘못을 일일이 지적하니 부모 입장에서는 아이의 머리가 커갈수록 통제 불능이라고 우려하게 된다. 누구를 닮아서 저 모양인가 싶어 울화통이 터지고 절레절레 고개를 내젓게 된다.

하지만 비록 아이가 부모와 다르게 살겠다고 발버둥쳐도 결국 자식은 저도 모르게 부모를 닮는다. 부모를 삐딱하게 바라보는 듯하지만 내면 깊숙한 곳에서는 부모를 동정하고 '팔이 안으로 굽는다'.

그래서 실은 아이에게 부모는 항상 옳은 존재일 뿐이다. 아무리 부정하려 해도 자기도 모르는 사이에 부모의 모든 것을 따라가고 있는 것이다. 이미 부모라는 '거대한 수렁'에 빠진 것이다.

물론 보수적인 부모와 다른 길을 걷는 진보인사들도 있고, 엄마와 다르게 살려고 노력하면서 외면상 상이한 삶을 살아가는 딸들도 많다. 하지만 그들의 깊숙한 '안'을 들여다보면 거기엔 그들의 부모가 있다. 아이에게는 거부하고 싶어도 어쩔 수 없는 그 무엇, 부모의 잔영이 있는 것이다. 의식이 거부해도 무의식이 부모를 따르는 것이다.

그리고 자식들에게 부모는 항상 옳은 존재일 수밖에 없다. 부모가 아무리 몰염치한 사기꾼이라 해도 자식은 그 어미와 아비를 이해할 수밖에 없고 마음으로 끄덕일 수밖에 없는 존재들이다.

잘 생각해보자! 우리는 우리의 부모를 어떻게 기억하고 있는가? 혹 사회적으로 용서할 수 없는 범죄를 저질렀다 손치더라도 내 부모에게 돌을 던지겠는가? 돌은커녕 모방하고 답습할 가능성이 크지 않을까?

왜냐하면 자식에게 부모는 그 자체로서 옳기 때문이다. 부모는 자식의 뿌리이고 향수이며. 아득한 고향이고 그리운 추억이며, 애절하고 가슴 아픈 사랑이며, 보듬고 감싸 안고 싶은, 이제는 늙어버려 안타까운 자식의 생명의 근원이기 때문이다.

불효자라고 손가락질 받는 사람도 실은 그 마음 깊은 곳에는 부모에 대한 그리움이 있다. 자식은 피하려 하지만 그 부모를 배우고, 부모가 걷는 삶의 궤적을 비슷하게 가고 있는 것이다.

그러므로 우리 부모들은 정신을 차려야 한다. 내 웃음소리, 내 말 한마디, 내 걸음걸이, 내 표정, 내 고약한 성미 등 그 모든 것을 아이는 알게 모르게 마음에 각인하며 성장하는 것이다.

아이에게 부모는 항상 옳다!

아이에게 부모는 우주다!

나는 좋은 사람인가? 배려할 줄 아는 사람인가? 내가 편하기 위해 다른 이의 희생이나 고통은 안중에도 없는 사람인가? 내 욕심에 눈이 멀어 그릇된 선택을 하면서 반성하지 않는 사람인가? 아이는 나의 모든 것을 내면화한다.

존 맥스웰 쿠체의 장편소설《슬로우 맨》의 한 구절을 소개하며 이 글을 맺는다.

"같이 살았던 사람들은 죽은 게 아닙니다. 그들을 가슴에 품고 살아갑니다."

아 줌 마 는
위 대 하 다

그날 외갓집 마당가에 뒤집어놓은 솥뚜껑에는
장터같이 지글거리며 돼지기름이 끓고
맛있는 배추전 내를 은근히 맡고 있으면 요놈
불알 얼마나 컸나 보자
하며 옷깃을 잡아당기며 까르락대던 아주머니들……

– 안도현, 〈1960년대〉 중

이웃의 젊은 엄마들이 고만고만한 아이를 데리고 놀이터며 각자의 집이며 주변의 공원, 음식점 등을 순례하는 걸 보면 참 부럽다.

마흔 후반에 어린이집 다니는 아이가 있는 나는 이런 일상의 풍경이 심상히 보이지 않는다. 환경과 처지가 비슷한 사람들이 정보와 수다를 교환하고, 아이들끼리도 자연스럽게 어울리는 건 아이에게도 엄마에게도 휴식 이상의 무엇인가를 가져다줄 것이다.

직장생활을 하면서 이웃과 얼굴도 모르고 살아왔고, 뒤늦게 아이를 낳고는 주변에서 적당한 친구를 찾기가 힘들었던 나로선 비슷한 연령의 아줌마들이 손에 손에 아이를 데리고 어울리는 모습만 봐도 가슴이 울렁거린다. 얼마나 이쁜 모습인지.

그 느낌은 직장생활 중 혹은 대학시절에 마음 맞는 친구를 만나 식사를 하고 술을 마시며, 서로의 이야기를 풀어내고 공감하는 어느 순간 박장대소하던 것과 비슷할까? 고민을 토로하며 위안을 받을 때 또는 빡빡한 하루를 보내고 긴장을 풀면서 느끼던 기분과 비슷할까?

더군다나 관심사가 어슷비슷하고, 할 얘기도 고만고만하고, 무엇보다 육아라는 '과제'에 대해 의견을 나누고 웃고 떠들고 어울리는 장이니 얼마나 좋은가? 게다가 형제가 없어 외로운 내 자녀가 또래와 신나게 놀고 있지 않은가?

스무 살 시절, 내게 아줌마라는 어감은 구질구질 혹은 반찬냄새 혹은 지저분함 등과 동의어였던 것 같다. 서른 살이 되었으나 아직 결혼 전이니 아줌마라는 말에 아무 느낌도 없었다. 아니다. 솔직히 서른다섯을 넘고 나서부터는 아줌마라는 단어를 동경했다!

늦은 결혼 후에도 남편이 생긴 것 외에 나는 여전히 직장 일에 매달렸을 뿐 별다른 변화를 느낄 수 없었다. 늘 혼자이던 시간들의 사무치는 외로움에서 벗어나 옆에 힘센 남자가 있다는 사실만으로 행복했던 시절이었다. 그래서 옆집 아줌마와 친해야겠다는 생각을 해본 적이 없었다. 아침저녁 출퇴근하고 일요일에는 남편과 외출하거나 집 안에 하루 종일 뒹굴고 있어도 좋았다. 굳이 옆집 아줌마와 '교감'해야 할 일이 없지 않은가?

하지만 아이가 태어나자 모든 것은 완전히 바뀌었다. 또래를 낳아 키우는 아줌마를 보면 다시 한 번 바라보게 된다. 저 아줌마하고 친하게 지낼 수 있을까? 저 꼬맹이, 우리 아이랑 나이가 비슷하겠네. 여자아이네. 젊은 아줌마는 나의 관심의 대상이다.

어쩌다 이야기라도 나누게 되면 이 사람과 친구가 되면 참 좋겠다는 생각에 설렌다. 사람이 가슴이 설레는 건 스무 살 시절 사랑만이 아니라는 걸 나는 요즘 실감한다.

서론이 너무 길다!

그런데 흥미로운 사실은 이들 젊은 엄마의 자녀들은 친구의 엄마에게 모두 '이모'라고 부른다는 것이다. 그것도 좋은 현상이다! 요즘은 대부분 자녀가 한두 명이니 우리 아이들이 어른이 된 세상에는 이모, 고모, 삼촌 등으로 불리는 사람들이 현저히 줄어들 것이다.

피차 외로운 처지니 서로의 엄마를 이모라 부르면서 결속을 강화하고 서로에게 좋은 이모가 되어 서로를 지켜주는 버팀목이 되면 금상첨화다.

특히 우리 사회는 피는 물보다 진하고 누가 뭐라 해도 혈연, 지연, 학연 등으로 칡넝쿨처럼 얽혀서 살아가는 세상임을 부정할 수 없다. 세상이 이렇게 흉흉할진대 내 아이에게 이모가 많아지면 그 얼마나 든든한가! 내게 없던 언니나 동생이 새로 생긴다는 건 얼마나 좋은 일인가?

외로운 사람들일수록 무리를 짓고 싶어 하고, 결핍감이 많은 사람일수록 어떤 패거리에든 들어가야 안정을 찾는 것 아니겠는가? 어찌 보면 사회적 동물인 인간이 소속감을 갖고 싶어 하는 건 당연한 욕구이다. 우리나라는 특히 그런 현상이 지배적인 사회다. 그만큼 우리 사회는 어떤 의미에서 내적으로 공허한 사람들이 많다고 볼 수 있다.

물론 원인이야 여러 가지가 있을 것이다. 해방 이후 급속하게 발전해 온 풍요롭지만 '피도 눈물도 없는 냉혹한' 자본주의 질서, 그리고 현재의 IT 강국이 되기까지 앞만 보고 달려왔으므로 다들 자기 안을 바라볼 여유가 없고 뭔지 모르게 쫓기고 있다.

하지만 이제는 변화가 필요한 시점이다. 이젠 물질적인 혹은 외형적인 그 무엇만이 아니라 정신의 고양(高揚)이 필요하다. 황폐하고 쓸쓸하게 방치해둔 내 안에 맑은 공기와 따뜻한 햇살을 듬뿍 담아보는 작업을 우리 각 개인이 해야 할 숙제인 것 같다.

앞으로만 달리던 우리 자신에게서 어쩌면 사라져버린 지 오래됐을지도 모를 사람냄새를 찾아보자는 것이다. 서로에게 '측은지심'을 갖자는 것이다.

이야기가 빗나갔다. 본론으로 돌아가자! 그런데 엄마 친구에게 상대방 아이들이 '이모'라고 부르는 건 단순하지만 결정적인 이유 때문이라는 것이 나의 결론이다. 말인즉 그냥 '아줌마'라는 말의 어감이 마뜩찮아서 그런 것이다.

아줌마라고 부르면 요즘 젊은 엄마들, 아주 싫어한다. 자기가 아줌마지 그럼 아저씨인가? 할머니인가? 아줌마를 아줌마라고 부르는데 왜 그리 거부감을 느끼는지 알 수 없다.

물론 젊은 엄마들이 아줌마라는 말을 싫어하는 건 아줌마의 본래 의미보다는 아줌마라는 말에 묻어 있는 어떤 무식함 혹은 뻔뻔함, 몰염치, 고등어 냄새 등과 동일시하기 때문인 것 같다. 하지만 내 생각은 아줌마의 진정한 의미를 복원해야 한다는 것이다. 아줌마라는 말 속에 든 숭고함과 관대함, 헌신과 아량, 온유함의 정신 등등을 되찾아오자! 그냥 우리 서로를 아줌마라고 부르자는 것이다!

아줌마가 얼마나 위대한지는 내가 아줌마가 되어보니 알겠다. 결혼 전에는 단출하게 자신에게만 많은 '투자'를 하면서 개인 아무개 씨로 살았다면 결혼과 임신, 출산과 육아의 과정에서 여성들은 남성과 비교할 수 없을 만큼 많은 여러 가지를 감당하는 해결사 역할을 하게 된다. 맞벌이 주부라 하더라도 마찬가지다.

이 낯선 변화를 몸으로 경험하고 실천하면서 가정을 든든히 지켜내는 아줌마들이란 실로 대단한 능력의 소유자라는 것이 나의 생각이다. 잘 다니던 직장을 육아의 문제로 휴직하고 짧게는 3~4년, 길게는 10년 이상 집에 있다가 재취업에 나서는 여성들은 괜히 주눅이 들기도 하는데 절대 그럴 필요 없다. 이 기간 동안 직장에서 쌓은 경력 못지않게 중요하고 자랑할 만한 새로운 경력을 이력서에 추가하게 된 것을 자축해야 하리라! 그리고 사회는 이를 반드시 인정해주어야 한다.

실제로 재취업한 주부들이 사회에서 성공한 예는 부지기수다. 그 기간만큼 인간으로서 충분히 담금질이 되었고 마음에 사랑과 온유함이 ― 정도의 차이는 있겠지만 ― 자리하고 있고, 거기다 센스, 즉 눈치코치가 몹시 빠르다. 자녀의 마음을 읽어내는 엄마의 감각은 탁월하지 않은가? 게다가 주부로서 '오래 참고' 인내해왔으므로 사회생활에서 웬만한 좌절에는 끄떡도 하지 않을 배포를 지니게 된 것이다. 그러니 무슨 일을 하든 잘할 수밖에 없다. 이전과는 다른 새로운 '제3의 인간이 탄생한 것'이다.

자신의 능력과 적성에 맞는 직종에 재취업한 주부들이 실패하는 경우는 드물다. 혹 전에 하던 업무를 다시 할 경우에도 잠시 동안 헤맬 수는 있지만 일시적일 뿐이다.

아줌마는 위대한 사람들이다! (물론 개중에는 '나쁜' 쪽으로 머리를 굴려 치맛바람, 땅 투기, 사교육 열풍, 과소비와 명품 열풍 등 재주를 과시하는 경우도 왕왕 있다.) 이 위대한 아줌마들이 아이들을 키운 후 사회에 공헌할 수 있는 길을 열어주어야 한다. 적재적소에서 잘 활용하면 좋은 성과를 낼 수 있다고 본다.

법으로 주부 재취업을 명문화하라!!!!

그런데 이런 자랑스러운 '아줌마'라는 말을 아줌마 본인들이 싫어하고 사용하기를 꺼려하는 건 불행한 일이다. 아이들이 아줌마라고 부르면 다정하게 대답해주자! 얼마나 좋은 말인가? 아줌마! 나는 내가 아줌마라는 사실에 감사한다. 옷에서 반찬 냄새가 나고 구질구질 생활의 냄새가 나는 아줌마, 마음이 한없이 넓고 사랑이 넘실대는 아줌마로 오래 머무르고 싶다. 그리고 인간에 대한 경외감과 호감 가는 미소가 다른 이들에게 퍼져서 세상이 멋진 아줌마들로 넘쳐나기를 바란다.

아줌마
난 당신이 좋아요!
내가 아줌마라서 참 좋아요!

엄마는 왜 나한테
존댓말 안 해?

겨울숲에서 노려보는 여우의 눈처럼
잎 뒤에 숨은 붉은 열매처럼
여기
나를 응시하는 것이 있다
내 삶을 지켜보는 것이 있다
서서히 얼어붙는 수면에 시선을 박은 채
돌 틈에 숨어 내다보는 물고기의 눈처럼
……
나를 응시하는 것이 있다
내 삶을 떨게 하는 것이 있다

– 류시화, 〈그것이 무엇인지 나는 모른다〉 중

"엄마 우유 줘."

"존댓말로 해야지. '우유 주세요.' 해봐."

"그럼 엄마는 왜 나한테 존댓말 안 해?"

"어른한테는 존댓말을 해야 하는 거야. 엄마는 어른이잖아."

"왜 어른한테는 존댓말을 해야 해?"

다섯 살 된 딸아이는 세상은 참 알 수 없는 것투성이라는 표정으로
엄마의 답변을 기다린다.

235

궁금해서 견딜 수 없다는 눈망울의 진지함 앞에서 나는 잠시 망설인다.

"그건 어른은 공경해야 하기 때문이지."
"공경이 뭐야?"

그런데 왜 어른한테 존댓말을 해야 하는 거지? 나는 의문에 잠긴다. 그러다가 속으로 생각한다. 에이, 처음 말을 시작할 때부터 존댓말이 습관이 되도록 강하게 몰아붙일걸 그랬어. 이제 와서 바꾸려니 힘이 드네.

사실 아이가 어눌하게나마 입을 뗄 때부터 존댓말을 시키려고 했다. 28개월부터 어린이집에 다니면서 존댓말을 배워서 집에 오면 곧잘 했다. 반말을 할 때마다 지적해주면 곧 고쳐서 말했다. 그런데 아이의 발음이 부정확한 상태였기에 존댓말을 시키면 하긴 하는데, 힘겹게 정확하지 않은 발음으로 하곤 했다. 발음도 분명치 않은 아이에게 사사건건 높임말을 강요하는 것이 개운치 않아서 슬그머니 아이가 하는 대로 두었던 것이다. 어린이집을 중단하고 엄마랑 지내면서 아이는 존대어를 잊어버렸다. 그런데 다섯 살이 되고 여섯 살이 되어 가는데도 엄마 아빠에게 반말을 하는 것이 은근히 걱정되었다. 다른 사람들과는 통 말을 하지 않지만 어쨌거나 집에서 존댓말 하는 습관이 돼야 밖에서도 어른에게 높인 말을 할 텐데 싶어서 어느 날부터 존댓말을 하라고 밀어붙이기 시작했다. 그러면 아이는 고쳐서 하곤 했는데 하루는 정말 궁금해서 못 견디겠다는 표정으로 왜 엄마에게 존댓말을 해야 하는지, 왜 어른들에게 존댓말을 해야 하는지 묻는 것이었다.

그런데 사실 나도 잘 모르겠다는 생각이 든 것이다. 왜 어른에게는 존댓말을 해야 할까? 먼저 태어나서 세상을 먼저 경험했으므로 세상에 대한 안목이 넓고 지혜가 많으니까? 복잡하고 어렵네. 그냥 단순하게 말하자! 어른이니까. 그래 맞아, 어른이니까 무조건 존댓말을 하는 거지. 이유가 어디 있어. 어른한테는 존댓말 하는 거야. 그런데 이런 나의 답변이 적절한 것인지는 잘 모르겠다.

이런 일도 있었다.

어느 날, "지민아, 베란다에 가서 행주 좀 가져와."라고 했더니 "니가 가져와." 하고는 웃으며 바라본다. 어이가 없어 웃음이 나오는 걸 꾹 참고, "이, 이노므 지지배, 엄마한테 누가 니라고 해?" 했다.

아이는 거리낌 없이 "이노므 지지배, 니가 가져와."라고 반복한다.

그래서 아이를 앉혀놓고 어른한테 버릇없는 말을 하면 안 된다고 일장연설을 했다. 한참 동안 엄마 말을 듣고 있던 아이는 "아아, 그렇구나."라며 고개를 끄덕인다. 그러더니 이런다.

"그럼 엄마, 엄마는 나한테 욕해도 되는 거야?" 하고 묻는다. 어른한테 '이노므 지지배' 같은 욕을 하면 안 된다고 했는데, 아이는 또 궁금한 것이다. 엄마는 자신한테 반말을 하고 욕을 해도 되는 건지.

나쁜 뜻이 있어서가 아니고 몰라서 엄마 흉내를 내는 것이니 열 낼일은 아니지만, 혹 다른 사람들 앞에서 이런 말버릇을 보이면 난감한 상황이 될 것이다.

그래 맞다. 엄마는 자식한테 욕해도 되고, 반말해도 되고, 심지어 때려도 되는데, 너는 엄마에게 욕은 물론이거니와 반말을 해도 안 되지. 그건 너도 자식 낳으면 마찬가지니까 공평한 거란다. 억울해할 필요 없지. 암, 억울하면 빨리 커서 네 자식 낳으면 돼지. 낳아주고 키워주고 보살펴주고 나를 '희생'한 시간이 얼만데 그럼그럼…….

그런데 그날 이후 내내 아이의 의문이 내 머릿속에 맴돈다. 천진스런 얼굴에 참으로 불공평하다는 표정을 담아 문제를 제기한 어린 딸의 말이 자꾸 걸린다. 딸아이는 엄마는 자신한테 존댓말을 하지 않으면서 왜 자기한테는 존댓말을 강요하는지 이해할 수 없다는 말을 하고 있었다. 다섯 살 난 아이가 말이다.

곰곰 생각해보니 정말 모르겠다. 딸아이 말대로 왜 어른한테는 존댓말을 해야 하는지 명쾌한 무엇인가가 떠오르지 않았다. 우리가 숭상해 마지않는 영어에는 존댓말이 있던가? 조상 대대로 내려온 아름다운 풍습인가? 유교문화권의 영향인가?

존댓말이 지닌 의미는 무엇일까? 존경하고 존중한다는 것이겠지.

왜 어른은 꼭 아이들에게 존댓말을 들어야 하고 아이에게는 반말을 할까? 어른은 마땅히 존경받아야 하고 아이는 마땅히 하대해야 하는 것일까?

고민하다가 나도 아이에게 존대어로 말하기로 결심했다. 물론 이 시도에는 다분히 불순한 의도가 숨어 있긴 하다. 엄마가 먼저 본을 보이면 아이도 따라하리라는 계산 말이다.

내가 하다 보면 아이가 자연스럽게 엄마 아빠에게 존댓말을 하게 될 테고 그러다가 습관이 들면 슬그머니 나는 반말을 하면 되는 거니까. 말하자면 교육 차원에서 솔선수범을 시작한 것이다.

그런데 의도대로 잘된다. 내가 존댓말로 하면 아이는 반말을 하다가도 "알겠어요."라고 하고, "응." 했다가도 "예." 하고 금세 고친다. 그런데 딸아이가 나보다 한수 위인가? 내가 잠시 잊고 반말을 하면 딸도 여지없이 반말모드로 돌아온다. 그래서 퍼뜩 정신을 차리고 "이리로 오세요, 조심하세요."라고 말하면, "예 조심할게요, 엄마."라고 응수해온다.

내가 방심하면 아이도 방심하고, 내가 예의를 지켜서 말을 높이면 아이 역시 말을 높인다. 말을 높이든지 낮추든지 아이의 태도에는 변화가 없다. 엄마에 대한 존중도 무시도 아닌 그저 엄마가 하는 대로 할 뿐이었다.

그래서 또 고민했다. 나의 '계산'이 잘 안 먹히네. 어떡하지? 정색을 하고 엄하게 야단을 쳐볼까? 하지만 그 방법은 좋지 않다. 그래서 다시 마음을 고쳐먹었다.

진심으로 하자. 계산이 깔린 얕은 '속임수'가 아니라 진심으로 나도 아이를 존경하고 존중하는 마음을 담아서 아이에게 예의를 지키자!

예의는 어른에게 지키는 것이고, 예의는 남에게 지키는 것이고, 예의는 아랫사람이 윗사람들에게 취해야 할 태도만이 아니다. 예의는 인간 누구에게나 지켜야 할 가치다.

그렇다면 내가 진심으로 아이를 정중하게 대접하자. 그래서 나는 좀 더 마음에서 우러나오는 '경의'를 표하며 아이에게 존대어를 시작했다. 그런데 한편으로는 약이 오른다. 부모라면 마땅히 누려야 할 '권리'를 나 스스로 내팽개치는 것은 아닐까? 자식은 애물단지라더니 그 말이 딱 이네.

하지만 한 가지 확실한 것이 있다.
존중받고 싶으면 존중하라!

"엄마는 나한테 반말해도 돼? 욕해도 돼?"라는 내 딸의 물음에 대한 나의 답변은 **"안 돼!"**다.

이 순간은 영영
다시 오지 않는다

살아 있는 것은 아픈 것, 아름다운 것은 어지러운 것.
너무 많아도 싫지 않은 꽃을 보면서 나는 더욱 사람들을 사랑하기 시작하지.
– 이해인, 〈꽃삽〉 중

사람들이 아이 돌보는 일을 '육아전쟁'에 비유하는 걸 보면 엄마노릇이 쉬운 일이 아닌 것은 분명하다.

직장을 다니다가 갑자기 아이와 지내야 하는 상황이라면 더 힘이 들 것이다. 엄마들에게 물어보면 아이와 함께하는 시간이 무엇과도 바꿀 수 없이 행복하다는 사람도 있다. 그럴 때마다 나는 '괜히 하는 말이겠지' 생각하곤 했다.

육아가 기쁘고 행복하다는 것이 체감적으로 와 닿지가 않았다. 그런데 이제 와 생각해보니 사람마다 어린 시절의 경험과 부모와의 애착형성 정도가 다를 테니 육아가 행복한 사람들이 얼마든지 있을 수 있다.

문제는 육아가 소위 적성에 맞지 않는 사람들이다. 속내를 드러내지 않아서 그렇지 이런 사람들도 의외로 많다. 개중에는 모성본능을 앞지를 만큼 자기 성취욕구가 강한 경우도 있고, 평범한 주부인데도 양육이 힘이 들 수 있다.

어떤 경우든 육아에 '재미를 못 느끼는' 사람들은 위험경보이니 경계

태세를 늦추지 말라고 말하고 싶다. 아이와 함께하는 시간이 달콤하고 행복하지 않다면 십중팔구 아기도 엄마와 함께하는 시간이 만족스럽지 않을 것이기 때문이다.

엄마도, 아기도 행복하지 않다면 불행한 일 아닌가? 세상에 태어나 엄마가 되는 것보다 경이로운 경험이 또 있을까? 그런데 이 소중한 날들을 짜증스럽게 흘려보내는 것은 얼마나 안타까운가?

어느 날 퍼뜩 뇌리를 스치고 지나가는 생각 하나! 그래, 아이와 함께하는 이 순간이 꿈처럼 달콤한 하루하루가 되어야 해! 이 소중한 시간은 두 번 다시 오지 않아. 지금 나의 아이에게 이 시간의 감미로운 공기와 살랑이는 바람과 햇살을 느끼게 해주자! 꼬물거리는 작은 손, 까르르 자지러지게 웃는 아이 얼굴. 이 순간을 마음껏 누리자!

자연과 세상이 주는 많은 선물을 하나하나 몸으로 마음으로 체험하며 아이와 함께 기쁜 시간을 보내자! 오늘 하루는 곧 추억이 되고 과거가 되어 기억의 저 밑으로 가물가물 지나갈 것이다. 그리운 시간 너머로 오늘이 사라지기 전에 달게 보내자!

감사할 것을 찾고, 매일 똑같은 일상에서 '와~' 감탄할 거리를 건져내어 거기 풍덩 빠져보는 거야. 찾아보자, 행복한 것들의 흔적들, 그 속에 들어가 함께 웃는 거야. 내가 거처할 집이 있고, 방금 든든하게 식사를 했고, 게다가 아주 감미로운 커피를 마셨고, 저 사랑스런 아기가 있고, 함께 걸어갈 남편이 있고, 빠듯하지만 남편이 월급을 가져다주고……. 이 정도면 다음 순서는 '행복할 거리'를 찾기만 하면 된다. 배가 고프고 등을 기댈 방이 없어 노숙을 해야 하는 상황이라면 물론 행복하려고 마음먹는다고 해도 뜻대로 되지 않을 것이다. 하지만 기본적인 의식주가 해결된 상황에서는 마음을 밝은 곳에 가져다두고 많이 웃으려고 노력해야 한다고 생각하기 시작한 것이다.

젊은 시절, 나는 "모든 것은 마음먹기 나름이다."라는 말을 아주 싫어했다. 아무리 생각해도 이런 언사 속에는 사기성이 느껴졌기 때문이다. 세상 모든 것이 '다 마음먹기 나름'이라고 할 수는 없지만, 아이를 키우면서 많은 부분은 마음먹기에 따라 지금과 다른 새로운 국면을 경험할 수 있다는 생각을 하게 됐다.

아무튼 이렇게 결심하고 마음을 바꾸자 짜증과 우울함을 동반하던 모든 것들이 나를 향해 손을 내미는 느낌이 들었다. 나를 향해 웃어주는 작은 것들의 미소가 보이기 시작한다. 눈을 열고 '하찮은 것'들이 주는 위안에 나를 맡기며 기쁜 마음으로 아이를 바라볼 수 있게 됐다.

엄마의 마음에 따뜻한 기운이 생기자 아이가 참으로 이쁘다. 하얗고 보드라운 아기의 손을 잡으니 공연히 마음이 짠해진다. 뒤뚱뒤뚱 엄마 손을 잡고 웃는 아이를 보면 안아주고 싶다.

이 광활한 우주의 한 귀퉁이, 작은 나라 변두리 동네에서 아이는 나를 엄마라고 부른다. 나의 아이를 바라보면 가슴이 뛴다. 살고 싶어진다.

그렇다고 매순간 그럴 수야 있는가? 어느 순간 이 사실을 까맣게 잊고 엉뚱한 데 에너지를 낭비하기도 한다. 그러다 다시 일어난다.

어느 날 마트에 갔는데, 복잡한 통로에 북적이는 사람들 속에서 잠시 힘이 들었다. 계산대 앞에서 순서를 기다리는데 딸아이가 앞줄에 선 또래 사내아이를 보고 "엄마, 쟤 몇 살일까?" 한다. 그래서 "네가 물어봐." 했더니 딸은 한참 만에 용기를 내어 모기소리만 하게 "너 몇 살이야?" 한다. 내가 "더 크게 말해봐."라고 했더니 망설이다가 "몇 살이야?"라고 좀 더 크게 말한다. 그러나 녀석은 뚱하게 바라보고만 있다. 갑자기 사내아이 옆에 서 있던 아이 엄마가 신경질적으로 휙 돌아본다. 한순간이었지만 눈초리가 어찌나 매서운지 나까지 움찔할 정도였다. 딸은 얼른 내 가슴께에 얼굴을 묻어버린다. 소심한 딸이 용기를 내어 모르는 친구에게 처음으로 말을 걸었는데, 무엇인가에 잔뜩 짜증이 나 있는 아이 엄마가 있는 대로 인상을 구긴 채 뭔가 경고를 하는 것만 같았다. 그 모습은 마치 '우리 건드리지 마라. 그러잖아도 확 돌기 직전이니까'라는 메시지를 담고 있는 것 같았다.

젊어 보이지도 늙어 보이지도 않는 이 여인의 얼굴에는 까만 기미가 소복했고, 양 미간을 잔뜩 찌푸리고 있으니 도무지 나이를 가늠할 수 없을 정도로 스산한 분위기를 풍겼다.

30대라 해도, 50대라 해도 그런가 보다 싶은 여인이었다. 힘들게 입을 연 어린 딸에게 그녀의 험한 표정이 내내 마음에 걸렸지만, 나는 딸을 가만히 토닥여주기만 했다. 그리고 사내아이에게 "참 잘생겼네. 친구가 너랑 말하고 싶은가봐. 몇 살이야?"라고 말했다. 그래도 녀석은 대답하지 않고 나와 딸을 쳐다보기만 한다.

여인을 보니 파마가 풀린 머리는 헝클어져 있고 무릎이 나온 바지에, 집에서 슬리퍼를 끌고 급히 나온 것 같다. 잠시 후 여인은 짜증스럽게 자기 쇼핑카트를 앞으로 세게 밀어붙인다. 쾅 쾅 자꾸 앞으로 밀었지만 어찌된 일인지 카트는 꼼짝도 않는다. 여인은 더 거칠게 앞으로 반복, 재반복해서 신경질적으로 밀고 있다. 고개를 내밀고 보니 통로에 플라스틱 바구니들이 여러 개 쌓여 있어서 앞으로 나가지 못하고 있는 중이다. 그 상황을 눈으로 보고도 바구니를 한쪽으로 치울 생각은 않고 막무가내로 카트만 밀어붙이고 있는 것이다. 내가 다가가 통로의 바구니들을 번쩍 들어 계산대 옆에 올려주었더니 비로소 카트가 시원스레 앞으로 나간다. 여인이 짜증을 멈추고 계산하는 것을 보니 흐뭇했다.

요즘 나는 '좋은 일'을 많이 한다. 누군가 길을 물으면 친절하게 찬찬히 설명해준 후 미소까지 짓는다. 그런데 사람들에게 다정하게 응대해주고 나면 내가 무척 행복해지는 것이다. 물론 상대방도 고마워한다.

내 차례가 되어 구입한 물건들을 계산대에 올려놓고 있는데 누군가 "안녕~ 또 만나자." 하는 것이었다. 소리 나는 쪽을 보니 방금 전 그 여인이 지민이에게 밝게 웃으며 손을 흔들고 있다. 한쪽 손에 무거운 찬거리를 잔뜩 든 채. 딸아이 역시 여인을 바라보며 조심스레 미소를 짓는다.

웃고 있는 그녀의 얼굴에는 그 많던 주근깨도, 아무렇게나 헝클어진 머리카락도 사라지고 없었다. 정확히 말하면 더 이상 내 눈에 보이지 않았다. 저렇게 예쁘게 웃을 수 있는 여인이었구나. 칙칙하던 얼굴에 해사한 미소만 보름달처럼 환하다. 나는 덩달아 신이 났다. 그래 맞다. 우리가 살고 있는 오늘 지금 이 순간은 한 번 지나가면 끝이다. 부디 사람들과 행복하게 소통하고 교류하며, 기쁜 하루를 보내자! 남이 하지 않으면 내가 먼저 조금만 수고하면 된다. 이 느낌을 오래 기억하고 싶다.

게다가 지금 내 딸이 웃고 있다!

내가 내게 말한다.

이 순간은 영영 다시 오지 않아. 나를 엄마라고 불러주는 나의 아이와 함께 손잡고 세상의 큰 문 앞에까지 걸어가는 여정은 그리 길지 않아. 곧 나는 아이를 혼자 세상으로 들여보내고 빈손으로 돌아와야 하는 시기를 맞을 거야. 서두르지 말고, 힘들다고 주저앉지 말고 이 시간을 달콤하게 보내는 거야! 마음껏 웃는 거야.

나는 오늘도 아이와 함께 소리 내어 웃고, 장난치고, 벅찬 마음으로 하루를 산다. 기쁘게 재미있게 산다. 하지만 더러 힘들 때도 있다.

오늘 하루를 후회 없이 살고 나면 내가 한 뼘씩 성장하고 있다는 생각이 든다. 언젠가는 내 품에서 떠나 높이 날아오를 아이를 생각하면 이 순간이 아쉽다.

엄마가 되지 않았다면 이 풍성한 삶의 깊이를 알 수 있었을까? 인간의 진정한 성숙과 성장과 완성에 대해 고민해보았을까?

엄마인 나는 내 아이의 엄마라는 틀에서 나와 세상 모든 아이의 엄마가 되어야 한다는 생각도 하게 됐다. 그래야 진정으로 내 아이의 좋은 엄마가 될 수 있으니까. 엄마는 이기적이지 않으며 더러 욕먹을 소리한다고 나무랄 수도 있겠지만, 희생적인 사람이라고 나는 생각한다.

"지금이 조선시대도 아니고 엄마라고 왜 무조건 희생해야 해?" 하고 반문하는 이가 있다면 생명을 세상에 내놓은 자는 그것이 끝이 아님을 알기에, 거기서 새롭게 시작해야 함을 알기에, 그리고 책임을 다하기에 좋은 양육을 하려는 노력이 이미 희생이라고 말하고 싶다. 이전의 자기 부정을 통해서 새롭게 태어날 수밖에 없으니 말이다. 그런 의미에서 세상 모든 엄마는 인내와 희생의 상징이다. 물론 예외적인 엄마 아빠들도 있다!

오늘 하루도 아이와 행복한 추억을 만들어보자! 꿈을 꾸어보자!

그리고 눈을 돌려 손길이 필요한 다른 아이들도 잠시 바라보고 웃어주는 마음의 문 하나를 만들어보자! 나는 내일 다시 내 아이와 시작되는 하루가 기다려진다. 그리고 가슴이 설렌다. 하루하루 커가는 아이를 보는 것이, 내가 엄마라는 사실이.

아이들은 언제나 준비가 되어 있다

때로는 울고 싶습니다
그러나 어떻게 우는지 잊었습니다
내 팔은 울고 싶어 합니다
내 어깨는 울고 싶어 합니다
하루 종일 빠져나오지 못한 슬픔 하나 덜컥거립니다

- 이성복, 〈울음〉 중

여고를 졸업하고 서울로 상경하면서 나는 드디어 '자유'를 얻게 됐다.

어느 날 내가 아르바이트하는 회사에 어머니가 오셨다. 서울 뚝섬 부근에 있는 괜찮은 대학교에 합격했지만, 형편상 포기하고 다음을 기약하던 시기였다. 나를 보자마자 어머니는 불편한 마음을 여과 없이 드러냈다.

"은래 새끼가 내보고 엄마라고 부르지도 않는데이. 나쁜 짓만 골라가면서 하고 학교도 중퇴하고 말을 안 들어서 내 몬 살겠다."

어머니는 이제 내가 없는 시골집에서 막내 남동생을 쥐 잡듯 하셨나보다. 어머니는 평소 "나는 남녀 차별 안 한다."는 말을 즐겨 했는데 어찌보면 시대를 앞서는 좋은 생각이지만 남동생으로선 고생문이 훤하다고 할 수밖에 없는 발언이었다.

많은 형제자매 가운데 중간에 태어난 어머니는 자신의 성장환경 때문인지 나름대로 양육방식이 확고한 분이었다. 장녀인 나와 막내아들에게는 호랑이가 따로 없었지만 중간에 끼어 있는 두 딸에게는 지나치게 관대했다.

보통은 위로 딸, 딸, 딸, 딸 셋을 낳고 어렵게 얻은 막내가 아들이라면 금지옥엽, 금이야 옥이야 할 텐데 당신의 말씀대로 남녀 차별을 하지 않았다. 역차별이라고 느껴질 만큼 여동생들보다 남자인 막내 동생을 구박했다.

사춘기 시절 나는 반항아였지만 내 속 깊은 곳에서는 '부모는 절대적으로 순종해야 하는 절대 선'이라고 생각했던 것 같다. 그래서 동생들이 부모 속을 상하게 한다고 하면 '내가 엄마 말을 잘 안 들어 동생들이 나를 닮은 거'라고 죄의식에 잠기던 시기였다. 당시의 나에게 '엄마'는 절체절명의 그 무엇이었다. 어머니의 성격이나 양육방식 같은 걸 비판적으로 생각해본다는 것은 있을 수 없는 일이었다.

나는 어머니를 진심으로 동정했고 마음이 아팠다. 그리고 '못된' 막내 놈한테 화가 치솟았고 어머니가 한없이 가여워져 가슴이 아려왔다. 어머니의 화나는 마음이 백 번 이해가 되었다. 그런데 나도 모르게 담담하게 이렇게 말했다.

"엄마, 은래한테 소리 지르고 욕하고 때리지 말아봐. 대신 칭찬을 많이 해봐."

정말 나도 모르게 내 입에서 나온 말이었다. 어머니는 역정을 내면서 말했다.

"그 새끼, 칭찬할 게 있어야 칭찬을 하지."

나는 또 이렇게 말하고 있었다.

"누구나 잘 보면 칭찬할 게 있어. 정히 칭찬할 게 없으면 '우리 은래 잘생겼다. 참 잘생겼다'라고 칭찬해봐. 예전에 나한테는 그렇게 막 대했지만 은래는 달라. 남자잖아. 사춘기 남자 애들은 정말 무서워. 그리고 나중에 아버지 돌아가시면 은래랑 함께 살아야 할 텐데 어떡하려고 그래?"

어머니는 "내는 니 애비 죽고 나면 혼자 살란다."라고 했다. 어머니보다 19년 연상인 아버지는 당시 이미 일흔이 넘으셨다.

시간이 흘렀다.

어머니가 그날 나를 만나고 돌아간 이후부터는 좋은 소식만 간간히 들려왔다. 남동생은 마음을 잡고 공부를 하기 시작해서 검정고시로 중학과정을 마치고 고등학교에 들어갔다고 했다. 나중에 군에 가게 됐을 때 어머니는 훈련소까지 따라갔다 와서는 통곡을 했다고 한다. 제대 후 대학은 가지 않겠다고 선언하고 대신 공부를 열심히 하더니 철도청 소속 공무원이 되었다. 내가 결혼할 무렵에는 야간 대학에도 다니고 있었다. (막내는 공부에 흥미가 없던 녀석인데 말이다.)

언제부턴가 남동생과 어머니가 더없이 좋은 사이라는 걸 느끼게 됐다. 남동생은 이제 어머니가 콩을 팥이라 해도 믿을 만큼 어머니에 대해 지극한 마음뿐 아니라 애정을 가지고 있었다.

다시 시간이 흘렀다. 내가 서른여덟 살에 결혼을 하게 되어 시골에 내려갔을 때, 나는 셋째여동생이 작정하고 하는 말을 들어야 했다. 그리고 속으로 잠시 웃었다.

신혼여행에서 돌아와 두 여동생과 제부들과 조카들이 함께 모인 자리였는데, 남동생은 자리를 비운 상태였다. 셋째여동생은 나를 힐끗 보더니 들으라는 듯 이렇게 말했다.

"엄마가 옛날에 은래한테 잘생겼다고 너무 칭찬을 많이 해서 은래가

버르장머리가 없어졌다니까."

순간적으로 무슨 말인지 몰라 지나쳤는데 잠시 후 나는 상황을 파악하고 속으로 웃을 수밖에 없었다.

며칠 후 우리 신혼집에 온 남동생과 맥주를 마시다가 "너 엄마라면 껌벅 죽는구나?" 하고 놀렸더니 자기는 엄마가 좋단다. 그래서 "너 중학생 때는 엄마를 엄마라고 부르지도 않았어."라고 했더니 딴청을 한다.

그저 엄마가 좋다고 할 뿐이었다. 그런데 남동생의 한마디 한마디마다 엄마에 대한 절절함이 묻어나는 걸 보면서 조금은 의아한 느낌이 들긴 했다.

그동안 간간히 어머니를 만나면 두 여동생에 대해서는 한결같이 자랑과 칭찬으로 입에 침이 마르지 않는 데 비해 남동생에 대해서는 성에 차지 않는 뉘앙스로 한두 마디 언급할 뿐이었기 때문이다.

물론 어머니 성격에 남동생이 전처럼 문제가 많이 있었다면 원색적인 단어를 사용해서 당신의 심정을 일일이 펼쳐 보일 분인데 그 정도로 언급하는 것은 어머니에게도 남동생에 대한 변화된 감정의 일단을 느낄 수 있었다.

이제 어머니는 중풍을 앓고 있는 아버지의 행태를 나열하며 팔자타령을 했는데 그럴 때마다 나는 맞장구치며 들어주고 있었다. 그러다가 문득 어머니가 어린 시절 동생들이나 이웃에게 이런 식으로 나를 험담하던 기억이 떠올라 쓸쓸했지만, 어머니 말이라면 설사 거짓말도 고개를 끄덕여주고 싶은 참으로 이상한 그 무엇이 내 속에 있었다.

그건 애증이나 연민이라기보다는 그렇다. 동화, 동화되어버린 탓이다. 그 말이 무엇이든 나에게 절대적인 영향력을 끼쳐온 어머니의 말은 그 자체가 사실이며 진실이 되어버린 탓이다.

아무튼 당시 나는 어머니에 대한 남동생의 절실한 마음을 읽으면서 어머니는 오히려 시큰둥한 반응이었던 것이 인상적일 뿐이었다.

그런데 내 신혼집에 놀러 와서 "엄마가 좋다."며 술잔을 기울이던 남동생이 가고 나서 나는 한참 울었다. 왜 그렇게 눈물이 났는지는 모르겠다.

이런 생각이 들었다.

아, 자식은 그런 거로구나! 부모가 조금만, 아주 조금만 손을 내밀어 주면 그 손을 잡고 그 품에 하염없이 안겨 울고 싶은 존재가 자식이구나!

모르긴 해도 남동생에게는 어머니가 "우리 아들 참 잘생겼다."라고 말한 그 순간부터, 그토록 모진 소리를 해대던 엄마가 자신을 바라보며 "우리 아들 참 잘생겼구나."라고 말하는 그 순간, 모든 억울한 마음과 자신에 대한 절망적인 자화상으로 똘똘 뭉쳐진 삐뚤어진, 그래서 내팽개쳐버렸던 자기존재에 대한 소중함이랄까, 그리고 오랜 동안 살갗을 후벼 파며 생채기를 냈을 고통스러웠던 잔소리들이 모두 녹아내린 것이 아닐까?

삶의 힘겨움을 '코드'가 맞지 않는 어떤 자식을 타깃 삼아 화로 내뱉던 엄마였지만 그것은 당연하고, 엄마가 그러는 것은 내가 뭔가를 잘못하고 내가 말을 안 듣고 부족해서 그러는 것이라고 생각하고 있었는데, 그 엄마가 나를 보고 "우리 아들 잘생겼다, 참 잘생겼다."라고 말해주다니! 비로소 남동생은 낙인 같던 쓸모없고 무가치한 존재로서의 자기 안에서 탈출할 수 있게 된 것일까?

그런데 셋째여동생 입장에서는 하루아침에 아주 화가 나는 경험을 한 모양이다. 언제나 여동생만 떠받들고 남동생을 코너로 몰던 어머니가 태도를 바꿔서 남동생에게도 사랑과 관심을 나눠주기 시작하니 그게 오랫동안 속에 맺힌 모양이다. 그때가 여동생이 고등학교 1학년 정도였을 때니 십수 년 전의 일을 기억하고 있다가 가족이 함께 모일 기회가 생기자 잊지 않고 나에게 한마디 한 것이었다. 이제 결혼도 하고 남편과 자식을 낳고 사회적으로도 괜찮은 직업에 종사하며 단란하게 살고 있는 여동생이 말이다.

나는 생각한다. 자식은 언제나 준비되어 있다고. 혹 골칫거리 사춘기 자녀가 있어서 속을 썩고 있다면, 또는 불과 네다섯 살 먹은 아이가 말을 안 들어 힘들다면 그건 그 아이의 문제가 아니고 바로 부모인 나에게 문제가 있다고 생각하는 순간 문제의 절반은 해결된 것이라고. 물론 기질 상 좀 더 힘든 아이가 있을 수 있다. 하지만 아이의 기질만 탓할 게 아니라 그 기질을 잘 파악하고 다가가려고 해보자!

아이들은 항상 준비되어 있다. 미성숙한 부모로부터 상처를 받았더라도 부모가 손을 내밀고 다가가면 독기와 반항심이 물거품처럼 풀어지는 존재가 그들이다.

객관적으로 '문제성 부모'이더라도 아이들은 그 부모의 말을 사실로 믿어버린다. 그래서 부모보다 더 잘 부모를 용서할 수 있다. 부모의 말이 얼토당토않은 궤변이었더라도 자식은 저도 모르게 그 말을 어떤 진실처럼 받아들여버린다. 그래서 어떤 상황에서도 대부분은 '내가 잘못했으니까 그런 거지' 하고 부모를 합리화해주는 것이다.

그것은 자식들이 착해서가 아니라 태어나는 순간부터 성인이 되기까지 함께해온, 어떤 면에서 아이의 모든 것일 수밖에 없는 사람이 부모인지라 쉽게 말해 세뇌되어 있기 때문일 것이다.

우리는 모두 누구의 자식이며 또 누구의 부모가 된다. 그러니 하늘같은 부모의 은혜를 내세우기보다 좋은 부모가 되려고 노력해야 하지 않을까?

내 자녀에게 성숙한 성인으로 영향을 끼칠 때 우리 자녀들은 더 건강해질 것이다. 그 건강한 자녀들이 다음 세대를 이끌어가고 역시 후대들에게 좀 더 좋은 어른이 되어 좋은 영향을 끼칠 것이다. 자녀들은 자기 부모에 관한 한 가치판단이 객관적일 수 없기 때문이다.

지금 이 순간에도 어떤 아이들은 엄마의 따뜻한 말 한마디, 아빠의 사랑 어린 눈길을 간절히 갈망하고 있을지 모른다.

웃음 시간표

흰 꽃잎이 눈송이처럼 무너지고 있는 눈부신 길을 걷는
나는 나의 상처다
- 허만화, 〈상처〉 중

아이 키우는 것이 왜 이렇게 힘이 들까?

단지 나이가 많다는 것, 몸이 약하다는 것, 집안일에 재주가 없다는 것만으로는 설명될 수 없는 어떤 부족함이 나에게 있다고 생각할 때가 있었다.

아기가 36개월이 지나면서 신체적인 피로와 절제되지 않는 '화'의 빈도는 잦아들었다. 하지만 무언지 모를 절망감과 가슴에 슬픔이 뭉글뭉글 피어오르는 순간마다 관찰자의 시선으로 나의 내면을 들여다본다. 내가 지고 가야 할 운명 같은 것일까? 허기와 아물지 않은 상처더미와 아직도 무언가 갈망하는 목마름이 내 안에 있다.

아무것도 모르고 장난기 가득한 표정으로 웃고 있는 나의 딸을 본다. 애처롭다. 이대로는 안 되겠다는 생각이 들곤 했다. 뭔가 변화가 필요하다.

어느 날, 하루에 한 번씩 무조건 웃는 시간을 만들어야겠다고 생각했다. 아이가 잠자리에 드는 저녁시간 혹은 아침시간을 정해서 아이와 함께 박장대소를 하기 시작했다.

아이를 간질이기도 하고, 두 손으로 서로의 단전을 치기도 하고, 춤도 추고, 함께 손뼉을 치며 하하하 소리도 내고, 술래잡기도 하고 노래도 부르면서 정신없이 깔깔깔 웃다 보면 신기한 일이 벌어졌다. 차디차던 몸 한켠이 따뜻해지고 배인지 가슴인지 마음의 한 구석인지 알 수 없는 곳에 서서히 에너지가 차오른다.

흔히 많이 웃고 나면 배꼽이 아프다고 하는데 이렇게 실컷 웃고 나면 몸 전체에 전해져 오는 나른함과 어떤 설렘이 설핏 고개를 내민다. 문득 "아, 행복해!" 하고 중얼거린다. 무엇보다 신이 나서 펄쩍펄쩍 뛰며 좋아하는 아이를 보면 행복감은 배가 된다.

처음 며칠간은 의무적으로 했지만 한 달이 지나고 두 달이 지나자 운동 못지않게 좋은 효과가 있고 어떤 명약보다도 정신과 신체에 효험이 있는 듯했다. 그래서 이제는 오전과 오후 두 번씩 한다.

무엇보다 아이에게 놀라운 변화가 생겼다. 엄마의 웃음소리를 듣고 엄마의 행복한 표정을 보고 신이 난 아이는 자연스럽게 떼도 없어지고, 혼자서도 잘 놀고, 식사시간에는 밥도 알아서 잘 먹는다. 억지로 아이와 놀아주는 것과는 차원이 다른 변화였다.

그동안에는 아이와 놀아주어야 한다는 의무감으로 아무 재미도 못 느끼면서 아이와 시간만 채우다가 아이가 간혹 무리한 요구를 하거나 실수를 하면 표정을 구기면서 보냈던 것이다. 하지만 '웃는 시간'은 아이와 함께 의무적으로 웃음을 유발해야 한다. '의무적으로' 파안대소, 포복절도하며 집안 여기저기를 헤집고 다니다 보니 운동도 되고 그것 자체로 아이에게는 충분한 놀이효과가 있는 듯했다. 이 시간엔 아이와 함께 무엇을 하든 상관없지만 목적은 오로지 하나 '아이와 함께 웃는 것'이다.

이렇게 약 10분 정도 함께 웃고 나면 뭔지 꽉 찬 느낌이 들고 아이 역시 한껏 고무된 표정으로 엄마를 사랑스럽게 바라본다. 어느새 슬슬 장난을 치며 또 웃고 싶어 한다.

또 '의무적으로 '웃는 시간'을 만들어놓고 마음껏 웃고 나자 아이도 나도 잔병치레가 거의 사라졌다. 웃음이 준 선물인 셈이다.

더 중요한 건 어느 날인가 문득 거울에 비친 나를 보면서 내 얼굴에 자연스러운 미소가 담기는 걸 알게 되었다. 그리고 그런 내 얼굴이 마음에 들었다. 그 얼굴은 내가 원하는 '전형적인 모델'은 아니지만 성마른 짜증과 피로로 일그러진 이전 모습과는 조금 다르다고 느꼈기 때문이다.

또 '웃는 시간'을 갖게 되면서 얼굴에도 몸에도 조금이지만 살이 올랐다. 하지만 몸이 뚱뚱한 사람이라면 단언하건대 다이어트 효과가 있다. 아이와 함께 구르고 뛰고 간질이면서 배가 아프도록 웃는 것은 많은 에너지를 소모해야 하기 때문에 많은 시간 운동을 한 것 같은 느낌이 들 정도로 몸이 나른해지는 것이다. 편안하고 평화로운 나른함!

혹 지금 육아로 힘이 드는 분이라면 한번 시도해보시기를 권한다. 아이가 둘 또는 셋이라면 더 재미있다.

굳은 결심을 하고 한 달 이상 생활습관이 되도록 하면 말썽쟁이 아이가 착하고 온순해진다. 삶이 변화된다. 그리고 세상에서 유일한 나의 아이와의 관계가 좋아진다. 행복하다!

웃자! 웃자! 웃자!

딸아이 IQ가 10점이나 올랐어요!

나는 천천히, 아주 천천히 이해해가고 있다.
부모와 자식의 관계에 대해.
부모와 자식은 이 세상을 살아가는 동안
점차 멀어져가는 서로의 뒷모습을
가만히 바라보며 이별하는 사이가 아닐까.

― 룽잉타이, 〈눈으로 하는 작별〉 중

오늘따라 아이는 나를 꼬옥 껴안은 자세로 쌔근쌔근 고른 숨을 쉬며 잔다. 잠이 든 아이를 보면 미소가 절로 난다.

"많이 컸네. 좀 있으면 여섯 살이야."

살며시 아이의 팔을 풀고 방에서 나온다. 내일 아침식사를 대충 준비해둔다. 가만, 오늘 내가 아이에게 짜증은 얼마나 냈나? 별거 아닌 걸 가지고 신경질을 부리진 않았나?

그러나 오늘밤은 다르다. 나를 칭찬해주고 싶다. 살아오면서 스스로를 칭찬해본 적이 거의 없다. 잘못한 것만 나열하며 무섭게 스스로를 질타한다. 많이 노력한 것도 "참 잘했어요." 하고 동그라미 다섯 개는 줘도 되는 것도 일체 무시한다. 잘못한 것, 실수한 것, 부족한 것들만을 불러내어 쭉 펼쳐 보인다.

내 안에 있는 검열관은 어찌나 엄격한지 한순간도 내게 "그만하면 됐

내 안에는 작은 아이가 산다

어."라고 말해주지 않는다.

창밖을 본다.

문득 내가 나에게 말을 건다. "애썼어. 그만하면 잘했어. 이제 움츠리고 있는 등을 펴고, 근심에 젖은 마음 한켠을 털어내보렴."

아이에게 문제가 좀 있다는 것을 27개월이 지나서야 알게 되었던 날, 그동안 몰라서 내가 놓친 것들, 내성적인 성격특성 때문에 못해주었던 것들이 한꺼번에 떠오르면서 힘이 들었다.

33개월에 발달검사를 했는데 반응성 애착장애, 원인불명의 불안, 선택적 함구증, 조음장애(발음 불명확), 소근육 운동성 23개월 수준 등의 진단을 받았다. 그때 아이의 IQ는 90(MDI 90, PDI 94) 정도 나왔다.

그 후 약 2년 만인 56개월에 다시 받은 심리검사에서 아이의 IQ는 101이 나왔다.

아직 자신감이 좀 없기는 하지만 2년 만에 IQ가 이렇게 높아진 것은 놀라웠다. 나는 아이를 똑똑한 아이로 키우겠다는 욕심이 없다. 당연히 뭔가를 미리 가르쳐야 한다는 생각도 없는 사람이다. 그저 아이가 좋아하는 것을 하며 행복하게 살기를 바랄 뿐이다. 그런데 이 정도 IQ라면 평균은 되니 세상사는 데 문제가 없겠다는 생각을 한다. 아직 어린 자녀를 둔 엄마들은 자녀에 대한 기대수치가 높고, 혹 '우리 아이가 천재가 아닐까?' 하는 생각도 종종 하게 되기에 "IQ가 겨우 101인데 그렇게 좋아요?" 하고 반문할지도 모른다. 하지만 나는 정말 좋다.

사실 어린이집에 보내야 아이가 똑똑해진다는 주변의 목소리 때문에 아이와 24시간 붙어 있는 것이 엄마로서 걱정되지 않았던 것은 아니다. 하지만 발달검사를 받던 33개월 때는 어린이집을 다니던 시점이었다. 그러나 어린이집을 보내지 않고 1년 반을 내가 데리고 있었는데 오히려 IQ가 높아진 것이다. 그러고 보면 꼭 아이를 어린이집에 보내야 한다는 강박적인 생각은 옳지 않을 수도 있다. 오히려 두려움에 떠는 아이를 27개월 무렵부터 45개월여까지 막무가내로 어린이집에 밀어 넣은 것이 아이에게 정신적 충격을 주었다는 사실을 이제야 알게 된 것이다.

이제 남은 과제는 아이가 심리적으로 지금보다 더 안정을 찾고, 사람에 대한 믿음과 긍정적인 경험을 많이 하게 하는 것이다.

그동안 많이 힘이 들었다. 내가 지금 잘하고 있는 것인가? 하지만 어느 날인가부터 생각했다. '염려하지 말자. 이 정도면 잘하고 있는 거야.' 그리고 어느 날인가부터 놀라운 일이 생겼다. 아이가 예쁘고 사랑스러운 것은 물론 아이가 잠든 밤에는 다음날 아침이 기다려진다. 그래서 서둘러 잠자리에 든다. 내일은 아이와 더 재미있는 시간을 보내야지.

직장을 그만두고 육아를 시작하던 초기, 밤마다 다시 올 아침이 두려웠던 것이 엊그제 같았는데⋯⋯. 나는 이제 아침을 기다린다. 거짓말처럼 아이와의 행복한 하루가 기다려지는 것이다.

IQ를 높이려고 특별히 무언가를 시도하지 않았다. 아이가 호기심을 보이는 것을 해보도록 지켜봐주었다. 놀이터에서 뛰어 놀게 했고, 자주 시장이나 마트 등 사람들이 많이 모이는 곳에 데리고 다녔다.

아 이 와 요 리 하 기 , 지 능 이 좋 아 져 요

집에 있을 때는 아이와 함께 식사준비를 했다. 간식이나 식사준비를 아이와 함께하는 것이 아이의 지능 개발에 도움이 된다는 생각을 하게 된 것이다. 케이크 자르는 플라스틱 빵칼로 두부는 물론 어묵, 떡볶이 떡 등을 자르도록 하고 마늘을 함께 까고, 콩나물을 다듬고, 고추의 꼭지를 딴다. 함께 이런 재료를 준비하면서 아이는 요리가 완성되는 전 과정을 엄마와 함께 경험하게 된다. 자연스럽게 재료를 다듬다가 연상되는 생각을 말하기도 하고 재미있는 모양을 만들고는 깔깔대고 웃는다. 이 과정에서 지능과 직결된다는 소근육 운동을 많이 하게 된다. 그리고 엄마와 끊임없이 대화를 나누면서 사고의 깊이가 깊어지고 다양한 분야에 대해 관심을 나타내기도 한다.

닭의 배에 찹쌀을 떠 넣고 대추와 황기, 인삼 따위를 아이와 함께 씻어 넣는 삼계탕 준비하기, 국수 만들기, 라면 끓이기, 수제비 만들기, 된장국 끓이기, 도넛 만들기 등에 참여하면서 아이는 불과 칼이 무섭다는 것, 싱크대 수돗물의 세기를 조절하는 것, 뜨거운 음식을 조심해야 한다는 것뿐 아니라 자신이 참여해서 만든 음식을 맛있게 잘 먹는다.

엄마와의 관계도 좋아지고, 무엇보다 음식을 만들면서 고소한 냄새를 맡고 완성된 요리를 함께 맛보면서 즐거움과 성취감은 배가 된다.

나 역시 혼자 낑낑대며 음식을 만들고 아이는 아이대로 혼자 놀게 하면 뭔지 아이에게도 나에게도 만족스럽지 않던 시간들이었는데, 일순간 주방이 행복한 놀이공간으로 변한 느낌에 흡족했다.

무엇보다 아이와 충분히 놀아주지 못하는 것이 아쉬웠기에 함께 조잘거리고 웃고 함께 요리하는 긴 시간 동안 아이와 충분히 놀아주는 것 이상의 효과가 있다는 생각에 흐뭇해지곤 했다.

그래서 아이의 소근육 운동성이 이처럼 좋아지고 지능지수가 높아진 데는 하루 한두 차례 아이와 함께하는 요리시간의 역할이 컸으리라는 생각을 한다.

식사준비나 간식 만들기는 비교적 긴 시간이 필요하다. 그런데 그 시간을 억지로 시켜서가 아니라, 즐거운 기분으로 엄마랑 재미있는 경험을 함께하면서 아이는 신이 나서 이것저것 질문한다. 때로는 역할놀이를 제안하고 음식 재료로 장난을 친다. 그러다 보니 그 시간이 온전히 '지능개발'의 시간이요, 즐거운 놀이시간이 되는 것이다. 일거양득, 아니 일거5득 정도 되는구나 생각했다.

그런데 아이와 함께 식사준비를 하려면 처음에는 시간도 오래 걸리고 쏟거나 흘리는 것이 더 많다. 종종 아이가 플라스틱 칼에 손을 베기도 한다. 또 밀가루 반죽을 함께하고 나물 무치기를 같이하다 보면 밀가루나 양념 따위를 사방에 흘려 주방이 온통 난장판이 되기도 한다.

하지만 네 살부터 조금씩 시작한 요리는 다섯 살이 되자 아이가 도와주면 더 편한 경우도 많다. 나물 다듬기, 파 다듬기, 풋고추 꼭지 따기, 마늘 까기 등은 혼자 하기보다 아이와 시합이라도 하게 되면 눈 깜짝할 사이에 끝난다.

아무리 튼튼한 엄마라도 1시간 이상 아이와 놀아주면 지친다. 하지만 함께 1시간 정도 요리하는 건 재미있다.

옷 입기, 신발 신기는 혼자 하도록 했어요

그 외 일상생활에서 옷 입기, 신발 신기, 세수, 양치하기 등을 대부분 혼자서 하도록 한 것도 영향을 미쳤을 것이다.

아이의 손 조작 능력이 좀 떨어진다는 사실을 알고 나서는 놀 때도 손을 많이 사용하는 놀이를 하려고 신경을 쓴 것이 사실이다. 그러나 뭔가를 하도록 강요하지는 않았다. 46개월부터 글자에 관심을 보이기에 학습지를 시작했는데, 56개월이 된 현재는 글자를 읽기 시작한다. 주변에서는 네 살에 이미 한글을 다 익힌 아이가 여럿 있었지만 나는 신경 쓰지 않았다. 때가 되면 하겠지!

3~4세 아이에게는 일상생활을 혼자서 할 수 있도록 격려해주고, 함께 놀아주고, 지나치지 않을 정도로 신선한 외부자극을 주는 것이면 족하다고 본다.

그렇잖아도 학교에 들어가면 싫어도 해야 하는 것이 공부일 텐데 미리 어린아이에게 뭔가를 주입하려고 안달할 필요가 있을까? 잘못해서 공부라면 머리를 절레절레 흔드는 아이가 될 수도 있을 텐데 말이다.

수 개념도 따로 가르치지 않고 숫자만 적혀 있는 커다란 달력을 아이 눈높이에 맞추어 안방에 걸어두었다. 아이가 오늘이 며칠이냐고 물으면 "5일." 하고 대답한다. 그러면 아이는 손가락으로 5일을 가리킨다. 그렇게 하다 보니 어느새 30까지 수를 알게 되었다. 그리고 자기 나이와 아래층 아이의 나이를 물으면서 "내가 두 살 더 많네." 혹은 "내가 ○○언니보다 세 살 적네." 한다.

마트에서 물건을 살 때 아이가 종종 "이건 얼마야?" 하고 물으면 일일이 대답해주었다. 아이는 곧 백 원과 오백 원, 천 원과 2천 원, 만 원과 2만 원의 차이를 어렴풋이 알게 되었다. 또 버스를 탈 때마다 버스 번호를 일러주자 지나가는 버스마다 손으로 가리키며 "저건 몇 번이야?" 하고 묻는다. 그래서 번호를 알려주었는데, 어느 날부터 아이는 엄마가 말하지 않아도 지나가는 버스의 번호를 줄줄 나열했다. 또 우리가 302동 1102호에 살고 있다는 것을 알고부터 옆 동은 301동, 친구가 사는 305동, 선생님이 사는 205동 등 아파트 외벽에 쓰인 동 숫자에 관심을 나타내며 읽기 시작했다.

어린아이에게 따로 글자공부, 수학공부, 영어공부를 시키려 하기보다 일상생활에서 자연스럽게 글자를 접하고 수를 접하게 하면서 서서히 알게 하는 것이 부담을 주지 않으면서 앎에 대한 기쁨도 느끼게 해주는

261

좋은 방법이 아닌가 생각된다.

　이제 조금씩 자신이 생긴다. 내가 하는 방식이 괜찮은 거였구나, 하고 확신하게 된 것이다. 그러고 보니 요즘 아이는 부쩍 똘똘해진 느낌이 든다. 혼자서 뭔가를 시도하려고 한다. 실패하면 엄마의 도움을 요청한다. 엄마가 하는 것을 가만히 지켜본 후 나중에 시키지 않아도 혼자 해본다. 그리고 혼자 해냈을 때 칭찬해주면 얼굴 가득 웃음이 인다. 그런 아이를 보며 내가 내게 말한다. "잘했다."

내 가　나 를　칭 찬 하 는　밤

물론 아이마다 성장속도나 발달곡선이 다르다고 하니 우리 아이는 '대기만성(大器晩成)형' 아이일 수도 있다. 천천히 조금씩 오랫동안 성장하는 아이일 수도 있다.

　그래서 엄마인 내가 잘했다기보다 '그냥 내버려두니' 아이 스스로 여물어진 것일 수도 있다. 사실 따지고 보면 내가 한 것은 별로 없다. 24시간 함께 지낸 것이 전부라면 전부니까 말이다.

　이젠 하루하루 더디지만 조금씩 커가는 아이에 대한 믿음도 생긴다. 어찌 보면 엄마로서 별로 한 것도 없지만 그런 나에게 참 잘했다고 말해주고 싶다. 극성을 부리며 아이에게 뭔가 주입하려고 애쓰지 않은 것도 참 잘했다고 생각한다.

　쑥스럽고 낯설지만, 내가 내게 격려와 칭찬의 말을 해준다. 다른 사람이 아니고 바로 내가 나를 칭찬하고 내가 나를 믿고 내 아이를 믿으면 된다. 누구의 칭찬이나 인정받기를 원할 이유가 없다.

내가 나를 많이 칭찬해주자. 잘했다고 등을 두드려주자.

잘할 것이라고 격려해주자. 잘될 것이라고 빙그레 웃어주자. 어른이 된 내게도 사랑의 손길과 목소리가 필요하다. 따뜻한 위로가 필요하다. 이제부터 나는 나와 사랑에 빠져야겠다. 사랑에 빠져 있는 사람은 세상이 다르게 보인다. 사물과 사람들이, 내 아이와 내 남편이 새삼스럽게 예쁘게 보인다. 그리고 힘이 난다. 에너지가 넘치고 신이 나니 뭐든 잘할 수 있다. 또 좀 못해도 괜찮다!

부정확한 발음이
좋아졌어요!

이 세상에서 날 부르는 것이 있다면
그것은 아이의 티 없는 눈동자
한밤중에 잠 못 이루게 하는 바람소리
......
그리고 새벽이 오기 직전의 이 적막과
물처럼 흐르는 어둠과 빛

- 홍신자, 〈자유를 위한 변명〉 중

- 문(물)

- 언군(얼굴)하고 반(발) 시었쎠(씻었어)

- 몬나(몰라)

- 내가 햇쎠(했어)

    딸아이는 받침(종성) 'ㄹ'과 초성의 'ㅅ' 발음이 부정확했다.
    다섯 살 여름부터 언어치료를 시작했으나 치료선생님은 아이와 함께 노는 것으로 여러 달을 보냈다. 아이가 수줍음이 많아 치료선생님과 자연스럽게 대화를 나누는 데 시간이 걸렸으므로 우선 선생님과 친해지는 것이 시급했다. 그런데 선생님과 자연스럽게 대화가 가능하고 친숙한 사이가 되었는데도 어찌된 일인지 조음(발음) 교정치료에 소극적이었다. 몇 달이 지난 후부터는 'ㅂ' 'ㅁ' 'ㄱ' 등을 조합한 부무부, 비미비. 배매배, 감가거 등 아이가 이미 잘하는 발음을 몇 자 적어서 40분 수업 중 약 5분 정도 읽게 하는 것으로 끝을 내곤 했다. 나머지 30분 이상은 게임하고 노는 시간이었다.

여섯 살부터는 유치원에 보낼 계획인데, 이듬해 1~2월이 돼도 종성 'ㄹ' 발음을 시도하지 않았다. 엄마로선 애가 탔다.

벙어리 냉가슴만 앓다가 아이가 유치원에 입학한 3월에 'ㄹ' 발음교정 연습을 해줄 것을 부탁하자 설소대 수술을 하라고 권했다. 그런데 권하는 수준이 아니라 반드시 설소대 수술을 해야만 'ㄹ' 발음을 할 수 있다고 강권했다. 혀가 짧아 수술을 하지 않으면 그 발음은 못한다는 것이었다. 처음 치료를 시작할 때부터 '혀를 길게 해주는' 설소대 수술을 하라고 해서 먼저 'ㄹ' 발음 연습을 해본 후 정 안 되면 수술을 하겠다고 치료선생님을 설득한 상태였다. 그래도 수술을 권하기에 수술하지 않고도 'ㄹ' 발음을 할 수 있다는 의사선생님의 말을 전하기도 했다.

그런데 이젠 단도직입적으로 수술을 반드시 해야 한다고 압박했다. 단 한 번도 'ㄹ' 발음을 아이와 시도해보지 않은 채 말이다. 어떻게 하는 건지 방법을 알려주면 엄마가 집에서 연습을 시켜보겠다고 해도 묵묵부답이었다.

규모가 큰 대학병원에 갔더니 의사는 "수술하려면 하고 말려면 말라"는 식이었다. 결정은 엄마가 하는 것이라고 했다. 수술하면 좋아질 수도 있지만 수술한다고 반드시 교정된다고 보장할 수는 없고, 혀가 약간 짧은 아이들도 수술하지 않고도 'ㄹ' 발음을 잘하는 아이가 많다고 했다. 수술과정이나 방법에 대해 문의하니 레지던트와 상의하라고만 하고 의사선생님은 부산히 일어난다.

어떻게 해야 할까?

비교적 간단한 수술이라고는 하지만, 만 네 살 된 아이를 입원시키고 전신마취를 해서 수술대에 눕히는 것이 끔찍하기만 했다. 또 수술했다고 해서 그 발음을 잘한다는 보장도 없다는 답변을 듣고 돌아오는 길은 희끄무레 어두워오는 하늘이 흙빛으로 보이고 다리에 힘이 풀려 주저앉고 싶은 심정이었다.

어떻게 해야 할까? 갈팡질팡 갈피를 잡을 수 없었다. 고심 끝에 다른 언어치료연구소를 찾았다. 그런데 이곳 치료선생님은 수술을 하지 않아도 된다고 하는 것 아닌가? 설마 그럴 리가요? 나는 속으로 되뇌며 반신반의했다.

지금 지민이가 다른 발음을 모두 다 소화하는 것으로 봐서 혀의 아주 미세한 부분의 운동성만 조금 좋아지면 'ㄹ'과 'ㅅ' 발음을 할 수 있다고 희망적으로 말하는 것 아닌가?

이 선생님은 또 지민이 같은 아이는 언어치료 종결상태에 있다고 보면 된다고도 했다. 지민이는 다섯 살 때부터 다른 발음에는 문제가 없었고 'ㄹ'과 'ㅅ'만 어려움을 겪고 있는데, 언어치료를 9개월째 받고 있지만 조금도 변화가 없다고 했더니 혀를 위로 올려 윗니 안쪽에 붙이고 '물', '불', '술' 등의 발음 연습을 시키라고 했다. 이 연구소 소장님도 수술을 권하고 싶지는 않다는 답변이었다.

그날 이후 나는 집에서 하루 세 번 약 20~30분간 갈날달랄말발살알잘찰칼탈팔할을 비롯해 걸널덜럴……, 골놀돌롤…… 등의 단어표를 만들어 모든 소리 아래에 ㄹ 받침을 달아서 혀의 위치를 알려준 후 아이에게 강도 높게 연습을 시켰다. 그런데 얼마 후 거짓말 같은 일이 일어났다. 약 한 달 남짓 지나자 아이는 받침 ㄹ 발음을 완벽하게 소화해냈다.

이럴 수가! 하느님 감사합니다.

266

감사합니다, 감사합니다.

새로운 치료연구소를 방문한 이후부터 새 연구소와 기존의 치료사 등 두 군데서 치료를 받았는데, 기존 치료사는 유치원에 들어간 지민이가 심리적으로 몹시 불안정하고 거부를 많이 해서 당분간 발음('브므브' 같은 발음 읽기)과 관련한 것은 일체 하지 않고 같이 놀기만 하겠다고 했다. 당시 아이는 유치원에서 힘든 시기여서 그렇게 하도록 했다. 새로 시작한 사설연구소 선생님도 비디오 보고 놀기나 게임하기, 그림책 읽기 정도로 아이와 친해지려는 시도를 하는 중이었다. 그런데 엄마와 약 한 달 남짓 집중 훈련을 하자 그토록 절망적으로 느껴졌던 ㄹ 받침 발음이 거의 완벽한 수준이 된 것이다.

세상에! 이럴 수가……

놀랍고 신기해서 며칠 동안 눈물이 왈칵왈칵 쏟아지곤 했다. 아이도 신기한 모양이다. 엄마에게 편지를 보냈다.

"엄마 지민이는 오늘 너무 조아(좋아). 말, 갈, 불…… 잘해서."

아이도, 나도 덩실덩실 춤을 추고 온 집안을 뛰어다니며, '감사합니다'를 연발했다. 아이는 신이 나서 엄마 주위를 빙글빙글 돌더니 내 볼에 마구 뽀뽀를 하며 "엄마 사랑해." 한다. "엄마도 지민이 많이 사랑해." 아이와 간지럼을 태우며 이 방 저 방 휘젓고 뛰어다녔다.

딸은 그동안 친구들에게 발음을 지적받으면서 마음고생을 많이 한 터였다. 알고 보니 참 간단한 방법인데, 이 방법을 알지 못해서 그토록 오랫동안 헤맸구나.

요즘은 ㅅ 발음을 연습하고 있다. 전처럼 맹렬하게 하지는 않고 조금씩 쉬엄쉬엄한다. 왜냐하면 곧 잘하게 되리라는 걸 아니까.

딸아이는 ㅅ 발음의 경우 복모음으로 소리를 낸다.

예컨대 사, 서, 소, 수를 샤, 셔 쇼, 슈로, 싸, 써, 쏘, 쑤를 쌰, 쎠, 쑈, 쓔

267

로 한다. 샤탕 샤주세요, 밥 먹어쪄, 내가 해쪄, 돼쪄, 샤랑해 등등. 그런데 ㅅ 발음을 연습한 지 아직 한 달이 안 된 시점인데 웬만큼 벌써 따라 한다. 정말이지 이 놀라움을 어떻게 표현해야 할까?

아이에게 조음 문제가 있다면 비교적 간단하게 엄마가 치료할 수 있다는 걸 알게 된 것이다. 엄마가 발음을 해보고 혀 위치를 확인하여 아이에게 정확한 혀 위치를 알려준 후, 원하는 발음을 하도록 지속적으로 연습을 시키는 것이다.

이때 키포인트는 '혀 위치를 손으로 짚어준 후' 원하는 소리를 내도록 하는 것이다. (어느 정도 하다 보면 매번 알려주지 않아도 스스로 찾아서 하게 된다.)

받침 ㄹ의 경우 혀를 올려서 윗니 뒤로 붙인 후 소리를 내는 것이라 무작정 단어를 따라하게 해서는 ㄹ 발음이 발화되지 않는다.

물론 처음에는 제 위치에 혀를 대고 소리를 냈는데도 원하는 발음이 안 나온다. 그러면 "이게 아닌 것 같아."라고 도리질하기도 했다. 그래도 인내심을 가지고 꾸준히 연습했더니, 어느 날 거짓말처럼 아이가 멀쩡하게 그 발음을 해낸다.

이럴 수가!

방법을 몰랐으므로 애만 태우면서 다섯 살, 여섯 살 새해를 맞곤 했다. 세 살부터 딴기(딸기), 문(물), 분(불), 간치(갈치), 난개(날개) …… 이런 식으로 ㄹ 받침 발음을 모조리 ㄴ으로 했는데 여섯 살이 되도록 전혀 변화될 조짐을 보이지 않았으니 그 절망이 어땠는지는 경험해보지 않은 사람들은 모르리라.

혹 지금 자녀의 발음에 문제가 있다면 엄마가 시도해보자! 혀 위치를 알려주고 큰 소리로 따라하게 한 후 제대로 된 발음이 발화되면, 다음엔 단어로 따라하게 하고, 그다음에는 문장을 만들어서 연습시키면 된다.

이런 식이다. 처음에는 '갈- 갈- 갈-' 하고 음소만 따라하게 한다. 웬

내 안에는 작은 아이가 산다

만큼 정확하게 한다 싶으면 다음에는 단어로 한다. '갈-치, 갈-치, 갈-치'. 단어로 하는 소리가 비교적 정확해지면 '갈치를 좋아해', '갈치를 좋아해' 이렇게 문장으로 만들어서 따라하도록 한다. 원하는 발음의 음소를 먼저 하고 단어, 문장으로 확장하면서 계속 연습시키는 것이다.

2~3세 아기라면 우선 정확한 소리를 들려주는 것이 필요하다. 지적하지 말고 아이가 방금 한 말을 다시 한 번 정확하게 엄마가 말해주는 것이다. 엄마가 아이에게 종알종알 말을 많이 하고, 정확한 발음을 자꾸 들려주는 것만으로 아이들의 발음은 점차 좋아진다. 하지만 5~6세가 되었는데도 또래들이 자연스럽게 소화하는 특정 발음을 원활히 하지 못할 때는 혀 위치를 알려준 후 적극적으로 연습시킬 필요가 있다고 본다. 혀의 운동성이 활발하지 못한 것이기에 굳어 있는 혀를 움직여 말을 많이 하도록 하는 것도 좋다. 5세 이후 집중 연습을 할 때는 느긋하게 해야 한다. 서두르다 보면 아이가 거부할 수도 있기 때문에 각별히 주의해야 한다.

요즘은 딸아이에게 하루 3페이지씩 동화책을 소리 내어 읽도록 하고 있다. ㅅ 발음이 웬만큼 되는 시점이라 전체적으로 문장을 큰 소리로 읽으면서 부정확한 발음이 없는지 체크하고, 정확하게 발음하는 연습을 하는 것이다. 책 읽기를 통해 체크해보니 만족할 만큼 잘되고 있다. 부정확한 경우에는 정확한 소리를 들려주고 다시 읽도록 하는데, 그러면 거의 잘 따라한다.

요즘 나는 자주 가슴이 얼얼해진다. 너무 기쁘고 감사해서.

말수가 적은 아이가 종종 한두 마디 하면 놀이터에 있던 또래나 언니 오빠들이 "그래써?" 하며 여지없이 아이의 발음을 흉내 내곤 했는데 그때마다 어두운 표정의 아이를 보는 것이 참 힘들었다. 이제 적어도 발음 때문에 놀림을 당하는 일은 없겠구나, 생각하니 정말 좋다.

나는 언어치료에는 문외한이다. 그럼에도 거칠고 어설픈 방식이나마 딸의 사례를 소개하는 것은 나처럼 애태우는 엄마 아빠들이 있을 거라는 생각에서다.

자녀의 발음이 부정확할 경우 비싼 돈 들여 치료를 받으러 다니면서 마음고생, 몸 고생 하기보다 엄마가 먼저 시도해봄직하다는 생각이다.

통상 언어치료의 경우 치료선생님과 주 1회 혹은 2회 만나서 40분 수업을 하는데, 이 시간 중 실제 발음 연습 시간은 몇 분 되지 않으니 효과가 나타나기까지는 긴 시간이 걸린다. 게다가 매우 비싸다. 하지만 엄마와는 시간을 정해놓고 매일 할 수 있어서 금세 좋아질 수도 있다.

주의할 것은 아이와 좋은 관계를 형성하고, 기운 나는 말을 해주고, 적절한 보상을 주면서 즐겁고 여유 있게 해야 한다. 조급해하지 말고 놀이하듯이 재미있게 말이다.

내 안에는 작은 아이가 산다

당신은 참
좋은 엄마입니다

당신의 자녀들은 당신의 것이 아닙니다.
그들은 당신을 통하여 왔으나 당신으로부터 온 것은 아닙니다.
또한 당신과 함께 있으나 당신의 것은 아닙니다.
그들에게 당신의 사랑은 줄 수 있으나 생각은 줄 수 없습니다.
왜냐하면 그들에게는 자신의 생각이 있으니까요.
당신이 그들처럼 되고자 해도 좋으나
그들을 당신처럼 만들려고 하지는 마십시오.

– 칼릴 지브란, 《예언자》 중

5월 5일, 딸아이와 손잡고 집 근처 어린이날 행사가 한창인 곳을 찾았습니다.

감사한 것은 요즘 어린이날은 비싼 돈 들여 멋진 공연을 보러가거나 아이를 즐겁게 해줄 거리를 찾으려고 애쓰지 않아도, 또 멀리 나가지 않아도 주변에서 각종 행사가 풍성하게 펼쳐진다는 겁니다. 미처 나들이 계획을 세우지 못한 터라 반신반의하며 인근 공원에 갔더니 아니나 다를까 아이들의 즐거운 함성이 들려옵니다. 딸아이는 분수대에서 물놀이하는 친구들 틈에서 열심히 뛰어 놀더니 솜사탕을 사달라고 합니다.

저쪽에서는 커다란 물통과 페트병 등을 연주하는 무료공연이 펼쳐지고 있었고요. 모래놀이, 수레타기, 풍선 만들기, 정글짐, 사탕권총 발사, 인형놀이 등 일일이 확인하기도 벅찬 많은 놀이들이 기다리고 있었답니다. 이미 접한 것도 있었지만, 어린이날 펼쳐진 색다른 공원의 광경은 아이의 마음을 기쁨으로 들뜨게 했습니다.

큰돈 들이지 않고 신나는 추억을 선물하는 것이 기분 좋기는 어른들도 마찬가지인 것 같습니다. 딸아이는 솜사탕을 먹어치운 후 이곳저곳으로 옮겨 다니며 물 만난 고기처럼 하하 호호 웃네요. 모래놀이를 하겠다기에 쿠폰을 끊어서 들여보냈답니다. 잠시 후 들어온 여자아이가 한 번, 두 번, 세 번, 자꾸 딸아이가 놀고 있는 모래를 가져갑니다. 다른 아이들 같으면 금세 사단이 벌어질 텐데 우리 아이는 엄마 얼굴을 잠시 바라볼 뿐이네요. 그 아이 엄마는 무심히 보고 있고요.

곧이어 모래를 한 줌 집어 딸에게 휙 뿌리네요. 딸아이는 잔뜩 긴장해서 눈을 비비며 엄마를 바라봅니다. 그래서 내가 "친구한테 모래를 뿌리면 안 되지."라고 했더니 그제야 아이 엄마가 아이 옆쪽에 잔뜩 쌓인 모래더미를 슬그머니 밀어주네요. 잠시 후 작은 사내아이가 문제의 여자아이가 가지고 놀던 게 모형 틀을 집어 들자, "그거 친구 거야. 가져가면 안 돼." 하고 뺏어서 자기 딸에게 줍니다. 자기 딸은 모래에 손을 집어넣고 다른 놀이에 정신이 없는데 말입니다. 딸이 가지고 놀던 공동 이용 놀잇감을 다른 친구가 가져가려고 하니 바로 뺏어서 주는 모정을 뭐랄 수 없지만, 이 엄마에게는 사람이 함께 사는 데 필요한 공정한 룰이랄까? 남과 내 아이를 함께 존중하는 마음은 좀 부족해 보였습니다.

모래놀이를 끝내고 이번에는 정글짐을 타려고 줄을 서서 기다리고 있었습니다.

저쪽에서는 솜사탕을 무료로 나누어주고 있나 봅니다.

한 엄마가 사내아이와 솜사탕을 하나씩 손에 쥐고 우리 앞줄에 서 있는 아이와 엄마에게 다가옵니다. 그러고는 솜사탕을 내미네요.

나는 그 엄마를 한동안 바라보았습니다. 예뻐서요. 어린이날을 맞아 두 가족이 함께 공원에 나왔나 봅니다. 정글짐 순서 줄에 서 있다가 아이가 소변을 보러 간다고 해서 잠시 줄에서 이탈했나 봅니다. 그런데 솜사탕을 무료로 나눠준다기에 기다려서 자기 아이 것과 친구의 아이 것까지 챙겨온 겁니다.

내 아이가 먹고 싶어 하니 친구네 아이 것도 함께 얻어온 마음, 그 마음이 참 예뻤습니다. 한 아이에게 한 개만 준다고 하는데 어른인 이 아줌마가 어떻게 친구 아이 것까지 받아왔는지는 모르지만요. 아무튼 그녀의 얼굴에 퍼지는 자긍심이랄까? 기쁨이랄까? "아줌마가 네 것까지 이렇게 챙겨왔단다." 하고 말하는 듯한 표정 말입니다. 앞줄 아이가 뜻밖의 선물에 뛸 듯이 기뻐한 건 두말할 필요도 없고요.

나는 살면서 이런 마음을 지닌 사람들을 종종 만납니다. 사소한 것이지만, 이런 마음이 우리를 살게 하는 것이 아닌가 생각하곤 합니다. 살면서 우리는 소소한 것에 감사하고 행복할 때가 많습니다. 또한 소소한 것에 상처입고 화나는 경험을 합니다. 그래서 작은 마음 씀이 때론 사람을 구원할 수 있다는 거창한 생각을 합니다.

내 아이가 먹고 싶은 건 다른 아이도 먹고 싶을 거라고 생각하는 당신은 참 좋은 엄마입니다. 내 아이에게 하듯 다른 아이도 소중히 대하는 당신은 참 좋은 엄마입니다.

내 아이를 사랑하듯 사랑할 수야 없겠지만, 내 아이가 싫어하는 것은 다른 아이도 싫어한다는 것을 알고 실천하는 당신은 참 좋은 엄마입니다. 내 아이가 좋아하는 것은 다른 아이도 대부분 좋아한다는 것을 아는 당신은 참 좋은 엄마입니다.

다른 사람을 괴롭히거나 불쾌하게 하는 것이, 혹 내 아이의 기를 살리기 위해 필요하다고 생각하더라도 제지하는 당신은 참 좋은 엄마입니다. (사실 이런 상황을 허용한다고 기가 살지도 않고 자신감이 생기는 것도 아니지만요.) **세상은 다른 사람과 함께 살아가는 곳이라는 생각을 하는 당신은 참 좋은 엄마입니다.**

요즘은 너도나도 자식사랑이 지나쳐서 문제라는 말을 왕왕 합니다.

행여 내 아이에게 좋은 것을 놓칠세라 정보를 모으고, 이웃과 교류하고, 부모로서 할 수 있는 모든 것을 해주려고 하고요. 경제적으로 허용되는 가정에서는 더욱 그렇죠.

예전처럼 무관심하거나 엄한 부모보다 사랑을 많이 주고 아이에게 '올인'하는 엄마들이 많은 것은 좋은 현상입니다. 다만 우리 모두가 하늘만큼 귀한 존재이고, 내가 존중받고 싶듯이 다른 사람의 욕구도 중요하다는 것을 깨닫고 있는 당신은 참 좋은 엄마입니다.

엘리베이터를 타고 막 출발하려고 하는데 저쪽에서 한 엄마가 아이 손을 잡고 뛰어오고 있습니다. 얼른 열림 버튼을 눌러 함께 타고 가는 당신은 참 좋은 엄마입니다. 당신의 아이에게 말하지 않고 이미 가르침을 준 것이니까요. 딸이 먹고 있는 과자 한쪽을 이웃 아이에게 나눠주고 인사를 건네는 당신은 참 좋은 엄마입니다.

이웃 아이에게 환하게 웃어주는 당신은 참 좋은 엄마입니다.

그리하여 아이들은 배웁니다. 내가 존중해주면 다른 사람도 나를 존중한다는 것을요. 그리고 세상에는 함께 지켜야 할 규칙이 있다는 것을요. 바닥에 굴러다니는 돌멩이에게도 안부를 묻습니다. "어떻게 지내니? 사람들이 발로 차고 다녀서 속상하겠다. 화단으로 넣어줄게." 하고 돌을 화단에 보내줍니다. 추운 겨울을 이기고 잎이 푸르러진 회양목에게도 인사합니다. 먹이를 쪼고 있는 비둘기, 삐걱삐걱 소리를 내는 오래된 그네, 낡은 신발, 지저분한 휴지통, 존재하는 모든 것들은 사랑과 관심을 원하는 건 아닐까요? 내가 관심을 갖고 다가가면 나의 관심에 기꺼이 손을 내민다는 걸 알고 있는 당신은 참 좋은 엄마입니다.

내 안에는 작은 아이가 산다

자식을 사랑하지만 그 사랑이 사랑이라는 옷을 입은 다른 것, 집착이나 독선이나 얄팍한 욕심은 아닐까 돌아보는 당신은 참 좋은 엄마입니다.

자식에게 헌신하지만 매달리지 않는 엄마, 놓아줄 때와 보내줄 때, 혼자서 해야 하는 것을 알려주고 스스로 일어나도록 '내버려두는' 당신은 참 좋은 엄마입니다.

자식에 대한 유별난 사랑이 이기주의의 형태를 띨 수 있다는 것을 알고 있는 당신, 그래서 자식과 '거리 두기'를 하는 이성적인 당신은 참 좋은 엄마입니다. 자식은 내 몸에서 나왔지만 개별적인 존재라는 것, 독립된 인간이라는 것, 나의 소망과 희망을 채우는 도구가 아니라는 것을 알고 있는 당신은 참 좋은 엄마입니다.

이제 나와 분리되어 자신의 길을 가야 할 자녀를 묵묵히 바라보는 당신, 엄마 역할의 한계를 알고 있는 당신은 참 좋은 엄마입니다.

자주 자녀와 토론하고 고민하고 대안을 함께 찾으려고 노력하는 당신, 생각하고 또 생각하는 당신은 참 좋은 엄마입니다. 엄마는, 부모는 지시하는 사람이 아니라 자식의 말을 경청하고 의논하고 모색하고 서로 윈-윈 하는 안(案)을 '창조'하는 사람이라는 것을 깨닫고 자녀와 대화하는 당신, 그리고 공동선이랄까? 더 큰 가치랄까? 서로에게 예의를 지키는 인간의 덕목이 필요함을 알고 실천하는 당신은 참 좋은 엄마입니다.

'엄마'를 벗고 일어나 나 자신을 돌아보고, 나의 삶을 향유할 수 있는 당신은 참 좋은 엄마입니다.

헌신하는 엄마인 당신, 하지만 자신을 맹목적으로 자녀와 가정에 '올인'하지 않는 당신, 당신의 정체성에 대해 고민하고, 당신이 얼마나 소중하고 가치 있는 존재인지를 깨닫고, 매일매일 개안(開眼)하는 당신은 참 좋은 엄마입니다.

참 좋은 엄마인 당신! 그래서 당신은 행복합니다.

남을 존중하고 함께 웃어주고 울어주는 마음은 작지만 귀한 나눔이며 실천입니다. "고맙습니다." 하고 말하는 당신은 참 좋은 엄마입니다. 하지만 "아닙니다, 싫습니다, 그건 잘못된 것입니다." 하고 말할 수 있는 당신은 참 좋은 엄마입니다.

외형상 풍요가 넘치는 세상이지만 작은 것을 소중하게 여기는 당신, 자식에게 최고를 주기보다 적절한 것을 주는 당신.

지구환경이나 생태적인 소비를 들먹일 필요도 없이 그저 좀 덜 쓰고 적게 버리고 적게 먹고 단순하게 사는 당신, 편리함을 추구하기보다 좀 불편하게 살면서 마음은 한없이 풍요로운 당신, 예지가 빛나는 젊은 당신은 참 좋은 엄마입니다.

내 면 아 이 와 의 만 남

부모가 되어 아이를 키우면서 절실했던 것은 내가 지금 제대로 하고 있
는가 하는 의문이었다. 답은 "아니오."였다. "지금 행복한가?" 하고 물어
보았다. 역시 "아니오."였다. 내가 행복한 길은 무엇일까? 내 안의 행복
을 막는 장애물은 무엇일까? 이 슬픔의 근원이 무엇일까?

나는 이 의문에서 자유로울 수가 없었다. 언제쯤 마음을 편하게 열어
놓고 웃을 수 있을까? 무엇보다 지금 내 상태로는 제대로 된 엄마의 역
할을 할 수 없다는 것이었다.

고통의 사슬을 어떻게 끊을까? 슬프다는 말만으로는 부족한 그 무엇
이 내 안에서 한없는 절망과 고통을 길어내고 있었다. 이 상처의 근원이
무엇일까?

지금 나는 죽을 둥 살 둥 노력하고 있는데 왜 이렇게 겁을 먹고 있는
걸까? 무엇 때문에 두려워하는 걸까? 사는 일이 왜 이렇게 공포스러울까?

정말이지 알 수가 없다! 하루하루가 이렇게 공허하고 살을 저미듯 아
프고 화가 나고 억울한 건 왜일까?

사람을 멀리했고 세상으로 나가기가 두려워서 집안에 박혀 있어야
했다. 그런 엄마와 함께 있는 아이는 어땠을까?

죽고 싶다고 생각했다. 삶이 너무나 버거워서 자살을 선택한 사람을

살려내려고 강물에 뛰어드는 구조대들을 TV 화면으로 보면서 실소했다. 정말 삶을 내려놓고 싶어서 극도의 공포를 참아내며 강물로 뛰어든 사람을 살려낸 후 '무용담'을 늘어놓는 것이 잔인한 폭력으로 느껴졌다. 물론 충동적인 행위일 수도 있지만, 당사자에게는 어쩌면 너무나 절박한 선택인데, 그 선택을 가로막고, "안 돼, 살아야 해. 살면서 늙어 자연사할 때까지 고통 받고 지옥에서 허우적거리며 실신하더라도 끝까지 살아야 해."라고 삶을 강요하는 것은 얼마나 무지한 소행인가? 죽을 권리도 없단 말인가?

인간의 어리석음에 대해, 무지함을 동반한 어리석음의 횡포에 대해 생각했다. 나로서는 자살하는 사람들의 심정이 이해가 되었던 것이다. 세상이 싫었고 사는 것이 두려웠다.

내 어머니를 원망했고, 나를 원망했다. 인간에 대한 절망이 깊어갔다.

하지만 나는 인간에게서 정직하게 절망하기보다 희망을 보고 싶었다. 사랑한다고 고백하고 싶었다. 내 아이의 눈을 바라보면 내 마음 깊은 곳에 애틋함이 일렁인다. "사랑해!" 하고 말한다.

널 사랑해. 그리고 널 사랑하듯 나를 사랑해. 사람들을 사랑해야겠어. 세상을 사랑해야겠어. 저 시커먼 매연을 뿜어내는 양심 없는 버스를 향해 인사를 해야겠어. 저 무지막지하게 커다란 덤프트럭의 돌진을. 약육강식의 법칙이 지배하는 사회에서, 이 막가는 세상의 한 귀퉁이에서, 무서운 게임이 벌어지고 있는 세상에서 사랑이 없다면 어떻게 내가 버틸까? 네가 버틸까? 아가야, 널 사랑하려면 나를 사랑해야 해. 소중한 것들을 기억하고 희망을 품어야 해.

그런데 나는 나를 사랑할 수가 없었다. 나를 괴롭히고 꾸짖고, 변변찮은 인간이라고 나를 향해 손가락질하고 고래고래 화를 낸다. 나는 왜 이것밖에 안 되는 인간일까? 나는 왜 이 모양일까? 도대체 왜 이 모양일까?……

그런데 답이 나오지 않는다. 그렇다. 이렇게 슬픔덩어리, 이렇게 울퉁불퉁한 내 모습 그대로 사랑해야 해. 내가 나를 다독여주어야 해.

알고 보면 나, 재능도 있고, 양심적이고, 나쁜 짓 못하고, 마음이 따뜻하고, 늘 자신에게 엄격하잖아. 이제 그만하자. 이만하면 됐어. 참 잘해 왔는데, 열심히 살았는데 턱없이 높은 기대수준을 가지고 나를 할퀴고 비난하는 짓은 이제 그만해도 좋아.

잘 생각해봐, 넌 참 괜찮은 사람이야. 그리고 너를 닮은 네 아이, 저 웃는 얼굴 좀 봐. 아이의 숨소리를 들어봤니? 이제는 사랑을 보고 나누어야 할 시간이야. 너는 엄마잖아.

그랬다. 나의 결론은 나 자신을 진심으로 사랑해야 엄마 역할을 제대로 할 수 있겠다는 것이었다.

최근 나는 《오제은 교수의 자기사랑 노트》라는 귀한 책을 만날 수 있었다. 내가 그토록 힘들었던 이유와 힘겨움을 떨치고 일어날 방법이 거기에 고스란히 들어 있었다. '내가 원했던 것이 바로 이거야.' 정신없이 몰입했다. 그리고 울고 있는 '내면의 상처 받은 아이'를 만날 수 있었다.

그 아이와 눈물로 긴 대화를 나누었다. 겁에 질려 떨고 있는 내 안의 상처받은 아이는 죽은 듯 엎드려 있었다. 책의 가르침대로 여러 날 나는 아이와 만남을 시도했다.

나는 지금부터 그 이야기를 하려고 한다. 혹 당신이 지금 일이 잘 풀리지 않아 답답하다면, 시시때때로 마음이 괴롭다면, 자신의 진정한 욕구가 무엇인지도 모르고 삶에 매달려왔다면 잠시 쉬면서 내면의 아이를 만나시길 권한다.

오랫동안 내던져두었던 또 다른 나를 만나보았으면 한다.

나의 경우 어른이 된 내가 내면 아이의 억울한 심정을 공감해주는 과정을 통해 그동안 나를 괴롭혔던 슬픔과 불안, 공포의 정체를 알게 되었다. 그리고 내면의 상처를 조금이지만 극복했다고 느꼈을 때 좋은 엄마가 될 수 있는 가능성을 경험한 것은 행복한 '사건'이었다.

내면 아이를 만난 경험을 싣는다.

내가 얼마나 무서운 줄 알아요?

모두 잠든 밤, 나는 딸아이 옆에 눈을 감고 무릎을 꿇고 엎드렸다. 어린 아이였던 나를 떠올리며 간절하게 내 이름을 불렀다.

"미경아- 미경아- 미경아-"

놀랍게도, 잠시 후 내 안에 격렬함이 몰려오기 시작했다. 곧이어 격한 울음이 쏟아져 나왔다. 이대로는 안 된다. 나는 베개를 찾았다. 딸이 잠에서 깨면 낭패. 베개로 입을 틀어막았으나 무섭게 터져 나오는 울음을 어쩔 수 없었다. 건넌방으로 자리를 옮겼다. 이미 내 얼굴은 눈물범벅이 되었다. 입을 베개에 대고 비집고 나오는 소리를 틀어막고 있었으나, 내 안에서 화산처럼 폭발해오는 울음을 자제할 수 없다.

자제력을 상실한 울음이 내 안 깊은 곳으로부터 마구 밖으로 쏟아져 나오고 있다. 어린 나를 떠올리며 내 이름을 불렀을 뿐인데, 왜 이렇게 무섭게 통곡하는 걸까? 아무리 입을 막아도 터져 나오는 울음을 주체할 수 없어 거실로 나와야 했다. 옆집에 들릴 것이 걱정되었다.

한밤중에 자리를 세 번이나 이동한 후 울고 또 울고 통곡하며 입을 틀어막고 격렬하게 요동하며 울고 또 울었다.

얼마나 지났을까?

이러다가는 끝이 나지 않겠다. 울음을 자제하려고 해보았다. 가슴 저 깊은 곳에서 쏟아지는 격한 울음이 봇물 터진 둑처럼 넘쳐 올랐다. 멈출 수 없다고 느꼈다.

나는 놀라 어찌할 바를 몰랐다. 이 울음은 누가 우는 걸까? 평생 이렇게 울어본 적이 있나? 이대로 아침이 오면 어쩌나? 이대로 날이 밝으면 안 되는데……. 그렇게 울기를 반복하는데 어디선가 목소리가 들려온다. 두렵고 겁나는 목소리다. 목소리는 이렇게 말하고 있다.

"내 새끼가 좋지. 내 새끼니까 죽이든 살리든 누가 뭐라는 사람도 없고."

어머니였다.

일곱 살의 나는 어머니와 멀찌감치 떨어져서 있었다. 그날도 평소처럼 역정이 난 어머니에게 흠씬 얻어맞고 나서 눈물이 마른 후 공을 가지고 놀고 있었다. 어머니는 이웃 아낙에게 전실 자식들과 갈등을 빚은 이야기를 하고 있는 중이었다. 그러고는 내 새끼 내 맘대로 패는 것은 아무도 뭐라 하지 않고, 또 내 새끼니까 얻어맞고도 저렇게 금방 잘 논다는 말을 하는 중이었다.

당시 나는 그 상황에 아무런 감흥이 없었는데, 왜 지금 이처럼 생생하게 떠오르는지 알 수 없었다. 다시 한참 동안 울었다. 그러다가 내가 입을 열었다.

"내가 얼마나 무서운지 알아? 엄마가 무서워서 벌벌 떨고 있는데 모르겠어? 아무렇지도 않아서 이렇게 공을 만지며 놀고 있는 게 아닌데……. 매일 화가 나서 소리 지르고 두들겨 패는 반복되는 시간을 견디는 게 얼마나 고통인지 알아?"

나는 포악스럽게 소리소리 지르고 있었다.

"하루하루가 얼마나 지옥인지 알기나 하냐고? 얻어터지고도 금방 잘 논다고?"

나는 혼자서 미친 듯 중얼거렸다.

"그게 말이 되냐고? 내 새끼는 죽이든 살리든 상관없다니? 그게 말이 되냐고?……"

항상 무엇엔가 잔뜩 화가 나 있는 엄마에게 두들겨 맞는 내 마음이 어떨까 생각해보았냐고? 어쩌면 그렇게 단 하루도 거르지 않고 그럴 수가 있냐고? 정말 엄마 맞느냐고? 정말 나를 낳은 엄마라면 그렇게는 못하지. 어떻게 그렇게 무지막지하게 머리를 잡아 뜯고 흥분해서 고함칠 수가 있냐고? 숨을 쉴 수가 없다고.

나를 보고 웃어준 적이 있냐고? 나를 보고 고개를 끄덕여준 적이 있냐고? 잘했다고 칭찬 한마디 한 적이 있다면 말해보라고? 단 한 번이라도 팔을 벌려 안아준 적이 있냐고? 단 하루도 때리지 않고 넘어간 날이 있냐고? 옆집 아이들 칭찬은 입이 마르도록 잘하면서…… 그게 뭐냐고? 짐승한테도 그렇게는 못하는 건데, 짐승한테도 그렇게 하면 안 되는 건데, 어떻게 자식한테 그럴 수가 있냐고?

너무도 할 말이 많아서 주체할 수 없었다.

꺽꺽 목을 타고 올라오는 격렬한 울음을 참을 수 없었다. 내 안에서 터져 나오는 거대한 목소리에 놀랄 수밖에 없었다. 나는 그렇게 한참 동안 소리 내어 울었다.

고통으로 일그러진 정체 모를 분노와 억울함을 누를 길이 없었다. 하지만 이대로 아침을 맞을 수는 없다. 내일 하루가 엉망이 될 것이다.

나는 그쯤에서 자제할 수밖에 없었다. 마음껏 소리 지르고 울 수 있는 공간이 있다면 데굴데굴 온 방을 구르면서 목이 터져 피가 나올 때까지 소리 지르며 오래된 고통을 다 토해내고 싶었다. 그러나 한밤중에 소리 지르며 울 수 있는 곳이 어디 그리 흔한가?

한동안 엎어진 채로 "그만하자, 이제 그만하자." 하고 말하며 나를 추슬렀다. 내일이 또 있잖아, 이젠 그만하자. 내 몸의 깊은 떨림과 울화가 잠잠하기를 기다렸다. 한참 후 몸을 일으켰다.

내일이 있잖아. 비척비척 안방으로 돌아와 털썩 눕자 눈물이 줄줄 흘렀다. 내가 내게 말했다. 이제 자야 해. 그래야 지민이 아침 해주고 유치원도 보내지. 지금 아마 눈이 안 보일 정도로 얼굴이 부었을 거야.

자동으로 눈물이 흘렀다. 잠이 들었는가 싶었는데 아침이다. 거울을 보니 얼굴 상태가 심각했다. 그동안도 많이 울면서 살아온 삶인데, 어떻게 얼굴이 뭉개질 정도로 울 수 있었을까?

그런데 눈을 뜨자마자 다시 눈물이 쏟아진다. 말하지 않고 가만가만 밥을 하는데도 눈물이 나고, 옷을 입는데도 눈물이 난다. 내면 아이의 존재가 확실히 느껴진다. 내 오른쪽 배 어디쯤 아이는 죽은 듯 엎어진 채 있다. 일어나지 못하고 있다. 아직도 겁에 질려 있는 듯하다. 나는 아이를 향해 나직이 말한다.

"사랑해 미경아."

눈물이 다시 흐른다. 이래선 안 되는데……. 자제력을 발휘했다.

딸아이를 유치원에 데려다주고 모자를 눌러 쓰고 집으로 돌아오는데 나도 모르게 또다시 눈물이 흐른다. 어젯밤의 여운이 그대로 남아 있다. 내면 아이는 여전히 꼼짝 않고 내 안에 엎어져 있다. 흐르는 눈물을 손으로 훔치며 나도 모르게 아이에게 말한다.

"사랑해. 사랑해. 사랑해."

온몸을 쥐어뜯으며 통곡을 쏟아내고 싶지만 그래선 안 된다. 오후에 아이를 데려올 때 유치원 선생님도 만나야 하고 은행에도 가야 하고 할 일이 많다.

정말이지 3박 4일쯤 마음껏 내 안의 억울한 아이를 위해 울어주었으면 좋겠는데. 그러면 억울함이 조금은 해소될 것 같은데……. 의식적으로 억누르며 하루를 보냈다. 하지만 하루 내내 심각할 정도로 눈이 퉁퉁 부어 있어서 다시 내면의 아이를 만나기가 두려웠다. 그날 밤 나는 일찌감치 잠자리에 들었다.

네 잘못이 아니야!

이틀이 지났다. 금요일이다. 내일은 토요일이라 집에만 있어도 되니 내면 아이를 만나야겠다.

가여운 내면 아이가 나를 기다리고 있다.

딸이 잠들자 나는 거실로 나왔다. 휴지와 베개를 준비한 뒤 어린 나를 불렀다.

"미경아- 미경아-"

이내 격렬한 소용돌이 속으로 밀려들었다.

어두운 밤, 고지대에 위치한 어린 시절 우리 집 마당이다. 어두컴컴한 마당에서 엄마는 대여섯 살 된 내 입에 텁텁한 흰색 알약을 집어넣는 중이다.

"뒈져라 이년아! 뒈져. 네년 때문에 내가 도망도 못가고 니 애비 만나 신세 조졌다."

아버지와 싸운 엄마는 시위라도 하듯 내 입에 몇 알의 알약을 쑤셔넣었다. 곧이어 세숫대야에 내 얼굴을 연속적으로 처박으며 말했다.

"죽어라 이년아, 제발 죽어라. 네년이 죽어야 내가 저 늙은 도둑놈하고 안 살지."

엄마와 아버지는 2002년(87세) 아버지가 돌아가실 때까지 해로했다. 전실 자식들 때문에 마찰이 있었고 성격차이로 크고 작은 가정불화를 겪었지만 부부 사이가 나쁜 것은 아니었다.

영문도 모르고 세숫대야에 얼굴을 처박히면서도 입안에 든 쓴 알약을 퉤퉤 뱉어내는 아이, 눈물콧물 범벅이 되어 자지러지게 울고 있는 아이 얼굴이 보인다. 지금 이 상황이 무엇인지 알 수가 없고, 캄캄한 밤 엄마의 난데없는 행동으로 공포에 질려 아이는 울고 있다. 누구도 제지하는 이가 없다.

가슴이 아파서 나는 숨을 헉헉거리고 있었지만 울음은 나지 않았다. 나는 엎어졌다. 거실 바닥에 엎어진 내 안에서 간간히 신음소리 같은 것이 새어나왔다. 온몸의 힘이 빠져나가고 기력이 없다. 이대로 있으면 안 되겠다는 생각에 몸을 일으키려고 해보았다. 잘되지 않는다. 한참 후 엉금엉금 기어 주방으로 가서 물을 벌컥벌컥 마시고 나자, 더 이상 혼자서 계속 할 수 없다는 판단이 들었다. 안방으로 와서 딸 옆에 쓰러지듯 누웠다.

가슴이 꽉 막혀 있는 듯한데 울 수도 없고 움직일 수도 없었다.

다음 날 밤부터 나는 계속 내면 아이와 만남을 시도했다.

한 장면이 나타났다.

그런데 정작 몸을 덜덜 떨 정도로 격렬하게 반응했던 이 장면은 엄마에게 머리를 다 뜯기고 옷이 찢기며 무섭게 얻어맞는 순간들이 아니었다.

내가 일곱 살 되던 해 초에 우리 가족은 동네에서 가장 크고 좋은 새집으로 이사를 했다. 땅이 많았던 아버지가 논이었던 곳에 큰 집을 새로 지은 것이다. 옛집과는 불과 5분 거리도 안 되는 곳이었다.

그날도 집 앞 공터에서 아이들이 놀고 있다. 나는 동생과 함께 그 아이들을 바라보며 서 있다. 어떤 아이가 나를 가리키며 이렇게 말한다.

"쟤는 자기 엄마한테 매일 신이 나게 얻어터져. 동생 안 데리고 논다고 이르면(고자질하면) 쟤네 엄마는 자동이야. 솥뚜껑 날아가요. 냄비뚜껑 날아가요."

어린 나는 물끄러미 그 아이를 보고 있다.

"미경아, 속상했지? 그래, 네 마음 내가 알아. 너도 동생 신경 쓰지 않고 친구들하고 놀고 싶었지? 동생이 '엄마, 언니가 나하고 안 놀고 딴 애들하고만 놀아.'라고 한마디만 하면 기다렸다는 듯이 달려와 과도하게 씩씩거리며 뺨을 때리는 엄마보다 너를 놀리는 아이가 더 싫었어. 동생이 미웠지? 하지만 미경아, 이젠 두려워하지 마. 이젠 아무도 널 때릴 수 없어. 미경아, 겁내지 마. 일어나봐 미경아. 사랑해. 너에게 문제가 있었던 게 아니야."

그런데 "너에게 문제가 있었던 게 아니야."라고 내면 아이에게 말하는 순간 아이는 엎어진 채로 격하게 아니라고 반응하는 것 같다.

너에게 문제가 없었다는 말을 내면 아이는 받아들이지 못했다.

"미경아, 너에게 문제가 있었던 게 아니야. 동생과 놀지 않고 친구들과 놀면 모질게 패고 욕설을 퍼부은 엄마가 잘못한 거야. 동생하고 싸운다고 눈 오는 날 옷을 벗겨 내쫓고, 한밤중에 대문 밖으로 쫓아내 기절하

내 안에는 작은 아이가 산다

게 하고 드럼통에 가둔 것은 엄마 말대로 너한테 문제가 있어서가 아니라 엄마가 심했던 거야. 그때 네 나이 불과 예닐곱 살이었어."

그러나 내면 아이는 계속해서 "너에게 문제가 있었던 것이 아니다."라는 말을 받아들일 수 없는 것 같다.

나는 다시 중얼거린다.

"미경아, 넌 똑똑하고 총명한 아이였어. 너에게 문제가 있었던 게 아니야. 동생하고 같이 안 놀고 친구하고 놀 수도 있는 거야. 동생과 싸울 수도 있고 동생을 때릴 수도 있는 거야, 누구나 그런 과정을 거치면서 성장하는 거야. 어른인 엄마 아빠가 네가 억울함을 느끼지 않게 적절히 개입하지 못한 거야.

넌 친구와 놀 권리가 있어. 한마디도 지지 않고 너를 이겨먹으려고 대드는 동생과 다툴 수도 있어. 다툼이 있을 때마다 엄마는 이제껏 단 한 번도 네 편이 되어준 적이 없었고, 단 한 번도 동생을 나무란 적이 없었지. 그게 네 가슴에 시퍼런 한이 되었어. 동생과 다툼이 발생하면 엄마는 미친 듯이 흥분하곤 했으니까.

엄밀히 말하자면 어린 너의 욕구를 받아주지 못한 엄마가 잘못한 거야. 그리고 동생이 한마디만 하면 달려와서 마치 세상이 뒤집히기라도 한 듯 반응하는 엄마는 세상에 많지 않아. 동생과 다툰다고 다 나쁜 아이는 아니야. 그런다고 모든 부모가 네 엄마처럼 하지는 않아. 그러니까 네가 동생과 다툰 것이나 혼자 놀고 싶었던 욕구가 용서받지 못할 일은 아니라는 거야. 네 잘못이 아니야. 정말 네 잘못이 아니야."

여전히 내면 아이는 꿈쩍도 하지 않고 엎어진 채 거부의 몸짓을 하고 있다. 나는 계속 말했다.

"네가 왜 이 말을 못 받아들이는가 하면 너는 성장기 동안, 아니 어른이 된 지금도 엄마에게 '너한테 문제가 있어서, 네가 맞을 짓을 해서, 네가 못돼서 얻어맞은 거'라고 귀에 못이 박히도록 들어와서 그래. 그래서 너는 지금도 성장기의 모든 사건이 문제투성이인 너 때문에 벌어진 일이라고 생각하며 평생 너 자신을 꾸짖고 네 탓을 하고 살았어. 세상살이 어려움에 부딪힐 때마다 그게 다 네 탓이라고 생각하고 꾸짖고 혼내는 네 안의 목소리를 들으며 자학하고 자신을 괴롭히며 고달프게 살았던 거야.

하지만 미경아, 너에게 문제가 있었던 게 아니야. 엄마는 너에게 문제가 있다고 했지만 사실은 그렇지 않아."

그날 밤, 잠자리에 들면서 긴 생각에 잠겼다.

내가 지금까지 고통스럽게 살아온 내력을, 내가 나에게 그토록 엄하고 혹독하게 대했던 배경을 섬뜩하게 알 것 같았다.

네가 나인 게 참 좋아!

조용한 시간, 어린 내 모습을 생각하며, 나의 이름을 부르면서 시작된 내면 아이와의 만남을 통해 미처 생각하지 못했던 것을 깨닫게 되었다.

내면 아이의 마음을 어느 정도 달래주었다고 느끼면서 내가 귀한 존재라는 깨달음을 얻었다. 그것은 무엇과도 바꿀 수 없는 특별한 경험이었다. 또한 나의 욕구가 정당하다고 생각하게 되었다. 전처럼 나의 느낌이나 생각을 의심하거나 타박하기보다 순전한 마음으로 받아들이게 되었다. 그렇게 되자, 화나고 답답하던 마음이 가라앉고 나를 나무라기보다 다독이고 존중하면서 사는 것의 경이로움을 조금은 알게 됐다.

딸아이에게도, 남편에게도 대체로 여유가 생겼다. 바닥까지 내려가서 고통을 경험해본 사람만이 알 수 있는 삶의 비의, 삶의 다른 국면을 마주해본 사람만이 알 수 있는 깊은 아픔을 알고 있으므로, 그리고 바닥을 짚고 이제 막 빠져나오려 발버둥질하면서 인간에 대한 연민을 느낄 수 있었다. 깊은 관조의 눈으로 사람들을 마주하면서부터 사소한 것들이 귀하고 어여쁘게 보인다.

그러나 몇 차례 내면 아이를 만난 것만으로 완전히 지난 상처에서 자유로워지지는 않는 것 같다. 내면 아이를 만나기 시작한 지 며칠이 지난 어느 날, 문득 내면 아이의 존재가 느껴진다.

미경아–

한참 후 한 장면이 떠오른다.

철길에 갑자기 기차가 멈추고 기관사아저씨가 내 두 팔을 꽉 잡고 뭐라고 심각하게 말하고 있다. 나는 무서워서 울음소리조차 내지 못하고 아저씨를 보고 있다. 기차에 탄 사람들이 웅성거리며 창밖으로 고개를 내밀고 있다.

한참 동안 내 두 팔을 쥐고 뭐라고 말하던 기관사아저씨가 사라지고 기차도 사라지고 나는 그제서야 사시나무 떨듯 몸을 떨며 작게 울었다.

장면은 거기서 끝났다. 이후에 어떤 일이 있었는지 기억에 없다. 집으로 언제 돌아갔는지도 알 수 없다. 눈부신 햇살의 기억만 선명한 한낮이었다.

옛집에 살았을 때 집 옆에 기찻길이 있었다. 어린 나는 혼자서 종종 기찻길에서 놀았다. 그날도 혼자서 기찻길에서 놀고 있었나 보다.

289

그런데 어떻게 된 일인지 기차가 멈추고 기관사아저씨가 밖으로 나오고 사람들이 웅성거리고 나는 정물처럼 붙박여 있었다. 다른 기억은 없다. 아마 하마터면 기차에 치여 영영 세상을 등질 수도 있었던 찰나였나 보다. 어떻게 기차가 혼자 놀고 있는 나를 발견하고 멈출 수 있었는지 알 수 없지만, 그 순간이 어린 내겐 큰 충격이었음에 틀림없다.

"엄마, 나 오늘 기찻길에서 놀다가 하마터면 기차에 치일 뻔했어. 너무 무서웠어. 지금도 가슴이 쿵쿵거려. 엄마 나 좀 안아줘. 나 좀 어떻게 해줘. ……놀랐구나, 많이 놀랐구나. 내 새끼. 자, 물이라도 좀 마시렴. 엄마가 나를 꼭 안아주고 따뜻하게 등이라도 쓸어주면 이 끔찍한 경험을 위로받을 수 있을 것 같아."

하지만 어린 나는 엄마에게 그런 말은커녕 엄마가 이 사실을 알게 되면 어쩌나 두려워하고 있었다. 동네사람 누군가가 이 광경을 보았다면 분명히 엄마에게 '고자질'할 테고 그러면 엄마는 오늘 나를 가만두지 않을 것이다.

"미경아, 많이 무서웠구나. 그 끔찍한 상황을 누구에게도 말할 수 없고 숨겨야 하는 것, 그리고 엄마가 알면 어쩌나 하는 불길한 예감으로 집에 가는 것이 숨이 막혔구나."

아이의 존재가 확실히 손에 잡힐 듯하다. 아이의 몸을 어루만져본다.

"미경아, 이젠 걱정하지 마. 아무도 널 때릴 수 없어. 어린 네가 혼자 마음에 담아두기엔 너무 충격적이고 무서운 사건이었어. 그래서 엄마에게 달려가 말하고 싶었는데, 그러면 엄마가 '저런 내 새끼, 많이 놀랐지? 이리 와, 엄마가 안아줄게.' 하면서 '자장자장 내 강아지, 놀랐구나? 무서웠구나? 이젠 엄마가 있으니까 괜찮아.' 그런 말을 듣고 싶었어. 그리고 따뜻한 방안에서 포근한 이불을 덮고 엄마 품에 안겨 쌔근쌔근 잠들고 싶었어. 그러고 나면 두려움과 죄의식에서 벗어날 수 있었을 텐데…….
하지만 괜찮아. 그럴 수 있어. 넌 그때 불과 대여섯 살밖에 되지 않았어.
철길이 위험한 곳이라는 걸 네가 알 리 없었잖아. 그런 위험한 곳에서 논
것을 엄마가 알면 심하게 꾸짖을 것을 더 걱정했지만, 그렇다고 죄의식
을 느낄 필요는 없어. 넌 아직 어린아이였으니까."

내 안에는 참 많은 상처를 지니고 있는 다양한 내면 아이가 있다. 내
면 아이는 대부분 자신에게 뭔가 심각한 문제가 있었다는 죄의식에 사
로잡혀 스스로 책망하는 데 익숙한 것 같다.
"네 잘못이 아니야. 네게 문제가 있었던 것이 아니야."라는 말을 받아
들이는 것이 많이 힘이 든다.
성장기 동안 어머니는 매질과 함께 '지금 벌어지고 있는 상황'이 '천
하에 몹쓸' 인간인 나 때문이라는 사실을 잊지 않고 부언하고 또 부언하
곤 했다.
그런데 나는 어른이 된 후에도 그런 내 어머니의 목소리에 익숙하여,
살면서 벌어지는 온갖 상황을 무조건 '내 탓'이라고 단정 짓고 나를 못살
게 굴며 살아온 것이다.

"미경아, 네 탓이 아니야. 네 잘못이 아니야. 네게 문제가 있었던 게
아니야."
이 말을 내면 아이는 여전히 받아들이지 못하고 있다.

부모가 자녀에게 격려해주고, 칭찬해주고, 순한 눈으로 바라보며 고
개를 끄덕여주어야 할 이유가 여기에 있다고 느낀다. 심리학자들은 태
어난 순간부터 어른이 될 때까지 부모의 막강한 영향력 아래 성장한 아

이는 "어른이 되어서도 부모가 자신을 바라보았던 눈으로 자신을 바라보고, 부모가 자신을 대한 방식으로 자신을 대한다."고 말한다.

　이제 내가 나를 그토록 호되게 다루고 만신창이가 될 때까지 물어뜯고 피 흘리게 한 이유를 알 것 같다. 내가 하는 모든 일이 성에 차지 않았으며, 내가 지닌 모든 것들이 볼품없어 보였고, 나의 모든 것이 숨기고 감추기에 급급한 문제덩어리일 뿐이라는 슬픈 인식에서 이제 벗어나고자 한다.

　나를 가두고 몸뚱이를 칭칭 동여매온 왜곡된 삶, 그 깊은 어둠에서 나는 두 손을 힘차게 뻗어 올리려 안간힘을 쓰고 있다.

　나는 이제 나를 이루는 많은 것들을 좋아하기로 한다.

　나의 재능과 열정, 나의 기호, 내가 몰두하는 것들의 이름, 나의 피부 톤, 나이보다 나이 들어 보이는 얼굴, 사려 깊음, 타인에 대한 배려, 사소한 것에 감동하는 마음, 나쁜 짓 못하는 순수함, 함부로 사람을 판단하지 않는 성품, 어떤 사람도 모두 가치 있다고 생각하며 예의를 지키는 습성, 사람들을 기분 좋게 해주고 싶어 하는 마음, 어린아이처럼 순수하고 방심하면 이내 주르륵 눈물을 흘리는 연약함.

　나는 커피를 좋아하고, 비 오는 날 창으로 바라보는 세상풍경을 사랑한다. 산허리를 휘감은 안개, 그 적요함…… 세상을 이루는 많은 것들이 좋다.

　이젠 내 안의 오래된 것들을 꺼내서 볕을 쬐게 해주고 싶다. 오랫동안 돌보지 않아서 미안하다고 말해주고 싶다.

　그리고 내면 아이에게 말한다.

　사랑해, 네가 나인 게 참 좋아.

에필로그 EPILOUGE ②

딸 에 게 보 내 는 편 지

지민아!

지금쯤 유치원에서 점심 먹을 시간이구나. 엄마는 오전에 산에 다녀왔단다. 와!…… 세상이 온통 초록색이었어.

숲 속을 날아다니다가, 나무늘보처럼 나뭇가지에 매달려 있다가 나뭇잎들이 전해주는 비밀스런 이야기도 듣다가, 키득키득 까르르 웃는 어린 꽃들과 작은 새들의 세상으로 들어가, 매연이 뿌연 도시로 향한 문을 닫고, 한참 놀았지.

쑥부쟁이가 되었다가 난초꽃이 되었다가 소나무가 되었다가 가문비나무가 되었다가 그 나무 위에 앉아있는 참새가 되었다가 까치가 되었다가 뻐꾸기가 되었다가 두둥실 빗자루를 타고, 쨍쨍 내리쬐는 햇살을 타고 바람을 타고 이얏!!!, 재미있게 놀다가 돌아왔단다. 잠시 벗어둔 엄마의 오래된 몸과 마음과 목소리를 챙겨서 말이야.

지민: 엄마, 거짓말 치지 마!

지민아.

이제 7살이 된 너는 엄마의 좋은 선생같다. 요즘 엄마는 너를 통해 인생을 한 번 더 사는 느낌이 든다. 네가 아니었다면 이렇게 속절없이 늙어 가는 나이가 참 쓸쓸했을 거야. 허무함에 대해 오래 생각했겠지. 그런데 지금 엄마는 그렇지 않아. 얼굴 주름도, 여러 가닥 생긴 흰머리도, 나이도 그다지 신경 쓰이지 않는단다.

"은우가 나 좋아한대. 나중에 결혼하재."

유치원에서 하원하며, 남자친구가 준 선물을 들고 쪼르르 엄마에게 자랑하는 모습을 보면 엄마도 덩달아 녀석이 궁금해지던 걸. 그 어린 것이 결혼이 무엇인지 알기나 할까? 하면서도 엄마는 설렌다. 마치 처녀적의 엄마가 멋진 청년에게 청혼받은 것처럼.

지민이는 단정하고 예쁘장해서 남자친구들에게도 인기가 많잖아!

엄만 어렸을 때 세상에서 가장 못난 줄 알고 자랐단다. 그래서 내가 무슨 복으로 이런 예쁜 아이를 낳았을까? 종종 그게 궁금했어.

지민이는 얼굴만 예쁜 게 아니라서 더 좋아.

얼마 전 유치원 행사에 갔을 때였어.

같은 반 아이가 미끄럼틀을 타다가 탱탱볼을 떨어트렸는데 그 아이는 안절부절못했지만 지민이는 바로 밧줄로 된 손잡이를 잡고 내려가서 탱탱볼을 찾았지. 울타리 밖으로 나간 걸 확인하고 정문을 에돌아 나가 탱탱볼을 찾다가 친구에게 주었어.

그때 엄마는 지민이가 상황 판단이 빠르고 용감하다는 걸 알게 됐어. 당사자 친구는 어찌할 줄 모르고 있는데 말이야. 또 친구를 도와 주고 싶어하는 착한 마음을 네가 지녔다는 것도 감사했어.

특히 지민이가 무엇이든 열심히 하는 아이라는 점도 자랑스러워. 올 들어 유치원에서 처음 접한 영어 시간을 재미있어하는 것도 그렇고. 알

파벳도 모르고 뜻도 모르지만 그림을 보고 상황을 꿰어 맞추어서 조금씩 의미를 파악하는 것 같아서 엄마는 혼자 웃었어. 친구들은 어렵다고 하는데 말이야.

6살 때 초등학교 1학년 언니에게 문자 보내는 걸 배워서, 엄마 휴대폰으로 서로 문자를 주고받더니, 그 후에는 아빠와 이웃 집사님에게도 문자를 보냈지. 엄마에게 편지를 자유롭게 썼고 혼자서 그림 일기를 쓰고 그림동화책을 만들고 말야. 받침이 약간씩 틀리긴 했는데 엄마는 수정해서 알려주지 않았어. 나중에 스스로 깨우치겠지 생각했거든. 그런데 7살인 지금 지민이는 읽기 쓰기가 초등학교 저학년 수준이라고 하잖아. 어려운 받침을 거의 잘 쓰니 엄마로선 신기할 뿐이지. 그리고 생각했어.

"그럼 그렇고 말고. 지민이가 엄마아빠 딸인데 그렇고 말고."

엄마도 어렸을 때 똑똑했거든. 엄마는 7살에, 8살 친구들보다 한 달 늦은 4월에 초등학교에 입학했단다. 한글도 모르고. 하지만 공부도 잘했고 친구들과 놀 때는 선생님 역할을 자주 했어. 또 공부 못하는 친구들을 도와준 기억도 있어.

자라오면서 엄마는 조금 우울한 성향으로 변한 것 같애. 그런 후천적으로 획득된 엄마의 성품을 닮은 지민이를 우려했지만 이젠 걱정하지 않아. 지민이가 충분히 탄력적인 아이라는 걸 알게 됐거든.

다만 엄마는 지민이를 키운 환경이 많이 아쉽게 느껴진단다. 뭐랄까? 정서적으로 많이 부족했다고나 할까?

7살이 된 지금도 동네에서 붙박이 친구를 만들어주지 못한 것, 아주 어린 아기였을 때 엄마 스스로 마음이 불안했기에 심하게 소리 지르고 화를 낸 것. 사소한 실수에 그토록 열을 내며 지민이를 무서워 떨게 한 것. 그 외에도 아빠와 주말부부로 지냈고, 아빠와 자주 다투었고 가까이 지내는 이웃도 없어서 외로운 환경에서 자라게 한 것. 게다가 엄마 몸이 피곤하니 거의 안아주지 못했고 울면 울지 말라고 소리 지르며 어린 너의 울음을 막았어. 또래 꼬마가 갑자기 공격하면 방어해주기보다, 대응 못하는 너에게 심하게 화를 냈지. 넘어져 피가 나는데 안아주지 않고 너의 부주의를 탓하며 혈압을 올렸어.

요즘도 엄마에게는 여전히 2% 부족한 그 무엇이 있는 것만 같단다.

그게 뭘까?…… 그런데 최근 이런 생각을 했어. 아, 엄마의 엄마가, 엄마를 바라보았던 그 눈초리로 내가 지금 너를 보고 있구나라고.

나도 모르게 질책하는 눈으로, 한심해하는 표정으로, 습관처럼 혀를 끌끌 차면서 말이야. 네가 이렇게 잘 하는데 엄마는 의심스럽게 바라보고 있었던 거야. 너의 문제를 끄집어내는 데 혈안이 된 사람처럼 말이야.

무의식이라는 놈이 얼마나 무섭고 끈질긴 녀석인지…… 엄마로선 널 격려해주고 잘 하려고 노력했는데 말과 표정이 달랐던 거야.

그래, 인간은 평생 동안 깨닫고 평생 동안 공부하고 평생 동안 자라고 평생 동안 사랑하며 살아야 하는구나. 엄마에게는, 호통치는 엄마의 엄마가 지금도 엄마의 안에 살고 있다는 걸 요즘에야 알게 된 거야.

그래서 엄마가 그 엄마에게 말하지.

좀 조용히 하세요! 지금 그렇게 고함치며 화낼 상황인가 생각 좀 해보세요, 예?

그런데……

그런저런 걱정과 아쉬움 속에서도 지민이는 이제 조금씩 엄마의 걱정이 별거 아니었다고, 어린 아이들에게는 많은 가능성과 복원력이 있

내 안에는 작은 아이가 산다

다고, 걱정하지 말고 지켜봐 달라고 말하는 것 같아.

물론 지민이 여전히 좀 긴장하는 스타일이고, 수줍어하지만 중요한 건 잘 할려는 욕심이 많고, 노력하는 품성이라는 거야. 그 어린 나이에 처음 시작한 건 뭐든 열심히 해서 곧 잘하고야 마는 근성이 너에게 있다는 걸 알게 됐단다.

게다가 친구에게도 예쁜 말로 다가가 놀이를 제안하고 타협안도 곧 잘 내놓고 밝고 잘 웃고…… 엄마 바람은 지민이가 조금만 더 자기 고집을 부렸으면 하는 거야. 자기 주장을 조금만 더 잘 했으면 하는 거지. 그리고 친구가 공격적인 태도를 보여도 당황하지 말고 의연했으면 하는 정도. 지민이가 지혜롭기에 잘 하리라 믿어.

어려운 시간을 잘 건너와줘서 고마워.
사랑해! 예쁘고 착한 지민아!